level.18

わたしは世界に嫌われている

十文字 青

イラスト＝白井鋭利

Grimgar of Fantasy and Ash

Presented by Ao jyumonji / Illustration by Eiri shirai

Level. Eighteen

「ここが鉄血王国――」

〝鉄血王国〟は黒金連山の中にある。
その実態は数百、数千の横坑と縦坑だ。
出入口の一つが西側斜面中腹にあり、
渓谷を通って沢を登り、岩塊の隙間を
潜り抜けないと辿りつけない——。

「ハル」
もしかしたら、
彼女は泣くまいとしたのかもしれない。
でも、涙は止まらなかった。

灰と幻想のグリムガル level.18

わたしは世界に嫌われている

十文字 青

OVERLAP

イラスト／白井鋭利

1．あえなき郷愁

辺境軍の兵士ニックは、前日の午後十時からオルタナ北門の望楼で見張りの任務についていた。最初の時鐘が鳴る翌朝午前六時までの、いわゆる夜番というやつだ。

北門の望楼には屋根がない。二十七歳のニックは中肉中背だが、望楼の胸壁は彼の胸くらいまでの高さだ。その上から顔を出して、オルタナを守る防壁の外に目を光らせる。ほとんど吹きさらしだ。風が冷たくて、えらく寒い。おまけにその日は、未明から濃い霧が立ちこめていた。

「まったくついてねえよな」

ニックは呟《つぶや》きながら手袋を嵌《は》めた手で顔をこすった。篝火《かがりび》のそばに立って暖をとっているのだが、ずいぶん前から鼻水が止まらない。

「なんでこうも冷えるんだ。霧のせいで、まるっきり視界がきかねえし……」

「そうぼやくなよ」

隣で同い年の同僚チャドが笑う。

「もうじき夜明けだろ。そうすりゃあ、すぐに交代だ。あと少しの辛抱じゃねえか」

ニックは横目で腐れ縁の同僚を睨《にら》みつけた。

「なあ、チャドよ」

「あぁ？」

チャドは革水筒に口をつけ、ぐびりと中身を飲んだ。

「何だよ、ニック」

「ずっと気になってたんだがな」

「おう」

チャドは鷹揚《おうよう》に応じて肩をすくめてみせる。

「だから、何だ。言ってみろよ」

「その水筒だよ」

言うなりニックはチャドの手から革水筒をひったくった。

「あっ、おいこら馬鹿」

チャドは泡を食ってニックから革水筒を奪い返そうとする。

「うるせえ、誰が馬鹿だ、馬鹿」

などと言い返しながら、ニックはチャドの両手を自分の腕で妨げ、革水筒の口に鼻を近づけた。

かすかにではあるが、ぷんと匂うものがあった。

「やっぱり酒じゃねえか」

「いや、違っ……」

チャドは急に猫なで声になった。

「ば、馬鹿だな、ニックおまえ、それは違うって。酒とかじゃねえから。酒なわけねえし。だいたい、酒だったら酔っ払っちまうだろ？　な？　夜番の間、飲みつづけたりしたら、へべれけになっちまうよ。俺が酔ってるように見えるか？　見えねえだろ？」

「そんなのはこいつを飲んでみりゃあわかることだ」

「いやあ、どうだろうなあ？　俺はべつにいいけどな？　おまえ気にするほうだろ、そういうの？　飲むのはやめたほうがいいと思うけどなあ？　俺が口つけたやつだしなあ？」

ニックはかまわず革水筒の中身を一口だけ飲んでみた。

「……うっすっ。めちゃくちゃ薄いな、これ。ほんのちょっとだな。でも入ってるな。入ってるわ。これは酒が入っちゃってるわ。確実に入ってるやつだわ」

「わかった」

チャドはニックの肩に手を置いた。

「わかったって。はい、はい、はい、はい、わっかりました」

「お？　何だ？　開き直りか？」

「いいから聞けって。認めるよ、ニック。おまえの言うとおり、たしかにおれは水に酒を混ぜた。ただし、ほんのちょっとだからな。入れたか入れないかくらいの、かなり微妙な量だから。むしろ、絶妙っていうかな。任務に支障がなきゃあ、問題はねえわけだろ？」

「我らがジン・モーギス総帥様に、その理屈が通用すると思うか？」

「俺は今、総帥じゃなくて、おまえと話してるわけだから。逆に訊《き》きたいね。寒いだろ。夜番。夜だし。夜だけに。きついだろ。どう考えても。混ぜるわ。水に酒くらい。混ぜるくらいのことはするわ。混ぜねえほうが、かえっておかしいくらいだわ。わかるか？ニックおまえ、マジで頭おかしいんだって。俺のほうがよっぽどまともなんだって」

「何なんだよ、これ。俺、頭おかしいやつに頭おかしいって説教されてるよ。いったいどうなってんだよ。チャドおまえ、常識とか軍の規律ってもんをどう考えてんだよ」

「大丈夫。大丈夫だって」

チャドはニックの手から革水筒を取り返し、一口飲んで片目をつぶってみせる。

「大丈夫なんだよ、ニック。我が友よ。心配しなくていいんだって。な？ 考えてみろって。我が辺境軍とクソ生意気な義勇兵どもが、お嘆《なげ》き山《やま》の敵をぶっ倒して追っ払ったばかりだろ？ 常識的に考えて、このあたりには敵なんかいねえよ。いるわけねえんだって。こういうときは、軍の規律も多少ゆるめていいんだよ。そうさ。人間だもの。ゆるっと気楽にやろうぜ？」

「いや、だけどおまえ、すぐそこのダムローにはゴブリンがいるじゃねえか」

「やつらは攻めてきたりしねえって。何のために総帥様が同盟をお結びなさったと思ってんだよ。あの野蛮なクソ猿どもを手懐《てなず》けるためだろ？」

「信用できるかよ。あいつらは見境ねえ。平気で俺たち人間を食うし、おまけに共食いまでしやがるんだぞ」

「うん、うん」

チャドはニックの肩を揉《も》みはじめた。

「そこはな。よくあんなのと同盟とか考えつくもんだよな。やべえよな。ほんと、ぶっ飛んでるわ。我らが総帥様は。話によれば、俺らも知らねえうちに、ゴブリンどもを食わされてるらしいしな」

「……ああ？　何だそりゃ」

「これは噂《うわさ》なんだけどよ」

チャドは声をひそめて言う。

「ある当番兵が、天望楼《てんぼうろう》の食料庫でふっと樽《たる》の中をのぞいてみたら、ぶつ切りで塩漬けにされたゴブリンが……」

ニックは吐き気を催して、とっさに手で口を押さえた。

「……マジかよ」

「だから、噂だって」

チャドは笑いながらニックに革水筒を差しだした。ニックは革水筒を受けとって、ほのかに酒の風味がする水を一口飲んだ。

「……でも、あの総帥様なら、その程度のことはやりかねねえよな。オルタナの周りの集落で飼われてた家畜を集めたり、何か食えそうな物を集めたりする任務に駆り出されてる連中もいるけどよ。果たしてそんなので足りるのかって話だし……」

「総帥はどこかに物資を隠してるっていうぜ。本土から輸送部隊が来て、定期的に補給してるって噂もあるな」

「本土か」

ニックはチャドに革水筒を返すと、胸壁に腕をついて遠くを見やった。白いため息がこぼれた。

「帰りてえな。帰ったところで、親兄弟とはとっくに縁が切れてるし、飯の種もねえ。どうにもならねえけどよ……」

「そっちは北だぜ、ニック。本土は逆方向じゃねえか」

チャドが革水筒を揺すって中身の量を確かめながら笑う。ニックは鼻を鳴らした。

「わかってるよ。任務に精を出してるんだ。ヘマして、上官にぶん殴られるくらいならまだしも、総帥様に死罪でも申し渡されたらたまったもんじゃねえだろ」

「まあ、な……」

チャドも防壁の外に視線を向けた。

「綱紀粛正とか言いだして、突然やるかもな。我らが総帥様なら。……お。霧が――」

「ああ」

ニックは霧が薄らいだオルタナ近辺一帯をあらためて眺めた。

「いくらかマシになってきたな——」

そして、ほぼ真下の北門に目を落としたときだった。

ニックはチャドの腕を摑《つか》んだ。

「おい」

「んぁ？」

「誰かいるぞ。門の前だ」

ニックが目を凝らしている。チャドは爪先立ちになって胸壁から身を乗りだした。

「……おぉ？」

地上はまだ靄《もや》っている。北門前に何者かが立っていて、どうやら人間らしいことはわかるが、顔までは判別できない。ただ、男だろう。髭面《ひげづら》だ。全体的にむさ苦しい。ニックは顔をしかめた。

「……犬？」

男は一人ではない。犬のような四つ足の生き物を連れている。しかし、本当に犬なのか。やけに体格がいい。

髭面の男が振り仰いだ。どうやらニックを見ている。手を振った。

「チャド！」

ニックが呼びかけると、チャドはすかさず胸壁に立てかけてあった弩《いしゆみ》を手にした。

「どうする、ニック、撃つか!?」

チャドは今にも弩の引き金を引きそうな勢いだ。肩が上下している。鼻息が荒い。火がついたように興奮している同僚の様子を目の当たりにして、ニックは頭が冷えた。

「待て。見た感じ、あいつは人間だ」

チャドは深呼吸をした。

「……みてえだな」

「何者だ！」

ニックは髭面の男に向かって叫んだ。

「そこで何をしている！」

「門が開くのを待ってる」

髭面の男はやけに悠然と答えた。

「俺はイツクシマ。オルタナの狩人《かりゅうど》ギルドにいた。そっちの事情はよくわからんが、責任ある立場の者に会わせてほしい」

2. 切っても切れないそれが絆

「ハルくん！　なあ、ハルくん！　大変やあ、ハルくん！」

ユメに叩《たた》き起こされ、ランタ、クザク、メリイ、セトラと一緒に大急ぎで向かった先は、天望楼の地下だった。途中、濃緑色の外套《がいとう》をまとった斥候兵ニールに呼び止められたが、ハルヒロたちは無視して階段を下りた。ニールは強引にハルヒロたちを引き止めようとはせず、地下までついてきた。

その男は持ち物をすべて没収された上、外套や靴まで脱がされて、冷たく湿った石と鉄格子の地下牢《ちかろう》に閉じこめられていた。髭《ひげ》もじゃで、清潔感とは無縁の、人間というよりは野獣を思わせる、かなりむさ苦しい風体の男だった。

「お師匠ぉ！」

ユメは齧《かじ》りつくような勢いで鉄格子を引っ摑んだ。

「お師匠やんかあ、なあ！　ユメ心配してたからなあ、無事でよかったなあ！」

「……お、おう」

髭もじゃ男はドン引きしているようにしか見えない。

「悪かったな。心配かけて。……そうか。まあ、俺もな。おまえのことは心配してなかったわけじゃないんだが。それはな。一応はな……」

「ええ、と……」

ハルヒロが首をひねっていると、ランタが顎をしゃくって牢内を示した。

「狩人ギルドのイックシマだ。盗賊ギルドなら助言者《メンター》、暗黒騎士ギルドなら導師《ロード》とか、指南役っつーかな。狩人ギルドの場合は、男なら師父《ファザー》、女は師母《マザー》だったか。コイツはユメの師父《ファザー》ってワケだ」

「見たところ、まるで野人だな」

セトラは遠慮がない。

「そいつはどうも」

髭もじゃのイックシマはとくに気分を害していないようだ。

「実際、人里より山奥のほうがよほど性に合ってる」

「お師匠はなあ、ユメのお父さんみたいなもんやからなあ。なあ、お師匠？」

「お、うん、……お父さん？」

イックシマはあからさまに狼狽《うろた》えている。

「お、お父さんか。俺がユメの、お父さん……」

「お師匠がお父さんやったらなあ、ユメはお師匠の娘ちゃんってことやんなあ？」

「ま、まあ、そういうことになったりするのかもな……」

「似合いの親子だな」

セトラは皮肉で言っているのか率直な感想なのか、今ひとつわからない。

ハルヒロはそっとランタに耳打ちした。

「ちゃんと挨拶しとかなくていいの？」

「はあっ……!?」

ランタは大仰に飛び上がった。

「アイサァーツ!?　ハァー!?　ななな ッ、何がだよッ!?」

「や、だってほら、ユメのお父さんじゃねエーしッ!?　よしんばリアルお父さんだったとしてもアアアアアア挨拶とかべつにアレだっつーかッ！　ココここのオレ様がッ、誰のためッ、何のためにッ、挨拶なんかしなきゃなんねェーんですかァァ、このタコォッ……！」

メリイが顔をしかめて頭を振った。

「声が反響して、余計うるさい……」

「ワー！　ワー！　ワァー！　苦しめ、クソがァッ！」

ランタが叫ぶ。ハルヒロはため息をついた。

「曇りなく最低だな……」

「つかさ……」

クザクが眉をひそめて言う。

「そのユメサンのお師匠サンだか師父《ファザー》サンだかが、なんで牢屋にぶちこまれてんすか？」

問題はそこだ。

なんでも、オルタナが陥落したとき、ユメとイックシマ、それからランタは、一時行動をともにしていたらしい。ユメとランタはその後、義勇兵団に合流した。しかし、イックシマは北へと向かった。

「お師匠は、ポッチーとかと一緒に、こめかみけんざんに行くよおってゆうててん」

ユメの説明だと正直よくわからない。お師匠ことイックシマが補足してくれた。

「ポッチーってのは、ギルドで飼ってた狼《おおかみ》犬《いぬ》の中の一頭だ。こめかみけんざんじゃなくて、黒金連山《くろがねれんざん》な」

「あぁ、たしかあれっすよね……」

クザクが頭を掻《か》きながら言った。

「何とか王国がある場所なんでしたっけ。ドワーフサンたちの」

「鉄血王国だな。何でもサン付けすればいいというものじゃないぞ」

セトラがクザクを見る目は冷たい。途端にクザクはしゅんとなった。

「……うっす。気をつけます」

ガハハハハハッ、とランタが下品に高笑いした。

「そうだぞッ！　テメーは全体的に、もっともォーっと気ィーつけろ！」

「それ、ランタクンにだけは言われたくないわぁ……」

ユメのお師匠イックシマ曰《いわ》く、彼には鉄血王国に住むドワーフの友人がいる。影森のアルノートゥ、オルタナに続いて敵が狙うとしたら、鉄血王国なのではないか。そこで、友人に危険が迫っていることを知らせるため、黒金連山に向かうことにしたのだとか。

案の定だった。今から一ヶ月以上前のことだという。オークや不死族《アンデッド》の大軍が黒金連山に押し寄せてきた。

数百年の歴史を持つ鉄血王国は、巨大な地中都市だ。ドワーフ族が黒金連山の岩盤を掘り、削り進めて築き上げた。ようは大小様々な坑道の集合体だ。

敵は鉄血王国と地上とを結ぶ出入口になだれこもうとした。大鉄拳門。涙の河という大きな川の近くにある、鉄血王国の正面玄関だ。

もっとも、イックシマが言うには、ドワーフたちも無策だったわけではない。

「ドワーフと影森のエルフはかねがね仲が悪かったんだが、鉄血王国の鉄塊王が英断を下して、アルノートゥからの難民を受け容《い》れた。及ばずながら、俺も知っているかぎりの情報を伝えた」

「ドワーフたちは敵の動きを摑んでたってワケか」

ランタが訳知り顔でうなずいた。

「つーコトは、攻撃に備えて用意を整える余裕があったんだな」

「戦況は？」

セトラが訊《き》くと、イックシマは淡々と答えた。

「俺が黒金連山を離れたのは十二、三日前か。少なくともその時点では、鉄血王国は落ちてなかった。敵は完全に攻めあぐねてるって感じだったな」

ほへえ、とユメが目を真ん丸くした。

「すっごいやんかあ。ドワーフん、めっさツヨツヨやんなあ。むんにょお……」

「アルノートゥなんざァ、あっという間だったがな」

ランタはあくまで事情通的な雰囲気を出しつづけたいようだ。ユメのお父さん的なお師匠の前では、なんとか恰好《かっこう》をつけたいお年頃なのだろう。

「あとなユメ、いつまでもおまえ、いちいち変な声、出してンじゃねェーぞ。そんなヴァカみてェーなアレは──」

突然、ガンッ、と鉄格子が鳴って、ランタが「──ィヒッ！」と震え上がった。

イックシマだった。手で鉄格子を押したというより、鉄格子に思いきり掌《てのひら》を叩きつけたと言ったほうが正しいだろう。

「馬鹿だと？　今、ユメに向かって馬鹿って言ったか？」

「あッ、……いやッ、馬鹿っつーか、ヴァカっつーか、ヴァカみたいな、みたいな……」

「取り消せ。さもないと、切り刻んで熊に食わせるぞ」

「ス、スマセンッ。ととと取り消しますッ。ココココッ、言葉の綾《あや》っつーか……」

「熊、怖っ……」

クザクはすっかり鼻白んでいる。当のユメは小首を傾《かし》げて、パチパチまばたきをしている。よくわかっていないようだ。

「じつはな――」

イツクシマは取り繕うように、ええん、と咳払《せきばら》いをした。

「俺も今回、鉄血王国に行くまで知らなかったんだが、ドワーフたちには秘密兵器がある。おかげで敵は、大鉄拳門から攻めこむどころか、遠巻きに包囲することしかできない」

ハルヒロは自分の頬をさわった。秘密兵器。気恥ずかしいけれども、心が躍る単語だ。ランタに至ってはすでに興奮しきって、無駄に目をランランと輝かせている。

「オイオイオイオイィィーッ。マジのマジかよォ！　秘密兵器なんてモンがこの世に実在しやがるとはなァ！　ヤッベェ、オレも欲しい！　秘密兵器！　オレにもくれッ！」

「いや、そんな、くれないでしょ」

クザクは呆《あき》れているふりをしつつ、興味を隠しきれていない。

「……見てはみたいっすけど。どんなのなんすかね。秘密兵器って……」

セトラが呆れ果てたように息をついた。

「揃《そろ》いも揃って、だな……」

鉄血王国で、イックシマは人間族のアラバキア王国代表のような扱いを受けていたらしい。鉄塊王に求められてオルタナの状況を報《しら》せたり、オルタナから来た人間族が他にいなかったり、といった事情が重なって、結果的にそうなってしまったのだとか。

イックシマも、ドワーフの友人とともに黒金連山の防衛戦に参加したようだ。激戦になって、双方に少なからぬ死傷者が出たのは初日から二日目までだった。二日間で、鉄血王国側の死者は二十七人、敵軍は数百単位の屍《しかばね》をさらした。

その後は散発的に小競り合いが起こる程度だったが、敵軍が隙を見せれば鉄血王国側は打って出る構えらしい。

敵軍にしてみれば、後背を衝《つ》かれてはたまらないので、迂闊《うかつ》に撤退するわけにはいかない。イックシマは折に触れて鉄塊王に謁見する機会があったから、いっそ追撃しないで敵軍を見逃してはどうかと進言してみた。だが、それはできない、というのが鉄塊王の答えだった。

「鉄塊王はよくできた御仁だ。どう言ったらいいか。ドワーフという種族の長所を集めたような……」

イックシマが言うには、鉄塊王自身は決して好戦的ではない、大変思慮深い人物なのだが、もともとドワーフという種族は総じて血気盛んだ。火がつきやすいだけでなく、彼らはきわめて粘り強い。ドワーフの炎は百年消えない、という言葉もある。

やるとなったら徹底的にやる。それがドワーフの流儀だ。しかも、相手のほうから仕掛けてきた。喧嘩《けんか》を吹っかけてきた相手を、無傷で帰してやる謂《い》われはない。ドワーフの諺《ことわざ》に、強盗は必ず吊《つる》せ、という過激なものがある。家に押しこんでこようとした不逞《ふてい》の輩《やから》は、ひっ捕まえてやりこめるだけでは足りない。磔《はりつけ》にするところまでやらないと、名折れになる。そんな意味だ。

ランタが、フフンッ、と鼻を鳴らした。

「一回おっぱじめた以上、殺《や》るか殺られるか以外の結末はありねェーってコトか。嫌いじゃねェーな。むしろ、オレ好みだぜ。ドワーフとはうまい酒が飲めそうだな」

「やつらの酒量を知ってるのか？」

イツクシマは鼻で笑った。

「人間の大酒飲みが束になってかかっても、ドワーフ一人に飲み負ける。まあ、そこがあいつらの泣き所ではあるんだがな」

ユメはうんうんとうなずいた。

「泣きっ面にポチってゆうもんなあ。昔々からなあ？」

「……うん。そうだな」

イツクシマは泣き笑いのような顔になった。

「泣きっ面には、ポチじゃなくて蜂かな。それを言うならな。細かいことだがな……」

明らかにお師匠は困惑しているが、ユメに困らされるのなら本望なのではないか。どこか嬉《うれ》しそうでもある。

「酒がドワーフの弱点ってことですか？」

とはいえ、なかなか話が進まないとハルヒロまで困ってしまうので、軽く助け船を出してみた。いや、とイックシマは首を振る。

「そうじゃない。だいたいのドワーフは、水代わりに酒を飲んでもけろりとしてるしな。戦争の間なんかは、景気づけに一杯やりながら戦うのが普通らしい」

巨大地中都市である鉄血王国には、全国民が数年間食いつなげる量の食料が常に備蓄されているのだという。

しかし、酒は違う。

というか、ドワーフたちにとって酒は生活必需品だ。当然、醸造、蒸留は自前で行うし、相当量を貯蔵している。ただし、平時と比べて戦時は消費量が跳ね上がって、鉄血王国全体の酒類保有量がどんどん減少してゆく。ふだんは自由都市ヴェーレから輸入したりもしているようだが、黒金連山の外に敵軍がいては、それもあてにできない。

酒なんか、なくなったらなくなったで、飲まなくたって死ぬわけではないのだ。大騒ぎするようなことだろうか。

そのとおりだ。ドワーフたちにとっては、酒こそがまさしく大騒動の種だった。

イックシマ曰く、いずれ好きなように酒が飲めなくなるかもしれない、という噂《うわさ》が囁《ささや》かれはじめると、途端に鉄血王国は殺伐としはじめた。ドワーフはたいてい大酒飲みだが、その基準を遥《はる》かに超える大酒豪たちは糾弾された。貴様がそんなに飲むなら自分もとばかりに、我も我もとこぞって酒を呷《あお》り、競いあうという嘆かわしい風潮が広まった。ドワーフたちの酒量はむしろ爆発的に増えた。泥酔したあげく、手を出し、足を出す者もあとを絶たなかった。流血を伴う派手な喧嘩がそこらじゅうで繰り広げられた。

このままでは死人が出る。そんなことより、酒が尽きてしまいかねない。ドワーフたちが飲みすぎるからいけないのだが、大本の原因は敵軍だ。断じて、許すまじ。

鉄血王国のドワーフたちは、酒を巡って内輪《うちわ》揉《も》めを激化させながら、敵意と戦意を燃やしに燃やしている。

「鉄塊王は酔いどれドワーフの暴発を抑えるのに、苦心惨憺《くしんさんたん》してるってのが実情でな」

そんな中、人間族の勢力がオルタナを奪還したらしい、という情報がもたらされたのだという。

その報せは、まず敵軍が何らかの方法で知った。鉄血王国側が諜報《ちょうほう》活動を駆使して、それを察知するに至った。

「――で、俺が鉄塊王の親書を託されてオルタナに戻ることになったわけだ。まさか本土から援軍が来てるとは思ってなかったが」

ハルヒロは少し離れたところでにやにやしている斥候兵ニールに一瞥《いちべつ》をくれた。

「援軍、ね……」

「なあ！」

ユメがほっぺたをぷうっと膨らませ、ニールに向かって叫んだ。

「お師匠をなあ、ここの牢屋《ろうや》から出してほしいねやんかあ！　お師匠はな、めっさやさしくてなあ！　ユメは大好きなんやからなあ！」

「俺に言われてもな」

ニールは肩をすくめてせせら笑った。

「モーギス総帥に直接頼んでみたらどうだ」

「また何か押しつけられそう……」

メリイが呟《つぶや》くと、すかさずセトラが同意した。

「ありえる。というか、ほぼ確実だな」

ハルヒロは腹部の上のほうをさすった。急に胃が重く、硬くなったような感じがする。

「……あぁ。たしかに」

「んんんむぬうううううううううううううううぅぅぅ……！」

ユメは口腔《こうこう》内に空気を溜《た》められるだけ溜めてぱんぱんにし、鼻から唸《うな》り声《ごえ》を発している。

完全におかんむりだ。

「とりあえず、ジン・モーギス総師とやらに親書は渡した」

イツクシマがユメをなだめるように言った。

「俺は昔から、偉そうにふんぞり返ってるやつと相性がよくない。嘘《うそ》でもへりくだって見せればよかったのかもしれんが、どうしてもできなくてな。まあ、脅しをかけるために投獄しただけで、殺すつもりはないだろう。仮にも俺は、鉄塊王の使者なんだ」

「お師匠ぉ……」

ユメは鉄格子の合間に指を差しこんだ。

イツクシマは少し迷うそぶりを見せたが、結局、ユメの指をそっと握った。

「俺は大丈夫だ。ユメ。おまえは、自分自身と仲間のことだけ考えろ」

「ヘッ……」

ニールが薄笑いを浮かべた。

「泣かせるねえ」

本当に泣かせてやろうか、とハルヒロは思ったが、口には出さなかった。もしやるとなったら、そのときは不言実行が一番だろう。何も、あらかじめこうしてやると宣言して、相手に準備するゆとりを与えてやることはないのだ。

3．メモリー

――とはいうものの、具体的にどうしたらいいのか。

ジン・モーギスに割り当てられた天望楼《てんぼうろう》内の部屋にいるのも気詰まりだ。というか、控えめに言っても気分が悪い。ハルヒロたちは外に出ることにした。

今日は朝から冷たい雨が降ったりやんだりという、あいにくの天気だった。雨にときおり霙《みぞれ》も混じった。クザクがぶるっと身震いした。

「寒いっすねぇ……」

「頭が冷えてちょうどいいだろう」

セトラは平然としている。

「しかし、これで当面の課題が一つ増えちまったよなァ」

仮面をつけたランタが指を二本立ててみせた。

「第一に、シホルの奪還だろ。それから、イツクシマのオッサンも助けだしてやらねェーとよォ」

メリイはしきりと周りを気にしている。斥候兵ニールらに尾行されているのは織りこみ済みだ。歩きながら小声でしゃべっていれば、盗み聞きされることはまずない。それでも気になるものは気になるのだろう。

クザクが、んー、と顔をしかめて首をひねった。

「シホルサンはやっぱり開かずの塔なんすかね。でも何しろ、開かずの塔だからなぁ」

「そやけどなあ、変やんかあ」

ユメはイックシマが投獄されたことへの怒りが収まらないようだ。表情が険しい。あくまでも、ユメにしては、だが。

「開かずの塔がなあ、ほんとに開かずやったらな、開かずんやんかあ。なあ?」

「まァーなァ。ソコなんだよなァ」

仮面の男がうなずいてみせる。

「開かずっつっても、開かねェーワケがねェーんだよな。ソレだと外からは入れねェーっつーコトになっちまうワケだし」

「……よくすんなりわかったな、今の」

ハルヒロが訊《き》くと、仮面の男はゲフゲフォンッと妙な咳《せき》をした。

「なな何がだよッ。わかンだろアレくらい。付き合いもアレだし。いいかげんな。オメーはアレだ。記憶がアレしてっからアレかもしんねェーけども。フツーだぞ、アレくらい」

「アレがあれすぎて、もうあれっすよ……」

呆《あき》れ顔《がお》で言ったクザクに、仮面の男が「ゼアァァ……ッ!」と飛びかかる。獲物に狙いを定めた猛禽《もうきん》のように不穏で機敏な動作だ。クザクは仮面の男に足を踏まれた。

「――ぁだっ!?」

「ヒヒャッ！」

「なっ、何すんだよ、いきなり！」

「これくらい避けろっつーの、ボケッ。おまえみてェーに馬鹿デッケェーだけが取り柄のウスノロが盾役《タンク》とか、正直もう不安しかねェーわ。せいぜい精進しくさりやがれ、このデクノボーがッ」

「……俺がノロいっていうかさ、あんたが速すぎんだって、――とか言ったら、喜ばせるだけか。マジ、クソだな！　クズだしな！　でも俺、ただでかいだけじゃなくて、体、頑丈だからね！」

「もっと他にないのか？」

セトラが乾いた声で尋ねると、クザクは腕組みをして考えこんだ。

「え、他っすか？　うぅーん、他かぁ……」

「何かあるだろ」

そう言っておいて何だが、ぱっと思い浮かばないハルヒロだった。

「……あるって、きっと。なくはないだろ。いろいろ……」

「そうっすかねぇ。マジで？　たとえば？」

ユメがクザクの胸板をこつんと叩《たた》いた。

「クザっクんはなあ、すんごおく素直にハルくんのゆうこと聞くからなあ？　たぶんやけどなあ、ユメは思うんやけど、性格がいいねやんかあ」

「性格？　そうっすかねぇ。ハルヒロの言うことはまぁ、絶対だけど」

「アホかッ！」

　仮面の男はユメとクザクの間に割って入り、ハルヒロを指さした。

「こんなポンツク野郎を絶対視するとか、とんだタワケだな、まったくテメーはッ！　バーカ、バーカ、カーバッ！」

「バカはまだしも、カバはないでしょ！」

「どちらかと言えば、逆じゃないのか、それは？」

　セトラに蔑むような声音でツッコまれても、クザクはあっけらかんとしている。

「そっか。ですよねぇ。あはは」

「あとなあ」

　ユメがぱちんと指を鳴らした。

「笑い方がさわやかやんなあ。クザっクんは、ぷっぷくのくっころばしやねん」

「どォーこが一服の清涼剤なんだよッ！」

　ランタが間髪を容《い》れず怒鳴ったものだから、ハルヒロは感心してしまった。

「よくわかるな……」

ねぇ、とクザクがうなずく。

「ぷっぷくの？　何でしたっけ。くっころばし？　でしたっけ、今の。即座に一服の清涼剤は出てこないっすわぁ……」

ユメは下唇に人差し指をあてて首を傾けた。

「ふぬう？」

「わッ、わかンだろ、それくらいッ」

仮面の男が地団駄を踏んだ。

「テメーらは修行が足りねェーんだよ、修行しろ、修行ッ。激しく修行しろッ。何の修行なんだっつーの、知るかァーッ……！」

ハルヒロはランタをからかって内心ちょっぴり楽しんでいる自分を発見し、複雑な気持ちになった。楽しんでいる場合じゃない。でも、これが難しいところで、真剣に思い悩んで一生懸命考えれば、正しい答えが導きだせるのか。四六時中ずっと緊張状態を維持することもできない。せっかく気の置けない仲間たちがそばにいるのだ。こうやって適度に息抜きをしつつ、締めるところはきっちり締めて、なんとか打開策を探ってゆくしかない。

ね、そうだよね、と同意を求めようとしたわけでもないのだが、なんとなくハルヒロはメリイに目をやった。他の面々と比べてずいぶん静かなので、ちょっと気になったというのもある。ちょっと、というか正直、だいぶ気になっていた。

メリイは一人、虚空を睨《にら》んでいた。

明らかにハルヒロたちを見ていない。やや斜め上に視線を向けて、唇を引き結んでいる。歯を食い縛っているのだろうか。顎のあたりにぐっと力が入っている。

どうしたの、と声をかけるのもはばかられた。大袈裟《おおげさ》かもしれないが、何か異様な雰囲気を漂わせている。

「開かずの塔、か」

メリイが言ったのか。

そのようだ。けれども、メリイにしてはやけに低い声だった。

ハルヒロは唾を飲みこんだ。口の中が乾いている。喉の具合も変だ。

「……今、——メリイ、……何て？」

メリイはハルヒロに向きなおった。

端的に言って、奇妙だ。違和感しかない。メリイはハルヒロを見ている。それなのに、ハルヒロなど眼中にないかのようだ。ハルヒロは傷ついていた。メリイがいきなり赤の他人になってしまった。そんな感じさえする。あるいは、メリイにとってハルヒロが見知らぬ人なのか。さもなくば、こんな目でハルヒロを見たりはしないだろう。

「開かずの塔に入る方法は？」

メリイはハルヒロに訊いているのか。

「え、――や……」

でも、ハルヒロに答えられるわけがない。そんなことはメリイもわかっているはずだ。それとも、今のメリイにはわからないのだろうか。そもそも、どうだっていいのか。

「開かずの塔、か」

メリイはもう一度繰り返すと、急に歩きだした。

ランタが仮面をずらし、訝《いぶか》しげな眼差《まなざ》しをハルヒロに送った。何だアイツ、どうしちまったんだ、とでも言いたげだが、訊きたいのはハルヒロのほうだ。

クザクはメリイの後ろ姿を一瞥《いちべつ》した。それから、ハルヒロを見た。

「……何すか？」

だから、知らないってば。ハルヒロはキレそうになった。大人げないと思いなおし、我慢したのではない。怒りより不安のほうが大きかった。メリイはどうしてしまったのか。

「メリイちゃん、どしたあ」

ユメが小走りにメリイを追いかける。つられるようにして、ハルヒロたちも続いた。ユメはすぐメリイに追いついて肩を並べた。

「メリイちゃん……？」

呼びかけられると、メリイはユメをちらっと見た。それだけだった。ただ自分の隣にいるものを確認しただけで、ユメという存在には何の関心もないかのようだった。

ユメとクザクは狐《きつね》につままれたような顔をしている。ランタやセトラはあからさまに不審げだ。いずれにせよ、皆、無言だった。ハルヒロを含めて全員、まずはとにかく面食らっていた。

メリイはまっすぐ北門に向かった。北門は開いていて、辺境軍の兵士たちが警備についていた。当然、兵士はメリイを止めた。

「死者を弔いたい」

メリイは兵士に向かって淀《よど》みなく言った。

「すぐそこの丘に仲間たちの墓がある。墓参りをしたら戻ってくる」

兵士たちは戸惑っていたが、結局、ハルヒロたちを通してくれた。意外と簡単に出られたので、拍子抜けした。

ふと思った。もしかすると、ハルヒロはジン・モーギスを過大評価していたのかもしれない。

シホルはモーギスに囚《とら》われているわけではないようだ。おそらく開かずの塔の中にいる。記憶をなくし、開かずの塔の主に何か吹きこまれて、操られているのではないか。

シホルを拉致したのは、モーギスの部下だと推測される。しかしその後、開かずの塔の主に引き渡され、モーギスの手から離れた。だとすれば、ハルヒロたちがモーギスに従う理由はない。

強力な遺物《レリック》を持つモーギスと対決するのは得策ではない。ならばいっそのこと無視して、辺境軍から離脱してしまえばいい。その前にユメのお師匠イックシマをどうにか脱獄させ、一緒に逃げる。それぞれの思惑で動く勢力がいくつもあって状況は複雑だが、ハルヒロたちは関与しない。自分たちのためだけに、独自の行動をとるのだ。一番シンプルだし、悪くないように思える。

メリイは丘を登りはじめた。辺境軍の兵士には墓参りがどうとか言っていたが、そのつもりはないようだ。

雨は降っていないものの、空には雲の絨毯《じゅうたん》が隙間なく敷きつめられている。遥《はる》か彼方《かなた》で何か光った。雷だ。ずいぶん遅れて、重い鉄球が転がるような低い音が聞こえてきた。

オルタナから丘の上まで続く踏み固められた道は、湿ってゆるんでいた。メリイは一顧だにしないで丘の道を登りきると、そびえ立つ開かずの塔を振り仰いだ。

ハルヒロも塔を見上げた。こうやってあらためてじっくり眺めると、この塔は不自然だ。石造なのか。ブロック状の物体を積んで築かれている。それは間違いない。でも、石なのだろうか。それにしては、一つ一つのブロックが大きさも形も質感も揃《そろ》いすぎている。ひょっとすると、岩盤から削りだして作ったブロックではないのかもしれない。コンクリートのようなものだとか。それとも、見たところ光沢はないが、何らかの金属なのか。

開かずの塔は、オルタナにある天望楼《てんぼうろう》よりも高い。かつて辺境伯の居城だった天望楼と違い、飾り気が一切ないので、立派な建物という印象は受けないが、いかにも堅固だ。天望楼なら、多大な人力と知恵と道具を駆使すれば建てられそうな気がする。しかし、この開かずの塔はどうか。人が建造したものというより、もともとここにあったのだと言われたほうが、まだ納得しやすい。

「これは、遺物《レリック》」

メリイがそう口にしたとき、ハルヒロはもちろん驚いた。遺物《レリック》。それだ、とハルヒロは思った。開かずの塔は巨大な遺物《レリック》だったのだ。でも、どうして？

なぜメリイがそんなことを言いだしたのだろう。

ハルヒロはその問いを本人にぶつけるべきだった。たしかにメリイはどこかおかしい。それでも、メリイはどこからどう見てもメリイだ。間違いなく、メリイ以外の何者でもない。記憶を失う前も、忘れてしまってからも、苦楽をともにしてきた。信ずるに足る大事な仲間だ。疑問があるのなら、目の前にいるメリイに訊《き》けばいい。難しいことでは決してないはずなのに、ハルヒロだけでない、ユメも、クザクも、ランタまで、どうして黙りこくっているのだろう。

また遠雷が鳴り渡った。

氷の粒とほとんど変わらないような雨がハルヒロの頬を叩いた。

「おまえは、誰だ？」

セトラが沈黙を破った。

それは核心を突いていて、おそらく適切な質問だった。だからこそ、ハルヒロには言えなかった。きっと、言うべきではない。

なぜ言ってはいけないのか。メリイはどう考えてもメリイなのに、いったいどういうわけなのか、メリイではないかのようだ。もし仮に、万が一、メリイがメリイではないとしたら、何者なのだろう。ハルヒロはまさに、それが知りたかったのではないか。怖いのか。ハルヒロは恐れているのかもしれない。

当然、おかしい、とは感じていた。

ユメとランタは別行動だったが、ハルヒロ、シホル、クザク、メリイ、セトラは同じ異界で過ごしたらしい。そして、経緯はともかく、グリムガルに戻ってきた。ハルヒロたちは開かずの塔で何かされて、記憶を奪われたようだ。ハルヒロも、シホルも、クザクも、セトラも、自分の名しかわからない有様だった。

メリイだけは違う。異界での出来事は曖昧というか、ほとんど覚えていないようだが、それ以外の記憶はなくしていない。どういうことなのか。メリイ自身、解せないという。遺物《レリック》の作用なのか何なのか、記憶を失ったことからして不可解ではある。たまたまメリイだけが不完全な形で記憶を失った。そういうこともありえなくはないのか。

ただし、問題はそれだけではない。記憶の件だけではないのだ。

メリイは、魔法を使ったことがある。

魔法の光弾《マジックミサイル》。

ひよむーが驚いていた。

神官なのに、魔法、――と。

記憶がない状態でグリムガルに戻ってきてから間もなかった。そのときはぴんとこなかったが、今ならハルヒロも理解できる。メリイは神官として義勇兵になった。以来、ずっと神官のようだ。魔法使いの魔法を使えるわけがない。

それに、あのときのメリイは様子がおかしかったような気がする。魔法の光弾《マジックミサイル》を放ったあと、なんだか苦しそうだった。

「……っ――」

メリイが不意に息をのんで目を瞠《みは》った。ハルヒロにはわかった。はっきりと感じた。どこかとか、なんとなくといったような、曖昧な変化ではない。ただ立っているだけでも、人には特有の癖がある。たとえば、どちらかの足に体重をかけがちだったり、いずれかの肩が上がっていたり。それらが一瞬前までとは様変わりしていた。どの部分がどんなふうに、どの程度、変わったのか。説明するのは難しい。でも、間違いなく変わった。そう確信できるほどの変わり方だった。

ハルヒロの声は上ずって、掠《かす》れた。

メリイはハルヒロに目を向けた。そして、まばたきをした。メリイはぎょっとしていた。自分の状況を把握できていないようだ。ハルヒロには次の行動が予想できた。メリイは取り繕おうとするだろう。

そのとおりだった。メリイは素早くあたりに視線を巡らせて、たぶんここがどこかを確かめた。

「……うん、……何？」

ごめんなさい、ちょっとぼんやりしていて、といったような返事の仕方だった。どうかしたの、とハルヒロが尋ねれば、メリイはそう答えるに違いない。

そっか。いや、うん。あるよね。そういうこと。ある、ある。

ない、とは言いきれない、――はずだ。

ハルヒロは無理やり自分を納得させようとしていた。目の前に井戸のようなものがある。のぞきこんでも、水面は見えない。代わりに、何か得体の知れない気配がする。果たしてこれは井戸なのだろうか。確かめる前に、ハルヒロはその井戸らしきものに蓋をしようとしていた。ふさいでしまえば、それは蓋がしてある井戸のようにしか見えない。本当は別のものかもしれないが、正体は不明だ。べつにわからなくたっていい。

「何、じゃない」

セトラの声は平板だった。彼女はおおむね冷静だ。それにしても抑揚がなさすぎる。あるいは、彼女なりに動揺していて、それを押し隠そうとしているのかもしれない。

「さっきまで、おまえは別人のようだった。なぜ私たちがこんなところにいると思う。メリイ、おまえだ。おまえが私たちをここまで連れてきた。正確には、おまえは一人で勝手にこの塔の前まで歩いてきた。私たちはおまえを追いかけてきたんだ」

「や、セ、セトラサン、ちょっと、言い方っていうか、責めるような感じはさ……」

クザクがセトラをとりなそうとした。

「責める？」

セトラは少しだけ目をすがめた。

「そんな意図は毛頭ない。私はただ、はっきりさせておきたいだけだ。メリイはもともとそうなのか、それとも以前は違ったのか。私にはわからない。覚えていないし、もともと私は義勇兵じゃないからな。おまえたちとの付き合いは浅いはずだ。たとえば、ユメ」

「ふなあっ!?」

ユメは奇声を発してあとずさりした。セトラはユメの目をじっと見すえた。

「おまえは記憶を失っていないし、ランタのようにパーティから離脱していたわけでもないな」

「……う、うん。それはなあ、そうやけど……」

「おまえから見て、メリイは変わったか？」

「かっ、——変わっ、……ええっとぉ、……なあ、……んんん……」

ユメはうつむいて頭を抱えた。

「……か、変わった、——んかなあ。どうなんやろ。ううん。そうやなあ……」

見ていられない。でも、苦悩しているユメから目を背けて、ハルヒロはいったい何を見ればいいのか。直視するべきものは何なのか。

ランタが仮面を外し、開かずの塔を振り仰いだ。次々と冷たい雨粒に打たれて、みるみるうちにランタの素顔が濡《ぬ》れそぼった。

「ユメ」

ランタはらしくない低い声で呼びかけた。

「オレがいねェーの間のコト、イロイロ教えてくれたよな。けどよ。話してねェーコトがあるんじゃねーか？」

ユメはランタを睨《にら》みつけた。それこそ責めるような目だった。

「……もともと、ランタがなあ。……ランタが、いなくなったりするからやんか。ランタが悪いんやからなあ。悪いってゆうのとは違うのかもしれんけど、でもなあ、あのときだって、ランタが一緒やったら、きっとメリイちゃんは——」

「ンだよ、ソレ……」

ランタは手で顔を拭ってユメを見返した。

「メリイが、……どうしたっつーんだ？」

「……メ、メリイちゃんは……」

ユメは右手で自分の左肩をきつく押さえた。おまけに左手で脇腹をつねっている。

「……メ、メリイちゃん、なあ、一回、しっ——」

し、し、し、とユメが繰り返す。何か言おうとしている。でも、つっかえてしまい、どうしてもその言葉が出てこないようだ。

——い？

「あぁっ……」

思いだした。

それはあのとき見たものだ。聞いた音だ。嗅いだ匂いだ。そうした諸々《もろもろ》が一気にハルヒロの中から噴きだしてきた。

「ぁあああああああぁぁぁぁあああぁぁぁぁあああぁぁぁぁぁあっ……——」

黒褐色の硬い殻に覆われた大きな猿のような生き物がメリイに覆い被《かぶ》さっている。それをどかそうとする。体に力が入らない。

でも、メリイを助けないと。早くしないと。急がないと。

メリイは半分くらいまでしか目を開けていない。震えている。小刻みに震えている。メリイが咳《せき》をする。血を吐く。

魔法、とメリイに声をかける。メリイ、魔法を。治さないと。急いで。メリイ。そうだ。メリイは神官だから。今ここで傷を癒やせるのは、メリイだけなんだ。メリイしかいないんだ。メリイもわかっているはずだ。だからメリイは、手を、右手を、持ち上げようとする。光魔法を使うには、六芒《ろくぼう》を示さないといけない。けれども、腕が上がらないらしい。いいよ。大丈夫。手伝うから。メリイの右手を摑《つか》んで、手助けしようとする。メリイが呻《うめ》く。首を横に振る。痛いんだ。痛くて、つらくて、たまらないんだ。

どうすればいい？　メリイ？　メリイ……？　ど、……オレ、ど、どう、すれば……。

何か、――メリイは、何か言おうとしている。メリイの唇に耳を寄せる。

……メリイ？　何？　メリイ？　何だって……？

聞こえないよ、メリイ。声が、小さくて。小さすぎて。

「は」

「うん。何？」

「……は、る」

「え？」

「わた、し」

「うん」

「……はる、……わたし、あなたが、……が……」

「おれが、何？　どうしたの、メリイ……？」

「っ……――」

メリイは何かを言おうとしている。伝えようとしている。でも、言えないのか。これ以上、声を出すことができないのだろうか。

少し顔を離す。メリイを見る。目が合うと、メリイは笑みを浮かべる。

わけがわからないよ。なんでだよ。苦しいんだろ。痛いだろ。怖いはずだろ。

なんで笑うんだよ、メリイ。

返事はない。もうできない。その瞬間が、わかった。はっきりと。

瞳孔が開いて、どこかに焦点を合わせるということがなくなる。メリイには何も見えていない。たぶん何も聞こえない。何も思わない。何かを感じることができない。

おれが、何だって？　教えてくれよ、メリイ。

ああ、思いだした。

メリイは一度、死んでしまったのだ。

4．どうして僕たちは繰り返してしまうのだろう

「――おいッ、ハルヒロ！」

気がついたら、ランタに肩を摑まれて揺さぶられていた。

「ハルヒロ！　ハルヒロッ！　おまえまで、どうしちまったんだッ!?」

どうもしない、とハルヒロは頭を横に振ってみせる。どうかしてしまったわけではない。そうではないのだ。

違う。

むしろ、今までがどうかしていた。

なぜ忘れていたのか。逆に不思議なくらいだ。だって、こんなこと、忘れられるわけがない。実際、ハルヒロはすべて覚えていた。記憶は失われてなどいなかった。ここにあったのだ。ハルヒロの頭の中に。そうでなければ思いだせるわけがない。

「ハルヒロォ……ッ！」

「うるさいな！」

ハルヒロはランタを突き放した。やかましい。しつこいんだよ、おまえは。何なんだ。くそ。ハルヒロは自分に言い聞かせる。落ちつけ。冷静になれ。

落ちつけるかよ、とも思う。

ランタだけではない。クザクも、セトラも、ユメも、それぞれ怪訝《けげん》そうにハルヒロを見ている。メリイまで。

「……待って」

そんな目で、見ないでくれ。

ずっとおかしかったのだ。ようやくまともになった。まともになれそうなのに、またおかしくなりそうだ。

「少し、待ってくれるかな。……整理したいんだ。ちょっとだけ……」

ハルヒロは歩きだした。どこへ行こうというあてはない。ただ、この場から離れたかった。ここはあまりにも開かずの塔に近すぎる。

すべてはこの塔から始まった。

誰かの声が聞こえたのだ。

〝──目覚《アウェイク》めよ。〟

はっきりと思いだせる。暗い場所だった。あれは開かずの塔の地下だ。ランタがいて、ユメが、シホルがいた。レンジ。ロン。アダチ。サッサ。チビちゃん。キッカワも。そして、モグゾーがいた。それから、マナトも。

知らずに足が向いていた。仲間が眠る白っぽい墓石の前で、ハルヒロは立ち止まった。

「……モグゾー」

ハルヒロは墓石に向かって手をのばした。ふれたら、何か起こるのではないか。そんなふうに期待したわけではない。案の定だった。それはただの白っぽい石だった。冷たく濡れた石でしかない。

ハルヒロは覚えている。レンジたちに手を貸してもらって、モグゾーを市外の焼き場に運んだ。あの誰よりもやさしくて体の大きなモグゾーが、骨と灰になってしまった。それを、自分たちの手で、この墓石の下に埋めた。

マナトの墓も、モグゾーの墓からかろうじて見える場所にある。そう。あそこだ。

ハルヒロは傾斜した草地を歩いた。ランタたちが追いかけてきている。そのことには気づいていた。でも、ハルヒロは振り向かなかった。メリイはどうしているのだろう。ちゃんと一緒についてきているのか。気にはなった。だったら、確かめればいい。簡単なことなのに、どうしてか確かめたくない。

「……そうだ」

ハルヒロはマナトの墓の前でしゃがんだ。

「そうだったよな、マナト……」

開かずの塔を出ると、下から壁がせり上がってくるような恰好《かっこう》で出入口が閉ざされてしまった。中にレバーのようなものがあった。あのレバーだ。あれを操作することで出入口を開閉できる仕掛けになっていた。

月。

塔から出て、月を見た。

月が赤いなんて、おかしい。

そう感じたことを覚えている。

初めて開かずの塔の地下で目が覚めたときより前のことは、やはりわからない。ただ、何か手がかりがあれば、という感覚はある。些細《ささい》なことでもいいから、何かとっかかりになるようなものが見つかれば、案外すんなりと思いだせるのではないか。

たとえば、いないはずがない親。家族とか。あるいは、友人だとか。

誰かと再会したら、途端に記憶が蘇《よみがえ》るかもしれない。人でなくたっていい。愛用していた道具だとか。

とにかく、これだけは間違いない。

ここでは、な、か、った。

〝──目覚《アウェイク》めよ。〟

あの声を聞いて目覚める前にハルヒロがいた場所は、違う。

グリムガルではなかった。

そこではたぶん、月は赤くなかったのだ。どんな色だったのだろう。そこまではわからない。けれども、赤ではなかった。月が赤いなんて、おかしい。

ハルヒロはグリムガルから別の世界、異界にも行った。ワンダーホールから黄昏世界《ダスクレルム》へ。そこからグレムリンの共同住居《フラット》を経由して、異界ダルングガルへ。火竜の山の通り路《みち》を抜け、グリムガルに戻ってきた。あの霧深い千の峡谷《サウザンバレー》でセトラと出会い、ランタと別れた。そして、パラノだ。レスリーキャンプに足を踏み入れた結果、あの不可思議な異界で長い時を過ごすことになった。

グリムガル。

黄昏世界《ダスクレルム》。

ダルングガル。

パラノ。

この他にも、異界というか世界は存在するに違いない。世界はたくさんあるのだ。もしかしたら、無数の世界が。

ハルヒロは、そのうちの一つからグリムガルにやってきた。

「……整理しないと。混乱してるんだ、おれは。マナト……」

目をつぶれば、ありありとマナトの顔が浮かぶ。

記憶が入り乱れて、時系列がめちゃくちゃになっているのかもしれない。マナトが死んでから、——死なせてしまってから、もうずいぶん経《た》つ。

死なせたのだ。

メリイもそうだった。ハルヒロが死なせたようなものだ。リーダーなのだから、責任はハルヒロにある。

ランタが千の峡谷《サウザンバレー》でパーティから抜けた。ハルヒロたちはワイバーンを避けるため、クアロン山系の南西部を東に向かって進んでいた。山中でグォレラの群れに襲われ、逃げた先に村があった。その村の住民は人間ではなかった。オークと、人間やエルフなどの混血、グモォたちだった。

いや、一人だけ人間がいた。

ジェシー。金髪碧眼《へきがん》で、元狩人《かりゅうど》だと言っていた。

そうだ。狩人。ユメが狩人だと知り、自分も狩人だったとジェシーは明かした。

イツクシマ。ユメの師父《ファザー》。今、天望楼《てんぼうろう》の地下牢《ちかろう》に囚《とら》われている。ジェシーはあの男の名も口にしていたような覚えがある。ユメに、きみはイツクシマの弟子か、と。

ジェシーは狩人だった。

でも、魔法を使うことができた。

矛盾はしない。元狩人の魔法使いがいてもおかしくないからだ。

ジェシーランド。

あの場所で、メリイは命を落とした。完全に事切れていた。それなのに、方法はある、とジェシーが言いだした。

『一度死んだおれみたいに、彼女は生き返る』

『代償はあるがな』

『彼女はおれの代わりに生き返ることになる』

『きみらだって、馬鹿じゃないはずだから、わかるだろ？』

『これは普通じゃない』

『人が生き返ったりはしないっていうのが常識だし、実際そのとおりだ』

ハルヒロは地面に膝をついた。腿《もも》に両手を押しつけて体を支えないと、倒れこんでしまいそうだ。

ジェシーは謎めいていて、信頼できるような男ではなかった。ただし、ハルヒロたちを欺こうとしているようには思えなかった。

マナトとモグゾーが教えてくれた。人は死ぬ。生命は失われる。死という結末で、一つ一つの人生が終わってゆく。

だから、これは特別な出来事で、特殊な事情があるのだと、ジェシーは明言した。奇跡では決してない。手品のように、どれだけ不可思議で理不尽でも、ちゃんと種がある。けれども、種明かしは一切できない、とジェシーは言いきった。ジェシーの代わりに、メリイが生き返る。それ以外のことは説明できない。

選ぶ権利はハルヒロたちにあった。

いや、ハルヒロだ。

誰にも相談しないで、ハルヒロが一人で、独断で決めた。

とてもではないが、耐えられなかった。マナトと同じように、モグゾーみたいに、いつかメリイも思い出になる。一緒に過ごした時間を、痛みとともに思い返す。そんなのは嫌だ。冗談じゃない。嫌に決まっているじゃないか。もし何か方法があったら、マナトやモグゾーのときだって、ハルヒロは同じ選択をしていた。大切な人の死、永遠の喪失、ひどすぎる痛みを受け容《い》れなくてすむのなら、それに越したことはない。

たとえ、どれほどおぞましいことが行われるのだとしても、死んでしまったメリイを埋葬するよりはずっといい。一度で十分懲りた。それなのに、二度目を回避できなかった。三度もあんな思いをしたくはない。もうたくさんだ。

でも、あれは何だったのだろう。ジェシーは何をしたのか。

メリイは肩口にかなり深い傷を負っていた。ジェシーは左手首を深く切り、メリイの傷痕に自分の傷を押しあてた。ずいぶん長い間、そうしていた。とうとうジェシーは、骨と皮だけどころか、ほとんど皮だけのような有様になってしまった。まるで、メリイの中にジェシーの中身がそっくり注ぎこまれたかのようだった。

メリイは目を覚ますと、口や鼻、耳などから、液状の、生臭い、血とは違う、何らかの物体を排出した。

入ったぶんが出てしまったのだとしたら、総量は変わらない、ということになる。ジェシーの中を満たしていたものが、メリイの中に移った。それなのに何も出ていかなかったら、釣り合いがとれない。どう考えても、それはおかしい。

つまり、起こるべきことが起こって、メリイは無事、生き返った。

あのときハルヒロは、そう解釈したのだろうか。それとも、そう解釈するしかなかったのか。どう解釈しようにも無理があるから、思考を停止させたのか。考えることを放棄したのかもしれない。

「――……あれから、なんだ」

ハルヒロは頭を持ち上げた。これほど頭部の重量を実感したことはかつてなかった。首を右方向にねじると、仲間たちがいた。

ランタが仮面をずらし、険しい顔つきでハルヒロを見ている。クザクは心配そうというか、途方に暮れているのかもしれない。うなだれているメリイの背中を、ユメが抱えこむようにして支えている。

セトラは腕組みをして顎を引き、静かにハルヒロを見すえていた。

『死んだ者は、蘇らないぞ』

あの日、セトラにそう言われた。もし死者が息を吹き返したとしても、それはハルヒロが願うような蘇生《そせい》ではない、と。

メリイ。

ああ、でも、大丈夫だと思ったんだ。

大丈夫だと思いたかったから、信じようとしたのか。

『生き返った女は、死ぬ前とは別人かもしれん』

セトラの言葉には説得力があった。なぜなら彼女は隠れ里の死霊術師《ネクロマンサー》だ。死霊術師《ネクロマンサー》たちは、死者を蘇生する試みの中で、人造人間を生みだしたのだという。死を克服しようと試行錯誤を重ねたが、目標を果たすことはできなかった。死体を材料にして、恐るべき忠実な従僕を作りだした。それが精一杯だったのだ。

『得体の知れない化物でなければいいがな――』

違う。

メリイは生き返っても、メリイだった。得体の知れない化物なんかじゃない。

絶対に、違う。

「……違う、――よな……?」

でも、あれからなんだ。

メリイは紛れもなくメリイだった。けれども、おかしなことはあった。

ジェシーランドに、屍肉漁《しにくあさ》りのヴールー、熊ほどに大きい狼《おおかみ》のような生き物の群れが押し寄せてきた。それはなんとか切り抜けた。問題はそのあとだった。

地鳴りみたいな音を立てて、丘が迫ってきた。もちろん、そんなわけがない。あれは丘ではなかった。巨大な黒い毛虫のようなものの集合体だった。

自然現象なのか。ああいう生き物なのだろうか。とにかく、ハルヒロは見たことも聞いたこともなかった。

ただ、メリイは知っていたのではないか。

メリイはあれを、セカイシュ、と呼んでいたような気がする。それに、魔法。そうだ。メリイは魔法を使った。大炎崖《ブレイズクリフ》とかいう炎熱魔法《アルヴマジック》を。でも、この程度でセカイシュは排除できない、といったようなことを言っていた。たしか、セトラがメリイに尋ねた。セカイシュというのは何だ、と。知らない、とメリイは答えた。自分が口にした単語なのに、わたしは知らない、と。メリイが炎熱魔法《アルヴマジック》なんて使えるはずがないのに。大炎崖《ブレイズクリフ》。奇《く》しくもそれは、元狩人のジェシーが使ってみせた魔法と同じだった。奇しくも？

本当に偶然なのか。

ジェシーランドをあとにして、海を目指していた。その途中だった。メリイと二人で話す機会があった。

『……わたし、おかしいでしょう。みんなに気を遣わせてる。わかってるの』

自分の身に異変が起きていることを、メリイは理解していた。きっと自分は変わってしまった。おかしかったら、そう指摘して欲しい。自分を止めて欲しい、とも言っていた。

『——わたしはここにいる。なのに、わからないの。いつもじゃないけど、たまにわからなくなる。強い風が吹いていて、飛ばされてしまいそう。わたしはどこにいるの？　誰か教えて。わたしは——』

パラノからグリムガルに戻ってきて、おそらくハルヒロたちは、開かずの塔の主に記憶をなくす薬か何かを投与された。さっきまで、ハルヒロも忘れていた。

どうしてか、メリイだけは違った。パラノでの出来事はよくわからないと言っていた。それ以外のことは覚えていた。なぜか、メリイだけは。

ハルヒロは地面に手をついて立ち上がった。

雨というよりも霙《みぞれ》が降っている。ずいぶん寒い。体が冷えきっていて、ハルヒロは震えていた。

もう帰ろう。どこに帰るべきなのか、わからないけれど。とりあえず、雨風をしのげる場所なら、どこだっていい。

「メリイ」

ハルヒロが呼びかけても、彼女は顔を上げない。ユメに体を押しつけて、怯《おび》えているかのようでもある。彼女は誰を怖がっているのだろう。何に脅威を感じているのか。彼女はユメに守ってもらおうとしているのだろうか。ユメなら庇《かば》ってくれる。そう考えているのかもしれない。

果たして、メリイがそんなふうに考えるだろうか。ハルヒロが知っているメリイなら。だいたい、どうして返事をしてくれないのか。ハルヒロは、メリイ、と名を呼んだのだ。一言、答えてくれてもいいはずだ。それとも、何か答えられない理由があるのか。

「きみは、ジェシーなのか」

ハルヒロがそう問いかけると、彼女は一瞬、身を震わせた。うつむいたままだった。やはり顔を上げようとはしない。

彼女は肩を大きく上下させて息をした。繰り返し、何度も、何度も。

「……メリイちゃん？」

ユメが彼女の顔をのぞきこんだ。それでも彼女は答えない。

彼女の息遣いがみるみるうちに速く、浅くなってゆく。ユメが彼女の背中をさすろうとする。彼女はその手をはねのけた。それだけではない。体ごとユメを突き離した。

「なッ――」

ランタがとっさに彼女とユメの間に割って入った。

「ち、ちがっ、違う……っ……！」

彼女は髪を振り乱して首を横に振った。

「――ああっ！」

発した声はほとんど悲鳴のようだった。いや、悲鳴そのものだった。

「んぁぁ……っ……！」

どこか痛むのだろうか。息苦しいのか。彼女は身悶《みもだ》えている。

「……違う！　違う、違う、違う、違う、違う、違う……！　わたしは……っ……！」

彼女を苦しめているのはハルヒロなのではないか。彼女はメリイだ。だって、メリイの姿をしている。メリイにしか見えない。それなのに、ハルヒロは彼女を何と呼んだ？

ジェシー、と呼んだのだ。

メリイがあの謎めいた男だとでもいうのか。そんなわけがないのに。

「メリイ！　ごめん、メリイ……！」

二人で話した、あの日。メリイが不安を吐露した、あの夜。ハルヒロはメリイを抱きしめた。メリイはハルヒロを拒まなかった。メリイは何と言った？

『ずっと、こうして欲しかったの』

覚えている。メリイはハルヒロにそう言ったのだ。

あれはメリイだった。今、悶え苦しんでいるメリイも当然、メリイだ。メリイはユメに庇ってもらおうとしていたのではない。自らの異状に気づいていて、でも、メリイ自身、どうしようもなくて、思わずユメにすがってしまった。ようするに、あの夜と同じだ。メリイは、ハルヒロのことも、ユメのことも、仲間として信頼している。だからこそ、メリイは頼ってくれた。それなのに、なんてことを。

ハルヒロはメリイに駆け寄ろうとした。そのときだった。

メリイが不意に天を仰いだ。がくっ、と音がしそうなほど急激な顔の上げ方だった。メリイは「――はぅっ」と口を開けて、瞬間、白目を剝《む》いた。メリイが自分の意思でそうしたというより、何らかの外的な力が加わった結果、そうなったように見えた。もっとも、たとえば何者かがメリイの頭を摑《つか》んで後方に引き下げようとした、という事実はない。誰もそんなことはしていない。

「……メリイ？」

「違う」

それはメリイの声だった。声自体は。

しかし、違う。

「彼は、いない」

メリイは顎を上げたまま眼球を動かして、下目遣いでハルヒロを見据えた。

「正確には、彼は自分自身を認識できる状態ではなくなってしまった。ゆえに、出てこられない」

ジェシーか。彼とは、ジェシーのことだろう。

ハルヒロが言いだしたのだ。メリイの姿をしているけれども、じつはメリイではなく、ジェシーなのではないかと。メリイは、それを否定した。でも、違う。

メ、リ、イ、じゃ、な、い。
彼女はもはや、自分がメリイではないことを隠すつもりもないようだ。声の出し方から立ち方、身振り手振り、何から何まで、メリイとは違う。少しでもメリイを知っている者なら区別がつく。それくらいかけ離れている。

「言うまでもないことだが——」

彼女が言う。

「彼女を責めるのは筋違いだ。彼女が選択したのではない」

彼女のことを、彼女が。

「……もう少しわかるように話せよ」

ランタはユメを下がらせて、自分も半歩、あとずさりした。

「いったい何を言ってやがるんだ、テメー」

彼女はランタを一瞥《いちべつ》した。顔を斜めに傾《かし》げて軽くうなずくような、特徴的な視線の送り方だった。メリイがやるような仕種《じぐさ》では絶対にない。

「彼女には一切責任がないということだ。彼女の死すべき人としての定めを乱したのは、彼女自身ではない。わたしが彼女を選んだのでもない」

「死すべき、人の、……定め、だと?」

ランタは唇を噛《か》んだ。

「……くたばったってコトか。メリイは、……死んだのか。でも、生きてるだろ。……違うのか？　おまえはメリイじゃねェーよな。つーコトは、メリイの中に、……何か別のモンがいて、——今、しゃべってやがるおまえが、……ソレ、なのか……？」

「彼女をいたわることだ」

あからさまにメリイではないものが、メリイの顔、メリイの声で、第三者のことを語るように、メリイについて話している。

「きみらは彼女を抑圧し、傷つけ、孤立させるべきではない。彼女のせいではないのだから。今のところ、彼女はまだ、記憶や意思、自己同一性といったものを保持している。しかし、無条件でそれらが存続するとは考えないことだ。わたしがこれまで観測してきたところによると、きみらのような生き物の自我は、むろん個人差はあるにせよ、さして強固なものではない。むしろ、非常に脆《もろ》くて壊れやすい」

「だからッ！」

ランタは怒鳴った。

「ベラベラ能書き垂れやがってるテメーは、いったい何者なんだよッ！　偉そうにゴタク並べる前に、まずは名乗れっつーのッ！」

「わたしに名はない」

「ごまかすんじゃねえッ！」

「いいや」

メリイではないものがゆっくりと首を振る。

「わたしは名を持たない。ただ呼び名だけがある」

「だったら、ソレを教えやがれッ！」

「死すべき定めから解きは――」

言いかけて、メリイではないものは眩暈《めまい》を覚えたように少しふらついた。頭を押さえ、目を伏せる。

「……彼女が出てきたがっている。まだ受け容《い》れる準備ができていないようだ……」

言い終える前に、メリイではないものは変わりはじめていた。ハルヒロにはそれがはっきりとわかった。

「――っ……」

彼女は息をのんだ。目を見開き、虚空を凝視する。

「メリイ……？」

声をかけると、彼女はハルヒロを見て、すぐに目を背けた。前屈《まえかが》みになり、首元あたりに両手を重ね当てて、浅い呼吸をする。

「メリイちゃん――」

ユメが近づこうとする。彼女が叫んだ。

「来ないで！」

メリイだ。ハルヒロは確信していた。

「……わたしに、近寄らないで。お願いだから……」

今は、メリイだ。

一度死んで生き返ったメリイの中に、メリイではない何者かがいる。メリイではない何者かも、と言うべきかもしれない。メリイの中にはメリイもいる。そして、今、ハルヒロたちを拒絶しているのは、メリイではない何者かではなく、メリイ本人なのだ。

5．紙一重の強情

ハルヒロたちはオルタナに戻ることにした。とりあえず帰ろう、と声をかけると、メリイはうなずいた。ハルヒロたちから距離を開けて、ついてきてくれた。まずはよかった。そうは思えなかった。何もいいことはない。いいことなんか一つもない。

北門からオルタナに入った。兵士たちはだいぶ怪訝《けげん》そうだったが、ハルヒロたちを通してくれた。

天望楼《てんぼうろう》の前で、斥候兵ニールが待ち構えていた。

「おまえら、外で何してた？」

墓参りだとハルヒロは答えた。

「こんな天気の日に、わざわざ墓参りだと？」

「こんな天気だからだよ」

口から出任せを言っている自覚はあった。ハルヒロは自暴自棄になりかけていた。もちろん、捨て鉢になるべきではない。わかっていても、自制するのが難しい状況だった。

「総帥がお呼びだ」

ニールがそう言ってきた。ハルヒロは投げやりに訊《き》いた。

「誰を？」

「おまえだよ」

「おれ一人？」

「ああ」

「使いっ走りは楽しいか？」

「あぁ？」

ニールの顔色が変わった。ハルヒロはニールの肩を叩《たた》いた。

「どこに行けばいい？」

「大広間だ」

ニールは答えながら身をよじり、ハルヒロの手を振り払った。

「……あまり俺を舐《な》めるなよ」

ハルヒロは返事をしないで天望楼に入った。大人げないことをしたとは思う。しかし、抱えているどの問題も、大人になったところで解決できそうにない。どうやって解決したらいいのか。正直、見当もつかない。

ランタたちを部屋へ向かわせて、ハルヒロは一人で二階の大広間に行った。ジン・モーギスは壇上の椅子にふんぞり返っていた。大広間にはモーギス以外に黒外套《がいとう》が五人いる。そのうちの一人は、黒外套から昇格したトーマス・マーゴ将軍だ。たいして太っていないのに、肉厚な頬肉がたぷたぷしていて、剃《そ》りこみを入れているかのように生え際がM字をなしている。あと、声が変に高い。無能ではないのだろうが、有能と言えるのかどうか。モーギスに忠実なことだけは間違いない。

「黒金連山《くろがねれんざん》のドワーフたちが我が軍に救援を求めてきた」

モーギスが声を張らずに言った。

「使者は人間だ。オルタナの住人だったという。あのイツクシマという男を、きみらはよく知っているようだな」

「牢《ろう》から出してください」

一刻も早く、今すぐに、と言い足しそうになったが、ハルヒロはなんとかこらえた。少しは自制心が復活してきているのかもしれない。

モーギスはハルヒロの発言を無視した。

「ドワーフは信頼に足る相手だと思うか」

ハルヒロは首を傾げた。

「あいにく知り合いがいないので」

「イツクシマとは話したな」

「まあ、少しだけ」

「黒金連山は新兵器を配備しているという。聞いているな」

「なんとなくは」

「その正体を知りたいものだ」

モーギスは椅子の肘掛けを二度、三度と左手の人差し指で叩いた。その人差し指には指輪が嵌《は》められている。小ぶりではないが、それほど大きくもない指輪だ。台座は金か何かで、青い石が嵌めこまれている。かなり白っぽいというか明るい青だ。石の表面に花びらのような形が浮かび上がっている。鮮やかな薄青色の宝石の中で、二片《ふたひら》の花びらが。

二片。

ハルヒロは何げないふうを装ってそっぽを向いた。ゆっくりと鼻から息を吐く。

間違いない。花びらは二片だった。宝石の中で、二枚の花びらが揺らめくように輝いていた。おかしい。

前は三枚だった。

――ような、気がするだけなのか。記憶違いだろうか。

あの遺物《レリック》とおぼしき指輪をちゃんと見たとき、ハルヒロは記憶を失っていた。今は違う。ついさっき、ハルヒロは思いだした。たぶん、何もかも。おそらくそのせいだろう。頭の中で時系列がぐちゃぐちゃになっている。何が現実で、何が想像なのか、しっかり考えないと区別できない。あの指輪は遺物《レリック》だ。それは間違いない。遺物《レリック》の力を使って、ジン・モーギスはハルヒロたちを一蹴してのけた。初対面の折、モーギスはあの指輪をしていなかった。推測だが、開かずの塔の主から譲り受けたのだろう。

宝石に浮かぶ花びらは三枚だった。

——と、思う。

今は二枚だ。

二枚になった。

一枚減った。

これはどういうことなのか。何を意味するのだろう。

「イツクシマはドワーフたちの新兵器について口を割ろうとしない」

だから投獄したのだと、モーギスは言った。

「きみらなら、聞きだせるか？　私はなるべく穏便に事をすませたいのだ。犠牲は最小限にとどめたい。これは本心だ」

イツクシマがしゃべらなければ、拷問したり、傷つけたり、殺したりするかもしれない。だから、白状させろ。モーギスが言わんとしているのはそういうことだろう。

「……話してみます」

そう答えるしかなかった。モーギスは薄笑いを浮かべて、下がっていい、とハルヒロに言い渡した。ちっとも腹なんか立たない、と言ったら嘘《うそ》になる。王様気どりかよ。

やむをえない。ハルヒロは仲間たちに事情を説明し、ユメを連れて地下牢に向かった。

地下牢には、牢番の黒外套に加えて斥候兵ニールもいた。お目付役といったところか。

ハルヒロが用件を切りだすと、イツクシマは少しきまりが悪そうだった。

「やっぱりその件か。ドワーフが新兵器を持ってるなんて言うんじゃなかったな。調子に乗ってぽろっと漏らした途端、ジン・モーギスの目の色が変わったから、まずいとは思ったんだ」

「いろいろ訊かれたでしょう。何も教えなかったんですね」

「俺はへそ曲がりでな」

「ぬう？」

ユメが首をひねる。

「お師匠なあ、おへその周り、毛ぇはもさもっさやったけど、曲がってはいなかったけどなあ？　このごろ曲がってしまったん？」

「そ、そういうんじゃねえよ。あと、毛はどうでもいいだろ……」

イツクシマはとても恥ずかしそうにしている。本当に、どうでもいい。

「その新兵器については、おれたちにも詳しく話してくれてないですよね」

ハルヒロは少し離れたところからこっちを見てニヤニヤしているニールを一瞥《いちべつ》した。

「教えてくれませんか」

イツクシマは鉄格子に顔を寄せた。ハルヒロもそうした。ユメに至っては鉄格子に顔面を押しつけた。

「あのくそったれの狙いはだいたいわかってるよな？」

イツクシマは小声で言った。

「やつはきっと、鉄塊王と取引するつもりだ。助けて欲しければ、そっちの宝物を寄越《よこ》せって具合に」

ハルヒロはうなずいた。新兵器がどういうものか知らないが、南征軍を食い止められるほどの武器なら、ジン・モーギスは手に入れたがるだろう。

「先方は取引に応じますかね」

「さあな。俺にはわからん」

イツクシマの口ぶりからすると、新兵器は譲渡可能ではあるのだろう。一つしかないとか、絶対に動かせない、といった代物ではなさそうだ。

「ひょっとしたら、ですけど——」

ハルヒロはふと思いついたことを言った。

「モーギスは交渉する相手を変えようとするかもしれません」

イツクシマは、ふむ、と鼻を鳴らして考えこんだ。

「……鉄塊王と取引できなかったら、敵と交渉するってのか？　話が通じる相手だとは思えんがな。オークだの、不死族《アンデッド》だの……」

「人間もいてるよ」

ユメが口を挟んだ。

「フォルガンがいるからなあ」

イツクシマは渋い顔をした。

「……そうか。俺は餌ってわけか」

「どうゆうことなん？」

ユメが唇を尖《とが》らせて訊いた。イツクシマがユメを見る。ユメに向けるイツクシマの眼差《まなざ》しはどこまでもやさしい。

「俺は鉄塊王の使いだからな。敵に引き渡せば、話し合いのテーブルにつくとっかかりくらいにはなるだろ」

「そんなん、ユメがさせないからなあ？」

ユメが鉄格子の隙間に指を差し入れる。イツクシマは戸惑い気味にその指にふれた。

「俺のことは心配するな」

「心配しないとか、むりんむりんやんかあ。ユメのお師匠なんやからなあ」

「……そうだな」

そのときはそのときで、自分の身はどうなっても仕方ないとイツクシマは覚悟しているのだろうか。どちらにしても、モーギスのような男に屈するのだけは我慢ならない。意固地になっているのか。

「新兵器のことは黙っておくべきでしたね」

ハルヒロが言うと、イックシマは険しい表情になった。

「それは認める。俺のミスだ。人付き合いもほとんどしない俺には、そもそも荷が重かったんだろう」

「鉄塊王のこと、褒めてましたよね」

「何が言いたい？」

イツクシマは鉄塊王に信頼され、重要な仕事を任された。それなのに、うっかり新兵器について漏らしてしまい、失敗しかけている。鉄塊王に申し訳ない。顔向けできないと考えているのではないか。だから、ジン・モーギスには従うわけにはいかない。どうしても従いたくない。

「このままだと、あなたを救出するためにあのへんのやつらをぜんぶ殺すか半殺しにして、オルタナを脱出するしかなさそうですね。そのあと義勇兵団に受け容《い》れてもらうっていうのは、なかなか難しい。義勇兵団にしても、事情があって辺境軍と歩調を合わせてるわけだから。おれたちだって、仲間を人質にとられて、わりといやいやここにいるんですけど。その仲間もどうしたら助けられるか、目処《めど》がついてないんです」

イツクシマはぷいと横を向いた。

「俺のことはいい」

すかさずユメが自分の指をイックシマの指にしっかりと絡めた。

「いいわけないやんかあ」

「ユメ……」

イツクシマは何か口にしかけた。でも、言葉が出てこなかったようだ。

「何があろうと、ユメはあなたを見捨てない」

ハルヒロはできるだけさらりと言った。言わずもがなのことを言うのは、なかなか気恥ずかしい。

「ユメの意思はおれたちの意思です。あなたが意地を張っているかぎり、事態は今言ったように動くと思う」

「俺が意地を張ってるだと？」

「違いますかね」

ユメが、うんうん、とうなずいてみせる。

「お師匠はいじっぱりんやからなあ」

「そ、そうかぁ？」

イツクシマはユメに言われると何だってぐうの音も出ないようだ。

「……まあ、そうなのかもな。いや、意地を張るなんて恰好《かっこう》いいものじゃない。俺はしくじった。なんとかごまかして、帳消しにしたかったんだろう」

「お師匠はすごいなあ。まおよっちんを認めるのは、むつかしいからなあ？」

「あやまちな……」

イツクシマは、ユメの言い間違いを訂正しながら、かわいくてしょうがないなぁこいつ、という顔をしている。しかし、ハルヒロの目を気にしたのかもしれない。

「とりあえず、わかった」

イツクシマは咳払《せきばら》いをして真顔になった。

「新兵器については話すことにする。といっても、俺も自分で使ったことがあるわけじゃないし、ドワーフが保有してる数もおおよそしか知らん」

「参考までに聞いておきたいんですけど、新兵器ってどういうものなんですか」

「銃だ」

イツクシマは明かした。

「銃」

ハルヒロは鸚鵡《おうむ》返《がえ》しに言った。

ユメは目をパチパチさせた。

「じゅう？」

「……鉄砲」

ハルヒロは呟《つぶや》いた。

自由都市ヴェーレを拠点とするK＆K海賊商会のモモヒナが持っていた。海賊商会は他にも数挺《すうちょう》、所有しているとか。

「俺はあれがどうも好きじゃないが」

イックシマは眉をひそめて言った。

「鉄血王国のドワーフは銃を製造できる。数百挺はあるだろう」

6．物は言いよう

　ジン・モーギスはただちにイツクシマを釈放させた。それからすぐに食事をともにして、非礼を詫《わ》びたらしい。ただし、頭は下げなかったそうだ。一緒に飯を食って、あの男がもっと嫌いになったとイツクシマは言っていた。いくら嫌われても、モーギスは一向に気にしないだろう。あの男の厚顔無恥は筋金入りだ。

　モーギスは辺境軍に遠征の準備を進めさせつつ、黒金連山《くろがねれんざん》に使節団を派遣することにした。総帥の代理人、辺境軍の正使として使節団を率いるのは、側近組の黒外套《がいとう》から抜擢《ばってき》されたビッキー・サンズという男だ。イツクシマはもちろん同行する。ハルヒロたちも黒金連山行きを命じられた。あとは、斥候兵ニールが一行に加わる。ニールの役回りは、正使ビッキー・サンズの補佐役兼ハルヒロたちの監視役といったところだろう。

　モーギスは一行に人数分の馬を用意した。馬体はあまり大きくないけれど、がっしりしていて、おとなしそうな顔をしている。実際、従順で、牽引《けんいん》にも乗用にも使えるのだとか。本土から連れてきた馬なのだという。

「出発は明朝だ。それまでは自由に過ごすがいい」

　モーギスは大広間に使節団を呼び寄せてそう言い放った。まるで自分が寛大な君主であるかのような態度で、恩着せがましい物言いだった。

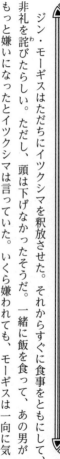

イックシマは黒金連山から連れてきた狼《おおかみ》犬《いぬ》を連れて狩人《かりゅうど》ギルドの建物などを回り、翌朝、合流するという。

ハルヒロたちは義勇兵宿舎で一泊することにした。荒れ放題に荒れ果てているものの、屋根はちゃんとある。部屋がたくさんある。燃料さえあれば暖をとることもできる。沐浴《もくよく》だってできる。天望楼《てんぼうろう》にいるよりはずっと気楽だ。

メリイのことは当然、気になる。でも、どうしたらいいのか、正直わからない。ハルヒロは仲間たちを義勇兵宿舎に置いて、西町の盗賊ギルドまで足を延ばした。

助言者《メンター》のエライザはギルドにいた。例によって、顔は見せてくれなかったが。情報を交換し、ハルヒロは図らずも記憶が戻ったことを彼女に伝えた。少しバルバラの話をした。バルバラを失ったのは本当に痛手だった。今こそバルバラ先生にいて欲しかった。

エライザの他にも、フダラクとモザイクという兄弟の助言者《メンター》が生き残っている。彼らは南征軍を追っているはずだが、まだ帰ってきていないという。兄弟のどちらかでも生存していれば、黒金連山に向かうハルヒロたちに接触してくるかもしれない。エライザは念のため、相手が盗賊ギルドの助言者《メンター》かどうか、確認するための符牒《ふちょう》を教えてくれた。

「でも、きっと役に立たない」

エライザはフダラクとモザイク兄弟にあまり期待していないようだ。

「生きていたら、ほとぼりが冷めるまでどこかに身を隠している。そういう兄弟だから」

ハルヒロは義勇兵宿舎に戻った。昔のように男部屋と女部屋に分かれてもよかったが、メリイのこともあるので、各自一部屋ずつ使うことになっていた。ハルヒロは干し草を敷きつめた二段ベッドが二台ある部屋を選んだ。

ハルヒロは壁掛けランプに火を灯《とも》した。外套を脱ぎ、ベッドの下の段に腰かける。

見習い義勇兵の頃、この部屋を一泊十カパーで借りていた。なんとも懐かしい。一台のベッドは上がランタで下がモグゾー。もう一台は上がハルヒロ、下はマナトが寝ていた。

「……風呂、覗《のぞ》きにいったりしたよな。ランタが言いだしたことだけど。最低だったな、おれたち」

今、ハルヒロが座っているこのベッドは、マナトが使っていた。隣はモグゾーのベッドだった。二人はもういない。

バルバラ先生も死んでしまった。

そういえば、チーム・レンジのサッサも赤の大陸で命を落としたらしい。

ハルヒロはため息をついた。

吐息ごと重苦しい気持ちを吐き捨ててしまいたいが、無理だろうな、と思う。上手に気分転換できるほうではない。自分で望んだわけではないけれど、ほとんど何もかも忘れてしまった。それなのに結局、思いだした。収まるべきところに収まって、なるようになった、ということなのかもしれない。

何者かが部屋の戸をどんどんと叩《たた》いた。その前から足音が聞こえていたから、ハルヒロは驚かなかった。

ハルヒロが返事をする前に戸が開いた。

「ケッ」

仮面の男だった。

「辛気くせェーツラしやがって。士気が下がるだろうが、クソボケが」

「悪かったな。この顔は生まれつきだよ」

「顔の造作は変えらんねェーんだから、せめてシャンとしろって言ってんだよ。わかんだろうが、それくらい」

仮面の男は部屋に入ってきて、モグゾーが寝ていたベッドに腰を下ろした。

「ぜんぶ思いだしやがったんだな」

「まあ……」

ハルヒロはため息をついた。なんだかため息ばかりついているような気がするが、今に始まったことではない。昔からだ。

「たぶんね」

仮面の男は仮面を外してベッドの上に放った。

「煮えきらねェーヤローだぜ。記憶があろうとなかろうと、おまえってヤツはよ」

ハルヒロは苦笑した。

「そうだな」

「メリイは――」

ランタは低い声で言った。

「ユメにそれとなく見張らせてる」

本来なら、メリイのことはハルヒロが手配というか指図しておくべきだったのかもしれない。ランタに任せてしまった恰好になる。手抜かりだが、まあいいかとハルヒロは割りきることができた。

何もかもハルヒロが背負いこまないといけないのか。そんなことはない。多少はランタに肩代わりさせてもいいし、ユメも見違えるほど頼もしくなった。セトラなどは頭の出来がハルヒロとは違う。クザクにしても、体を張ることにかけては並大抵ではない。

「なあ、ランタ」

この部屋で爪に火を灯すようにして暮らしていた。

いつしか時が流れた。

言い尽くせないくらい、いろいろなことがあった。

ハルヒロたちは変わった。皆、変わらずにはいられなかった。

「あの頃……」

「アァ?」

「こんなふうになるなんて、あの頃は思いもしなかったよな」

「オレ様は万能だがよ」

ランタは笑い飛ばした。

「あいにく全知全能ってワケじゃねえ。予知能力は備わってねェーからな」

「ちょっと、さ。ハードすぎ……」

ハルヒロはおそらく愚痴る相手を間違っている。ランタのことだから、ハルヒロを嘲ってボロクソにけなすだろう。

「所詮、何もかもクソだからな」

ランタは雑に脚を組むと、両手を干し草のベッドにつき、上体を反らした。ランタなのに、ハルヒロを蔑まなかったし、からかいもしなかった。ランタのくせに。

「そもそも、生きててクソじゃねェーコトって、そんなにあるか? 考えてもみろっつーの。オレらァ、自分の名前しか覚えてねェーとかクソな状況で、この暮らし始めたワケだけどよ。仮にそうじゃなくたって、だぞ? 生まれたら、食って寝て、クソして食って、寝て食って、クソして寝て、食って寝て、――ンなコトやってるうちに、いつかくたばっちまう。生き物なんつーのは、どいつもこいつも大差ねェーよ。ようするに、食って出して寝てるだけじゃねェーか」

「身も蓋もないな」

ハルヒロは少しだけ笑った。おかしくて笑ったのではない。笑う以外に何ができるだろう。笑うくらいしかできることがなかった。

「でもさ、それだけってことはさすがにないんじゃないの」

「まァーな」

ランタはあっさり認めた。

「生き物っつーのは、死ぬ前に必ず生まれるモンだからよ。とどのつまり、生むために生まれて死ぬワケだから、そう考えると子孫繁栄は重要だ」

「それは、ね」

「おまえだって、女とヤりてェーっつー衝動はあるだろ」

「……ないこともないけど」

「いちいち留保をつけンじゃねェーよ。たまにでもヤりたくなるんだったら、そこはシンプルにあるでいいじゃねェーか」

「まあ、あるよ、それは」

「つっても、その衝動だって、オレらが生き物として子孫を残すための仕組みでしかねェーンだよな」

「……言っちゃえば、そうなのかもしれないけど」

「おまえみてェーなボンヤリしたヤローでも、自分のガキが目の前にいたらよォ、目の中に入れても痛くねェーホド、ゲロかわいかったりするんだよ、きっと」

「想像したことないな」

「このオレ様が断言してやるよ。おまえは自分のガキをゲロかわいがるクソみてェーなクソ中のクソだ」

「自分の子供をかわいがるのは、べつにクソじゃなくない？」

「ソレが仕組まれたコトじゃなけりゃな」

「……ああ。おれたちは、生き物として、自分の血を引く子供をかわいがるようにつくられてるってこと？」

「モチロン、ガキを愛せねェーアホなクソ親もいるだろうけどな。基本的には大事にするようにできてンだろ。さもねェーと、子孫繁栄が覚束ねェーからな。何もかもそォーやって仕組まれてやがるンだとしたら、冷めねェーか？」

「いや、べつに……」

「オレは冷めるね。マジでクソだよな。何もかもクソだろ。マジで。マジで……」

深い森の中、一人きりでいたときのことをランタは語った。周りには誰もいない。本当に誰もいないのだ。世界にたった一人、自分自身しか存在しないのではないか。何をしても、どこまで行っても、いつになっても、誰かに会うことはない。もう誰にも会えない。

そんなときは、猛獣か何かに襲われて、食われてしまいたい、といったようなことまで考えてしまう。

あるいは、何も口に入れないで、食べず、飲まずに、このまま朽ちてしまうのを待とうか、と思いたったりもする。

それでも、いずれはこの深い森から脱出しようとする。どれだけ出たくても、出られるのか。可能かはどうかはわからない。できないかもしれない。森の中で、それこそ猛獣に食われ、もしくは、道に迷ったあげく、人知れず死ぬかもしれない。

どこまでも静かな、決して物言わぬ恐怖が首を絞める。

窒息してしまいそうなのに、気を失うことはない。

足は重い。

体全体が限りなく重い。

一歩、たった一歩、その最初の一歩を踏みだすことが、どうしてもできない。

それでも、いずれはこの深い、深すぎる森から、なんとか脱出しようとするのだ。

「――一回じゃねえ。そんなコトが何回もあったよ」

ランタは薄笑いを浮かべていた。目は半開きだった。唇や顎が、かすかに震えているようにも見える。思いだすと、恐ろしくてたまらないのだろう。でも、その記憶から逃げ回るつもりはない。強がりでも、やりとおせば本物になる。それがランタの流儀だった。

「オレはマジで一人なんだ、――ってな。思い知らされた。話し相手が欲しくたって、目の前か、頭ン中に誰かいるコトにして、ブツブツ独り言を言うしかねえ。マジでクソだったぜ。今でも、眠るとたまァーにだが、そのトキの夢を見る。あァーまたかってな。くたばるトキはこんなカンジかもなって思ったりもする。だとしたら、……ジワジワ死ぬのは、オレァ、ゴメンだ。スパッと一発で死んじまうのがいい。まったく、クソだよな。生きてるってのはよ、究極、そういうコトなんだと思うぜ」

「……なんかよくわかんないんだけど。究極そういうことって、どういうこと？」

「アホが。わかれっつーの」

ランタは舌打ちをした。

「いいか、パルピロォ。どれだけいい思いをしまくったとしても、だ。たとえ、オレ様のすばらしすぎる遺伝子を受け継ぐガキを三千人こさえても、だぞ？　一瞬でくたばって、何ッッにもわッかんねェーか、悶《もだ》え苦しんで、ウッハァー最悪じゃんとか思いながらおっ死《ち》ぬかして、クソ同然の、つーかクソそのモノの死体になる。ソレがオレらの人生、ソレだけが真実だっつーコトじゃねェーか」

「おれはそんなふうには思わないけどな」

「好きにしろよ。ソイツはおまえの自由だ。オレは何もかもクソだと思ってる。コイツはオレの自由だ」

「合わないよな、おれら」

「ンなコトァ、とっくにわかってんだろ?」

「まあね」

「どんなヤツもクソだ」

「ユメもか?」

「例外はねえ。オレはクソで、アイツもクソだし、生きててもクソで、死んでもクソだ。それでもオレは、後生大事に抱えてたいと思ってる。言ってみりゃ、オレは一人ッきりの深い森で、悟りってヤツを開いたワケだ。わかっちまったんだよ。大事なコトは、オレやアイツがクソかどうかじゃねえ」

ハルヒロが解釈するに、ランタが言わんとしているのはつまり、こういうことなのではないか。

すべての価値は虚飾でしかない。何もかも無価値だ。いかにもありそうな、ないわけがないと思える価値というものを、ぜんぶ剝ぎ取ってしまう。そうして残ったものだけを大切にすればいい。

「ハルヒロ、おまえ、何か特別な理由なり何なりがあって、それでこんなクソイベントが続いてるとでも思ってやがるのか?」

違うね、とランタは自信たっぷりに言いきった。

「初めッから、おまえ含めて何もかもクソなんだからよ。起こるイベントがクソなのも当然じゃねェーか。クソの分際で、生意気にブーたれてんじゃねえ。クソくらい受け止めろ。クソなんだからな」

ひどい言い種《ぐさ》だとハルヒロは思った。でも、腹は立たなかった。

あれから時が経《た》って、昔の自分じゃないと感じている。それなのに、相も変わらず事態に翻弄されて右往左往しているのは、どうなのか。もう少しまともな判断を下して、このろくでもない境遇から抜けだすことはできないものなのか。そんなふうに考えているハルヒロに、図に乗るな、とランタは釘《くぎ》を刺しているのだ。もともとハルヒロたちはこんなものだった。だとしたら、ずっとこんな調子だとしても不思議ではない。

勘弁して欲しいが、どのみち投げだすわけにはいかないのだ。この深い森から抜けだす方法を模索するしかない。いつかのランタのように一人きりではないのだから、まだずっとマシではないか。

7．僕が僕であるためというわけでもなく

時鐘が鳴る前のまだ薄暗い早朝なのに、シノハラらオリオンの面々が北門に勢ぞろいして辺境軍使節団一行を見送ってくれた。

霧がかかっていて、まだ夢の中にいるかのような旅立ちだった。それも、あまりいい夢ではない。どちらかと言えば、悪夢だ。

「すみません、わざわざ……」

ハルヒロが恐縮してみせると、シノハラは、何を水くさい、と笑った。

「私も同行できたらいいのですが、残念ながらそうもいきません。道中、くれぐれも気をつけて。無事を祈っています」

この男はつい先日、腹心で友人でもあるキムラを失った。その際、らしくないと思えるほど取り乱していたが、今はもうけろりとしている。開かずの塔の主にまつわる疑惑もあるし、どうにも挙動不審だ。

世話になった先輩義勇兵といったら、まずシノハラの名が浮かぶ。ハルヒロはけっこう尊敬していたし、信頼できる人格者だと思っていた。人を見る目がなかった、ということなのか。

「……ありがとうございます。それじゃ、おれたち、そろそろ」

ハルヒロが頭を下げると、シノハラは片手を挙げた。

「オリオン！」

すぐさまハヤシたちオリオンの面々が、一斉におのおの武器を掲げてみせる。

「うぉっ。かっけぇ……」

クザクは素直というか、単純というか。ランタは仮面の奥で舌打ちをした。

「出発！」

高らかにそう宣言したビッキー・サンズと斥候兵ニール、それからイックシマは馬にまたがっている。ハルヒロたちは騎乗していない。各自の馬に荷物を載せて、手綱を引いている。

「ポッチー！」

ユメが呼びかけると、少し離れたところでお座りをしていたイックシマの狼犬《おおかみいぬ》が駆け寄ってきた。ポッチーはもともと狩人《かりゅうど》ギルドで飼育されていたようだ。イックシマだけでなく、ユメにも懐いている。

九人と馬九頭、狼犬一匹で構成される辺境軍使節団一行は、オルタナを発《た》って北へと進んだ。風早荒野《かざはやこうや》に入ると、霧はすっかり晴れた。

やがて日が昇り、あたたかくなってきた。雲は少なく、風早荒野にしては風もさして強くない。程なく暑いくらいになった。

今後のために、ハルヒロたちは乗馬の練習をした。馬竜に乗ったことがあるらしいユメはめきめき上達し、ハルヒロとランタ、メリイ、セトラも並足ならいけそうだった。クザクは馬のほうが乗られるのを嫌がった。

「俺、でかいからかな。重いんすかねぇ」

クザクが首を撫《な》でたりすると、馬は満更でもない感じなので、嫌われているわけではなさそうだ。

「馬にも乗れんとはな。使えんやつめ」

やけに毛深くて一本眉のビッキー・サンズ正使は、クザクを罵りながらも手取り足取り馬の乗り方を教えた。なんでも彼は馬飼いの家出身で、本土では馬丁をしていたこともあるのだとか。懇切丁寧に手ほどきしてもらったおかげで、クザクはなんとか馬に乗せてもらえるようになった。

「おぉ。歩く。歩いてくれてるよ。俺の馬クン。ビッキーサン、あざぁーっす」

「俺じゃなくて、馬に感謝しろ。馬鹿め」

ビッキー・サンズは憎まれ口をたたきながらも顔を少し赤らめていた。照れているようだ。黒外套《がいとう》組にしては、妙に人がいい。

風早荒野をこのまま三百キロ北に直進すれば、影森が広がっている。そこから東へ百五十キロ行くと、涙の河、イーロートにぶちあたる。イーロートの源流は黒金連山《くろがねれんざん》だ。河を百数十キロ遡るだけで目的地に辿《たど》りつける。これがもっとも簡単でわかりやすいルートだが、遠回りになる。

一行はまず、風早荒野の中にそびえる冠山という山脈を目指して北東に進むつもりだった。むろん、山登りはしない。冠山の裾野伝いに、イーロートにぶつかるまでさらに北東へ進む。あとは河沿いに黒金連山を目指せばいい。

予定はあくまで予定だ。どこに敵がいるのか定かではない。単独行よりずっと発見されやすいし、風早荒野は遮蔽物が極端に少ないから、かなり遠くのものも見えてしまう。何が起こるかわからないが、臨機応変に対処するしかない。こちらにはイツクシマ、そしてユメという野外行動のエキスパートがいる。イツクシマは風早荒野に詳しいようだし、地の利はある、と言ってもいいだろう。

冠山までは、おおよそ三日といったところらしい。これだけ離れていても、晴れていれば山影がはっきりと見えるので、目印にできる。

一日目は順調だったが、二日目の午《ひる》過ぎにユメがそれを見つけた。

「ふぉおぉ。お師匠、なあ、見て見て」

ユメは馬上でやや西寄りの北を指さしている。イツクシマも馬を止め、ユメが示した方向に目を凝らした。

「む、あれは――」

ハルヒロは狩人のユメやイックシマほど目がいいわけではない。それでも、ユメが何を指し示しているのか、すぐにわかった。というか、全員、それを見つけたようだ。

「え？」

クザクは手綱を引いている馬の首を撫でながら、首を傾《かし》げた。

「あれ、木っすかね」

「ヴァカかッ」

ランタは鞍上《あんじょう》で仮面をずらした。

「風早荒野にあんな高い木は生えてねェーんだっつーの。やたらと細長ェーケドも……」

「動いているように見えるな」

セトラはもう馬を乗りこなしつつある。止めるのも歩かせるのも自由自在だ。

「……マジかよ」

斥候兵ニールが顔をしかめて舌打ちをした。ニールの馬がさかんにきょろきょろして、左右の耳を動かし、鼻孔を広げている。あれはたしか、不安がっているときの仕種《しぐさ》だ。見ると、ハルヒロの馬も同じように耳をばらばらに振っていた。こういう場合は、どう、とか、ホー、と声をかけながら、撫でてやったりするといいらしい。そういえば、クザクはすでに馬の首を撫でていた。ハルヒロも真似《まね》ることにした。

「どう、どう……」

「それで?」

馬に乗っているビッキー・サンズは堂々と胸を張っていて、五割増し、いや、倍くらいは立派に見える。

「あの細長いのは何なんだ?」

「風早荒野の、巨人……」

メリイが呟《つぶや》いた。ビッキー・サンズは目を剝《む》いた。

「巨人だと?」

狼犬ポッチーが、うぉんっ、うぉるるぅぅーん、と吠《ほ》えだした。

「ポッチー!」

イツクシマがたしなめると、ポッチーはすぐに鳴き止《や》んだ。

ニールは何回もまばたきをした。

「……俺にはずいぶん遠くにいるように見えるんだが、それにしては奴《やっこ》さん、いやにでかくないか」

ヘッ、とランタが鼻を鳴らした。

「何しろ、巨人だからな」

「実際どのくらい大きいんだ」

ビッキー・サンズがイツクシマに訊《き》いた。イツクシマは首を横に振ってみせた。

「正確なところは俺もわからん。遠目には何度となく見かけたが、近づいてみたことはないんでな。十メートルじゃきかないとは思うが」

「近づかなければ平気ということだな」

ビッキー・サンズは意外と腹が据わっているようだ。イツクシマはうなずいた。

「まあ、そうだ」

とりあえず、細長巨人を気にしないで進むことにした。例の細長巨人の姿は日が暮れて暗くなるまで見えていたので、不気味ではあった。けれども、近づいてきているわけではなさそうだ。一行は交代で見張りを立てて、五、六時間の睡眠をとった。ハルヒロが目を覚ました頃には空が白みはじめていた。

「……いるし」

北の方角だ。細長巨人が立っている。移動しているのかどうかはよくわからない。とにかく、いる。それだけは間違いない。

「けっこう変な夢、見た気がするんすよね、俺。これか……」

クザクは起きだすなり、まだ半分寝ぼけているようなことを言った。

「さっさと出発するか」

イツクシマは皆を急がせた。異論は出なかった。

日が完全に昇ってすっかり明るくなると、使節団一行はいちだんと危機感を募らせた。

「うにゃあ……」

最初にそれを発見したのは、やはりユメだった。ユメは器用に馬を操りながら、北東を指さした。

「なんかなあ、新しいのがおるやんかあ」

北東というと、目指す冠山の方向だ。その山影に紛れて、やや見えづらい。だが、よくよく注意して見ると、ハルヒロでも確認できた。そちらにも細長巨人らしき影がある。

イックシマはユメを見て、小鼻をうごめかせた。

「ユメ、おまえ、俺より遠目がきくようになったな」

「感心してる場合かッつーの……」

ランタのツッコミに力がない。

ビッキー・サンズは一本眉をV字に吊《つ》り上げて斥候兵ニールに視線を向けた。

「どう思う?」

ニールは首をひねった。

「どうだろうな……」

「問題は、こちらに向かってきているのかどうかだな」

セトラはあえてわかりきったことを言ったのだろう。不安や恐怖に目が曇ると、わかりきっているはずのことがわからなくなったりする。

「ぬぅー……」

ユメは二体の細長巨人を交互に見た。

「むつかしいとこかもなあ」

「この程度まで近づいたことなら何度もある。しばらく予定どおりに進んでみて、距離感を測るのがいいだろう」

イツクシマが言うと、狼犬ポッチーが、うぉんうぉんっ、と吠えた。ユメは笑った。

「それがいいよって、ポッチーもゆってるしなあ?」

ビッキー・サンズはあっさりイツクシマの提案を受け容《い》れた。この男は人の話によく耳を傾けるし、決断力がある。どっしり構えていて、めったなことでは動じない。黒外套の中にもまともな人材がいたということだろう。

使節団一行は細長巨人を注視しながら冠山に向かって進んだ。

容赦なく照りつける太陽光を、ごうごうと吹き荒《すさ》ぶ風が吹き飛ばそうとしているような、風早荒野《かざはやこうや》にはよくある午前中だった。

天竜山脈の麓に位置するオルタナ一帯には四季らしきものがあるが、風早荒野には季節感がほとんどない。晴れて風が弱い昼間は暑くてかなわないし、風が強く吹いてくれるといくらかすごしやすくなる。日が沈めばぐっと冷えこむ。天気が荒れると、いろいろな種類の過酷さが多方面から襲いかかってくる。

ハルヒロは小耳に挟んだことがあるだけだが、万雷嵐《ばんらいあらし》と呼ばれる風早荒野特有の天候があるそうだ。みるみるうちに真っ昼間なのに真っ暗になるほど雲が立ちこめ、強風が吹き荒れる中、降り注ぐように雷が落ちる。万雷嵐に見舞われたら、地面にへばりついていても感電してしまい、生還するのは至難だとか。

好天には恵まれている。

運のほうは、どうなのだろう。

午過ぎにユメが三体目の細長巨人を見つけた。三体目は二体目とだいたい同じ方向で、距離は二体目よりも遠い。

すなわち、使節団一行から見て北北西に一体、それから冠山の方向、北東から北北東に二体の細長巨人がいる、ということだ。

「こいつは追いかけられてると考えるしかなさそうだな」

イツクシマはそう結論づけた。

「これ以上、冠山方面に進むのはまずい。こっちから巨人に近づいていくことになる」

「引き返すか……」

ニールが不安げにビッキー・サンズを見る。我らが正使は決然と首を横に振った。

「いいや。俺たちはなんとしても黒金連山《くろがねれんざん》まで行き着いて、鉄塊王に総帥の親書を渡さないとならん。引き返すなど問題外だ」

「そんなことはわかってるさ。言ってみただけじゃねえか」

ニールは決まりが悪そうに顔をしかめた。

「で？　どうする？」

戻るわけにはいかないが、細長巨人に突っこむのはどう考えても愚策だ。

「ここから東に進んでも、イーロートにぶちあたる。そうだな？」

ビッキー・サンズがイックシマに尋ねた。使節団一行の目的地は黒金連山だ。とにかくイーロートを遡れば、いつか必ず黒金連山に辿りつける。

「そのとおりだ」

イックシマがうなずくと、ビッキー・サンズは即断した。

「だったら、東だ」

こうして使節団一行は真東に進路を変えた。

クザクもだいぶ馬に乗れるようになってきたというか、馬に乗せてもらえるようになってきた。なるべく急いで細長巨人を早く引き離したいところだ。

しかし、行けども行けども三体の細長巨人を振りきることはできなかった。近づいているようには見えないのだが、遠ざかっている感じもしない。

「こんなことは、ついぞなかったんだがな」

風早荒野をよく知っているはずのイックシマにとっても、この事態は想定外のようだ。

「もしかすると、風早荒野の異変に巨人たちが反応して、行動が変わってるのかもしれん。ここしばらく、オークだの不死族《アンデッド》だのの大軍が我が物顔で歩き回ってるわけだからな」

人間族は風早荒野を開拓せず、天竜山脈の裾野にダムローなどの都市を築いた。エルフたちは風早荒野の手前に広がる影森を住《す》み処《か》とした。風早荒野の環境が彼らを拒んだという側面もあるが、イックシマ曰《いわ》く、それだけではないのだという。

人にせよ、エルフやドワーフにせよ、オークにせよ、雲を衝《つ》く風早荒野の巨人たちを大いに畏怖していた。風早荒野の巨人にまつわる逸話は数知れない。ただし、人間族については、王国の大半が滅びてしまい、アラバキア王国も一度は天竜山脈の南へと逃れた。おかげで巨人に関する説話のたぐいが忘れ去られてしまった。

「俺は、エルフやドワーフが語り継いできた巨人伝承もいくらかは知っている。人間族はどうも風早荒野の巨人を軽視しすぎだ。オークなんかも同じだろう。俺たちは、風早荒野の主が何ものかってことを、ちゃんとわきまえておく必要がある。それは、間違っても俺たちじゃない。オークでも、不死族《アンデッド》でもない」

日が暮れて夜の帳《とばり》が下りると、当然のことながら細長巨人の姿は確認できなくなった。けれども、明るいうちはずっと見えていたわけだから、遠くへ行ってくれたと考えるのは早計というか、大間違いだろう。

使節団一行は夜を徹して移動を続けることにした。

方角はイツクシマとユメが星で判断できる。月明かりなどほとんど何の役にも立たない、すぐ隣にいる者の気配すら遮断してしまうような、恐ろしいほど濃密な暗闇をかき分け、かき分けて、東へ、ひたすら東へ。ときおり馬を休ませ、草を食《は》ませる以外は、何はともあれ東へ。

「待て」

未明だった。イツクシマが一同にそう声をかけて馬を止めた。

下馬して、地べたに這《は》う。何をやっているのか。ユメも同じことをした。

「感じるな」

イツクシマが言うと、ユメが即座に同意した。

「うん。これ、けっこう近いのとちがうかなあ？」

ビッキー・サンズも馬から下りて、イツクシマとユメに尋ねた。

「何事だ」

「ちょっと待ってくれ」

イツクシマは片手を挙げてビッキー・サンズを制した。ただ四《よ》つん這《ば》いになっているのではない。地面に頭を、というか、耳を押しつけているのか。イツクシマは何度か場所を変えた。

「……まずい」

狼犬《おおかみいぬ》ポッチーが急に吠《ほ》えた。

「ポッチー！」

イツクシマが叱ると、ポッチーはすぐにおとなしくなった。

そのときにはもう、ハルヒロも何かを感じていた。いや、何か、というような曖昧なものではない。音だ。かなり重くて低い音が聞こえる。重低音だ。

しかも、おそらく東からだ。その音は、進行方向から聞こえる。

「……何か来てやがるぞ」

ランタが呟《つぶや》いた。

馬たちが一斉にフーフーッと変な声を発したり、身をよじったりしはじめた。

「わ、わっ……！」

暗くてハルヒロには見えないが、クザクが馬を御するのに苦労しているようだ。ハルヒロも似たようなものだった。

「どう、どう！」

なんとかなだめようと頭や首を撫《な》でても、手綱を引いても、脚で馬腹を締めつけても、馬はいななないて暴れようとする。

「冗談じゃねえ……！」

斥候兵ニールの声だった。馬蹄《ばてい》の音がそれに続いた。

「あの男、逃げたぞ……！」

セトラが叫んだ。

「ニール……！」

ビッキー・サンズが大声で呼ばわったが、ニールの返事はない。

ポッチーがふたたび吠えたてはじめた。イックシマはポッチーを止めなかった。

「みんな荷物を下ろして、馬を放してやれ！　急げ！　早く……！」

「ええ……！」

いち早く応じたのは、たぶんメリイだ。クザクが自分から下りる前に落馬したのか。

「——おわっ⁉」

「大丈夫か、クザク！」

ハルヒロはクザクに声をかけながら、鞍《くら》に固定してあった荷物を外した。下馬して、馬の尻を叩《たた》いてやる。

「行け！　無事でいろよ……！」

人間風情に言われるまでもない、とばかりに馬は走りだした。

「どうする……⁉」

ビッキー・サンズは馬に乗ったままのようだ。馬はかなりばたついているが、鞍上《あんじょう》のビッキー・サンズは振り落とされていない。

「こうも暗いと――」

イックシマは声を張り上げた。

「一《いち》か八《ばち》かだ、明かりをつけろ……！」

「わかった！」

間もなくセトラが荷物の中から角灯を出して点火した。ビッキー・サンズ以外は馬を放していて、荷物がそこらに散らばっている。ニールの姿はやはり見あたらない。ランタは早くも刀を抜いていた。ハルヒロは呆《あき》れた。戦うのかよ。ユメが東を指さす。

「あっちや！」

セトラが東のほうに角灯を向けた。反射鏡を備えた投光器ではないし、光が届く範囲は限られている。にじむように円く地面を照らす角灯の光の向こうには、押しても引いてもびくともしなそうな重い闇がひしめいていた。あまりにも暗い。暗すぎる。ユメの目は何かそれらしいものをとらえているのかもしれない。でも、ハルヒロには暗闇しか見えない。今のところは。

見えなくても、感じる。音が、振動が近づいてきている。

「荷物を持てるだけ持て！」

ハルヒロは自分の荷物を拾い集めながら指示した。戦うなんて無謀というか無理だ。背負い袋を担ぎ上げながら、イックシマに訊《き》く。

「逃げるとしたら、どっちですか!?」

イックシマはハルヒロに顔を向け、何か言いかけた。すぐに東のほうを見やった。

ランタがわめいた。

「来やがるぞ……ッ!」

「ぬにゃあ!」

ユメが奇声を発した。ビッキー・サンズが思いきり手綱を引いて、馬を方向転換させながら怒鳴る。

「た、退避……!」

「みんな、先に……!」

何を思ったか、クザクが闇めがけて突進してゆく。

「ここは俺が……!」

「おい、馬鹿!」

セトラが止めようとする。でも、セトラもその場から動くことはなかった。クザクを呼び止めようとしただけだ。行くなと言っただけでクザクは止まらない。そんなことはセトラもわかっているだろうが、この状況下でクザクを追いかけるのは危険すぎる。

闇が動いて、押し寄せてくる。

いや、闇だけじゃない。

ハルヒロは闇以外のものを見た。それはずっと高い場所にある。何か丸い物体だ。薄ぼんやりと光っている。二つだ。水平方向に並んでいる。何だ、あれ。

「あぁっ――」

クザクの声がした。前方の圧倒的な闇の中から聞こえた。同時に、硬い物同士がぶつかる音が響いた。

「っ……！」

ユメが頭上を振り仰いだ。そのままぐるっと後方を振り返る。ランタも後ろを見た。

「――ンだッ!?」

そっちのほうから、グシャッという不快で不吉な音がした。ハルヒロは絶叫した。

「クザァァァァァァーーーーーーク……ッッッ！」

「……ふぁいっ……」

力ない声だった。でも、たしかに聞こえた。

生きている。少なくとも、息はある、ということだ。クザクは人一倍頑丈だし、そう簡単に死にはしない。死なれてたまるか。

「メリイッ！」

ハルヒロが声をかけるよりも早く、メリイは駆けだしていた。よく聞こえなかったが、任せて、といったようなことを言っていたような気もする。

「──届くか……!?」

イックシマがそっくりかえるような姿勢で弓矢を構えている。何をするつもりなのか。決まっている。

イックシマは射るつもりだ。あのずっと上のほう、高い場所でぼんやりと光っているように見える二つの物体は何なのか。ハルヒロもだいたい推測がついていた。

おそらく、目だ。眼球というものが細長巨人にあるのか。定かではないが、きっとそれに相当する器官だろう。

すなわち、あのくらいの位置に細長巨人の頭部があって、目のようなものがある。イックシマはそれを矢で攻撃しようとしている。ユメも弓に矢をつがえた。

「ユメも……!」

「──って、ンなモン……!」

ランタが難癖をつける前に、イックシマが矢を放った。一本じゃない。何本もの矢を立てつづけに射た。ユメもイックシマに続いた。ものすごい早業だった。二人の狩人《かりゅうど》が、ほぼ直角に近い射角で次から次へと矢を連射している。矢の軌跡はハルヒロにはよく見えない。とにかく矢が飛んでいる。それしかわからない。でも、音や振動が止まった。いや、音は鳴り響いた。別の音が。

「ンモオオオオオオオオオ。ンンンンンモオオオオオオオオオオオオオオオオオオ」

馬鹿でかい牛か何かが鳴いているみたいな音だ。空から聞こえてくる。上のほうから。ひょっとして、声なのか。もしかすると、これは細長巨人の声なのかもしれない。

「——きッ、効いてンのか……ッ!?」

ランタの問いに答えるのは難しい。どうなのだろう。ハルヒロも知りたい。

「よし、今のうちに……！」

ビッキー・サンズは馬を煽《あお》ろうとしたが、必死に矢を射つづけているイツクシマとユメを見て思いとどまったようだ。

「——んむう……！」

イツクシマとユメに細長巨人を食い止めてもらわないと、今のうちに逃げることはできない。つまり、逃げるためには二人を犠牲にしなければならないのだ。そうしろと命じなかったビッキー・サンズに、ハルヒロは好感に近いものを抱いた。けっこういいやつなのか。しかし、じゃあどうする、という問題を避けて通ることはできない。

「貸して！」

ハルヒロはセトラから角灯をひったくって走った。結局のところ、相手がちゃんと見えなければ、何をどうするもへったくれもあったものではない。

それにしても、角灯の光がだんだんとその姿をあぶり出すように照らすといった様相をなんとなく想像していたのだが、ぜんぜん違った。

「ンモオオオオオオオオオオオオオンンンンンンンンモオオオオオオオオオオオオ」

あまりにも突然だった。ハルヒロの目の前に壁が立ちふさがった。この壁は何で出来ているのか。光沢はなく、滑らかではない。岩だろうか。木のようでもある。だが、植物の質感ではない。それでは何なのか。そう訊かれると困ってしまう。何にせよ、ハルヒロがこれまで見たことがないものだ。色もよくわからない。よく、というか、まるでわからない。いったい何色と表現すればいいのか。白ではない。黒でもない。赤とか青、黄色でも、緑色でもないし、茶色でもない。名前がなさそうな色だ。

ハルヒロは角灯を掲げた。その壁はもっと、ずっと上まで続いている。高い。かなり高い壁だ。

「――……っ!?」

何か落下してくる。ハルヒロはとっさによけた。それは地面に落ちた。

矢だ。

イツクシマかユメが射たものだろう。それ以外にありえない。

矢は垂直に落ちてきた。二人のどちらかが矢を放ち、それが何かに撥《は》ね返された。そして、たまたまハルヒロめがけて落ちてきた。そういうことなのだろう。で？　どうすればいい？　考えろ。いや、だめだ。じっくり考えている余裕はない。早く決めないと。そう思った矢先か、その寸前にそれが起こった。

壁が上昇してゆく。すごく速くはないが、遅くもない。音はあまりしなかった。ハルヒロはあんぐりと大口を開けた。つい傍観者になってしまった。迂闊《うかつ》と言えば迂闊だが、これは見てしまう。見入るというか、ただただ圧倒されるというか。

「あ、やばっ――」

壁はどこまで上昇したのか。とにかく、いったん見えなくなった。その直後だった。下降してくる。というか、おかしい。上昇する前、壁はハルヒロの目の前にそびえていたはずだ。それなのに、落ちてくる。上から。真上だ。こうなるともう、壁とは呼べない。何らかの巨大なかたまりが、おそらく細長巨人の一部、きっと足が、ハルヒロの頭上に迫っている。

「っっっ……！」

ハルヒロは踵《きびす》を返してひた駆けた。やばいなこれ踏まれるかもな、そうしたら潰れちゃうな、完全アウトだな、死ぬな、といったような思いが脳裏を去来した。

体が突き上げられるように浮き上がってから、衝撃を感じた。本当は順序が逆だったのだろう。でも、なぜかハルヒロはそう感じた。

「――おっ……！」

浮き上がったのはハルヒロだけではない。土砂だ。大量の土や小石なども一緒くただった。浮き上がるというか、噴き上がっている。

踏まれなかったのか。潰れていないから、どうやら直撃は回避したらしい。嵐のような土砂の中、ハルヒロは動揺して手足を多少バタつかせてしまったが、なんとか着地できた。振り向くと、壁、いや、細長巨人の足が見あたらない。

「えっ、嘘《うそ》っ……」

「逃げろォーーッ……！」

喉よ裂けよとばかりに誰かが叫んだ。ランタだろうか。

その瞬間、ハルヒロが考えたのは、細長巨人が同じことを繰り返そうとしているのかな、といったようなことだった。ランタに、逃げろ、と言われた。そうだ。逃げないと。逃げるのだ。さもないと、今度こそ踏み潰されてしまう。土煙を突き破る勢いで、逃げろ。走れ。ハルヒロは角灯をしっかりと持っていた。明かりが手許《てもと》にあっても、後ろや頭上を見るゆとりはない。気休めにすぎなくても、光を放つものが身近にあるというだけで精神的にはけっこう違う。かなり心強い。

「ぁっ……ッ――」

衝撃と同時に体が浮いたように感じた。体感的には一度目よりもすれすれだった。石か何かがぶつかって、角灯が割れたのか。炎の光が揺れて乱れた。ハルヒロの体にもいろいろなものが当たった。痛くはなかったが、地に足がついていないし、とんでもなくひどい目に遭わされている感が半端ではない。これマジで本格的にやばいんじゃないの。

受け身がとれなかった。地面との距離感はおろか、自分の体勢すら把握できなかったので、どんなふうに地べたに突っこんだのかも正直わからない。角灯はなくなっていた。ハルヒロは闇の中にいる。

死んでいない。生きている。それだけは間違いない。

ハルヒロは起き上がって進もうとした。こっちでいいのか、とは思わなかった。何をもって判断したのだろう。ともあれ、こっちだ、という直感に従った。ハルヒロは這《は》い進んだのか。歩いたのか。走ったのだろうか。跳んだのか。それさえわからないが、いくらか進んだところでまた衝撃が襲いかかってきて、土砂でもみくちゃにされた。それでも、ハルヒロは死んでいない。踏まれずにすんだようだ。

もしかして、空中にいるのだろうか。少なくとも、地表にはいない。

ハルヒロは何か予感のようなものに駆られた。勘と言ってもいい。右手でダガーを抜く。いや、そうしようと考えるまでもなく、右手が勝手にダガーを抜いていた。

ぶつかる。そうじゃない、しがみつけ、とハルヒロは念じた。もっと言えば、何か途方もなく大きくて硬い物体に衝突しようとしている自分が、すんでのところでしがみつく、それにダガーを突き刺して、落ちてしまわないようにする、というイメージを頭に描いた。手をこう、足をこうして、腰はこうで、といった具合に体を動かすより、そのほうがだいたいうまくいく。ハルヒロは経験的にそのことを知っていた。

「――っくっっっ……っっっ……！」

何も見えない。耳が馬鹿になっているのか、音もほとんど聞きとれない。だから、はっきりとしたことは言えないが、なんとなくハルヒロが思い描いたとおりになっているのではないか。

すさまじい上下動だ。上昇して、下降する。衝撃。そして上昇し、下降する。衝撃。よく振り落とされずにすんでいるものだ。ダガーが刺さって本当によかった。指や爪先が引っかかる出っぱりを、よくもまあとっさに見つけたものだ。離れてもまた摑《つか》まる。また離れてしまっても、死にものぐるいで摑まる。我ながら、ずいぶんがんばっていると思う。そうとうがんばらないと、あっという間に振り落とされてしまうに違いない。

仲間のことが気になった。無事なのか。どうしているのか。けれども、こういうときは自分自身のことに集中するしかない。ランタがいるじゃないか、ユメがいる、セトラもいるし、イツクシマだっている、大丈夫だ、といったようなことはちらりと思った。仲間たちは必ず切り抜けてくれる。今はとにかく、生きて合流することだけを考えよう。

――ていうか、移動してない……？

ハルヒロが必死にとりすがっている細長巨人は、さっきまでたぶん足踏みというか、地団駄を踏んでいた。そのときとはどうも様子が違う。上下動がゆっくりになった。衝撃もずっと小さい。

ひょっとして、細長巨人は歩行しているのではないか。

歩いて、あの場所から離れようとしている？

それとも、逃げるランタたちを追いかけようとしている、とか？

どうなんだろ、とハルヒロが思いを巡らせることができているくらいなので、やはり細長巨人はゆったりと歩いているようだ。

それでもハルヒロは気を抜かなかった。世に金言は無数にあるが、油断大敵、にまさるものはなかなかない。わかっていてもついつい油断してしまい、それがもとで失敗するのが人間という生き物だ。

だから決して油断せず、慎重に、できる範囲であたりを見回してみた。何も見えない。闇だ。ひたすら、闇。星や月すら確認できない。暗い世界がどこまでも広がっている。

思うに、ハルヒロは細長巨人の足にしがみついている。それはほぼ間違いない。足。具体的にはどのへんなのか。細長巨人の脚部はどれくらいの長さなのだろう。ハルヒロは脚部のどこに取りすがっているのか。細長巨人は地団駄を踏んでいた。たぶん細長巨人の脚も、人間のように付け根や膝の部分で折れ曲がる。ハルヒロがしがみついているのは、下のほうだと思う。脛《すね》とか。あるいは足首、くるぶしのあたりとか。位置的に、そう高くはない。せいぜい二、三メートルといったところなのではないか。真っ暗なので、さっぱりわからないのだが。

本当にわからなくて、困る。一《いち》か八《ばち》か、細長巨人にしがみつくのをやめる、という決断も下しづらい。そうした途端、蹴られたり踏んづけられたりするかもしれないし、意外と高くて大怪我《おおけが》するかもしれない。墜死してしまうかもしれない。

どうしても仲間のことが頭に浮かぶ。だいたい、細長巨人はなぜ歩きだしたのか。もしかすると、仲間たちを全員踏みにじって、あの場に留《とど》まる理由がなくなったからなのではないか。仮にそうだとしたら、ハルヒロは一人だ。自分一人だけ生き残ってしまった、ということになる。ああ、でも、メリイはどうだろう。一度死んで、蘇《よみがえ》ったメリイは。

ジェシーが言っていなかったか。

——生き返ってから、死にづらくはなったけどな。

たしか、そんなことを言っていたような覚えがある。メリイも同じなのではないか。

細長巨人は歩きつづけた。その足の運びに合わせて、ハルヒロは揺られた。ハルヒロの心はそれ以上に揺れつづけた。

何回も、何度となく、考えた。

もうやめよう。落っこちてしまえばいい。生きるか、死ぬか。どっちだっていいじゃないか。仲間たちは死んでしまったかもしれないのだ。誰か生き残っているかもしれない。メリイとか。でも、全員無事だとはちょっと思えない。もう疲れた。もういいんじゃないか。もうがんばらなくていい。もうやめよう。

ハルヒロは弱い。凡人だ。すぐ何もかも投げだしてしまいたくなる。それはしょうがない。弱さを認めた上で、どうするか。

しのぐしかない。

ああいやだいやだ、耐えられない、冗談じゃない、無理だ、無理、本当に無理、限界だ、限界なんかとっくに超えている、何やってるんだ、もう疲れた、もういい、がんばりたくない、もうやめよう。

弱音を吐いて、吐いて、飽きるまで吐き尽くしながら、なんとかやりすごす。自暴自棄になってしまいたい。わかるよ、とハルヒロは思う。自分自身に共感するというのもおかしな話だけれど、捨て鉢になってしまったほうが楽なのだ。投げやりになって行動を起こせば、少なくとも何らかの結果は出る。悪くても、これで終わりにしてしまえる。

いやあ、でも、さ？

自分の目で、仲間が死んだ場面を見たわけじゃないし。

もしかしたら、誰も死んでいないかもしれないわけだし。

すでに誰かを失っていたとしても、それはとてもつらいことではあるものの、仲間が一人でも生き残っているのなら、やっぱり踏んばるしかない、というか。そういう気持ちがいくらかでも残っているうちは、こうやってしがみついているのが正解なのではないか。まだそう思えるうちは、あきらめようにもあきらめられない、というか。

「……うわぁ」

声がもれた。

ほんの少しだが、明るくなってきた。空が白みはじめているようだ。いったん明るくなりだしたら、漆黒の夜はずいぶんと逃げ足が速かった。

低い。ハルヒロは細長巨人の足のずっと下のほうにしがみついていた。おおよそ思ったとおりではある。細長巨人が足を接地させたときで、地上二メートルといったところか。当然といえば当然なのかもしれないが、細長巨人には脚が二本あるらしい。ハルヒロは細長巨人の左足の外側にしがみついている。

これなら、いけるのではないか。足の内側や前側であれば危険だが、外側なら比較的安全に下りられそうだ。

それにしても、細長巨人は大きい。大きいにも程がある。具体的にどれくらい大きいのか、推し測ることさえ難しいほどの大きさだ。

ハルヒロがしがみついている、表皮、なのか。これもまた異様だ。岩のように硬いのに、それだけではない。独特の弾力があって、湿りけというほどのものではないが、わずかにしっとりしているような感じもする。風早荒野《かざはやこうや》の夜気に冷やされていたはずなのに、ひんやりしてもいない。動いているのだから、細長巨人も生き物だ。体温があるのか。

「……やばいよなぁ、こんなのがいるんだから――」

ハルヒロは細長巨人が地面に足をついたタイミングで、その表皮からダガーを引き抜いた。突き刺したりして、ごめんなさい。心の中で謝罪した。細長巨人に痛覚はあるのだろうか。いずれにせよ、ハルヒロのダガー程度では痛くも痒《かゆ》くもないだろう。しかしながら、細長巨人は畏怖すべき存在であるという感覚は、ハルヒロの中にしっかりと芽生えていた。人間だろうと、エルフだろうと、オークだろうと、分というものをわきまえるべきだ。風早荒野に立ち入って、細長巨人たちが放っておいてくれたら、おおいにありがたい、と思わないといけない。細長巨人たちを怒らせるようなことは厳に戒めるべきなのだ。

ハルヒロは着地するのと同時に転がった。何回も転がって、その場を離れた。そうして起き上がったときにはもう、細長巨人は何十メートルも向こうにいた。

「――でっ、……か……」

あらためて、唖然《あぜん》としてしまう。

東の空がだいぶ白っぽく染まってきて、夜明けが迫る風早荒野は、灌木《かんぼく》や草原の輪郭がわかる程度には明るい。ハルヒロに背を向けて歩いている細長巨人は、まだ百メートルかそこらしか離れていないだろう。この距離から見ても、それが何なのか、ハルヒロにはわからない。いや、巨人ではあるのだ。腕が二本、脚が二本あって、頭らしきものも確認できる。でも、人型の巨大生物というふうにはどうしても思えない。ちゃんと目視できるのに、どういうわけか細部がわからないのだ。

どこまでも大きい足音は、全身をびりびりと震わせるほどだ。途方もない存在感なのに、なんだか幻影のようにも感じられる。

あの細長巨人は実体ではなく、夢の中でその影を目にしているのではないか。ハルヒロはそんな不思議な感慨にとらわれていた。

「……生きてるのかな、おれ」

ハルヒロはへたりこんだ。地べたに座ってしまうともう、横になりたいという欲求にあらがえなかった。

「あぁ、寒っ……」

朝露に濡《ぬ》れた草地は最高のベッドとは言いがたいが、それでも身を起こすよりは寝ていたい。ハルヒロは寝そべったまま方角を確かめた。東はわかる。もうじき地平線の彼方《かなた》から日が昇るだろう。だとしたら、西はその正反対で、北があっち、南はその逆だ。

「——てことは……」

冠山らしき山影は南東の方向に見える。細長巨人は北西に歩いてゆく。

「うっわ、おれ、……これ、めっちゃ北に移動したってことじゃ……」

あの巨体だ。細長巨人の歩行速度は、ちっぽけな人間などとは比べものにならない。数時間で百キロやそこら、悠々と移動できてしまったりするのではないか。

「……迷子だよ。完璧……」

ハルヒロは紫色の空を見上げて笑った。おかしくはなかった。おかしいことなど何一つない。でも、つい笑ってしまった。

「どうしよ……」

ハルヒロは目をつぶった。何も考えられない。身も心も疲弊しきっている。こういうときは、無理に頭を働かせようとしても、どうせろくなことを考えない。いいんだ、とハルヒロは自分に言い聞かせる。考えなくていい。休もう。長い時間じゃない。どうせそのうち、じっとしていられなくなる。

案の定だった。ハルヒロは日が昇りきる頃には起き上がっていた。

気がつくと、今日も晴れているな、とか、風はそんなにないな、助かるな、とか、周りにやばそうな獣はいないっぽいな、とか、いろいろなことを考えている。気分は沈んでいるが、底の底まで落ちているわけではない。

「南だ」

ハルヒロはあえて強めに言った。

「……南に行こう」

そのあとで、呟《つぶや》くようにそう繰り返してしまう。自信満々とはいかない。ランタではないのだ。自分ではないものになることはできないし、ならなくていい、とも思う。とりわけこういう状況下では、いつもどおりでいられるかどうかが、むしろ問われる。

「たぶん、だけど……」

背負い袋の中に水筒があった。団子状の携行食もある。ハルヒロは水をちびちび飲みながら携行食を腹に入れた。それから、南に向かって歩きだした。

楽観はしない。悲観もしない。周りに目を配り、耳をそばだて、ときおり遥《はる》か遠くの細長巨人を一瞥《いちべつ》したりしながら、淡々と、おおよそ一定のペースで歩を進める。

歩きはじめてから、三時間ほど経《た》った。

「――え……」

ハルヒロは最初、動く豆粒みたいな影としてそれを認識した。

動物だろうか。ちょうど進行方向から、それはこちらに向かってきているようだ。

かなり日射《ひざ》しが強い。手を庇《ひさし》にして、目を凝らす。間違いない。何らかの生き物が、ハルヒロがいるほうへと移動している。

逃げたほうがいいのか。ハルヒロはさっと首を巡らせた。でも、見渡す限りどこまでも平坦《へいたん》だ。身を隠せそうな木立も近くにはない。参ったな、と思いながら、ハルヒロは短く息をついた。逃げ隠れせずに独力でなんとかするしかないのか。まあ、他に方法がないのならしょうがない。

とりあえずダガーくらいは抜いておこうとしたら、それが吠《ほ》えた。

うぉん、うぉん、うぉんっ。

うぉるうううぅぅぅるうううううぅぅぅぅぅぅ。

「あれ、――って……」

犬か狼《おおかみ》の声なのではないか。そんなふうに聞こえた。

「まさか……」

半信半疑というか、自分がいったい何を信じていて、何を疑っているのか、正直なところ、ハルヒロには判然としなかった。それが近づいてくるに従って、だんだんとはっきりしてきた。

灰色と褐色と、黄色っぽいところが入り混じっている、いかにも精悍《せいかん》そうな毛並みだ。

あれは狼だろう。

どう見ても、狼以外の何物でもない。

「……や、狼にしか見えないけど、狼じゃなくて、狼犬《おおかみいぬ》なんだっけ」

狼犬はハルヒロから五メートルくらい離れたところでぴたっと止まり、うぉんうぉんっ、と吠えてみせた。それ以上、接近するつもりはないらしい。馴《な》れてもいない人間にべたべたしたりしないのだ。

「ポッチー」

ハルヒロは思わず、ははっ、と笑ってしまった。涙腺が緩んだが、幸い泣いてしまうほどの緩み方ではなかった。

狼犬ポッチーは身を翻して、ハルヒロに尻尾を向けた。二、三歩歩いてから首を振り返らせ、また吠える。

「……ついてこいって?」

ハルヒロが訊《き》くと、ポッチーは短く吠えてちゃんと返事をした。

「もうおれ、頭が上がらないな、ポッチーには。なんか命の恩人ってことになりそうだし。人じゃないけど……」

ハルヒロの呟きを聞いているのか聞いていないのか、ポッチーは足どりを速めた。せっかくポッチーに見つけてもらったのだ。置いていかれてはたまらないので、ハルヒロも早足になった。これが、驚いたことに、そこまでハルヒロの負担が大きくない、ぎりぎりというか、じつにちょうどいい案配の速度だった。

「ポッチー様々だよ……」

8．今だけは

一日で合流できたのは幸運だったと言うしかない。

辺境軍使節団一行は四頭の馬を失った。しかし、ビッキー・サンズは騎乗したまま見事に事態を乗り切ったし、イツクシマとユメ、セトラの馬は少し離れたところにいたので、捕まえることができたらしい。自分だけ逃げた斥候兵ニールも戻ってきた。何より、一人の欠員も出なかった。ハルヒロたちは本当に運がよかったのだ。

「俺としたことが、風早荒野《かざはやこうや》への敬意が足りていなかったのかもしれんな」

イツクシマはそんなふうに反省の弁を述べた。

「俺はふだん、一人で荒野に入る。たとえイヌたちを連れていても、自分一人だと警戒心を緩めることはまずない。最大限の気配りを怠らないのが鉄則だ。ところが――」

人間が群れると、つい気が大きくなる。三人なら十人の集団になったように振る舞い、十人なら百人いるかのように傍若無人になるのが人間の性《さが》だ。そんなイツクシマの考えはやや極端かもしれないが、ビッキー・サンズなどはしきりとうなずいていた。

「石の街で生まれ育った人間は、石の壁や建物を積み上げれば積み上げるほど、自分たちがでかくなったように錯覚する。街の外に一歩出たら、身を守ることも覚束ないか弱い生き物だということを忘れがちだ。もっと謙虚にならないといかんな」

ニールは白けた顔で聞き流していたが、ビッキー・サンズのような男が正使に選ばれたことも、幸運の一つと考えるべきかもしれない。正使はまがりなりにも使節団のリーダーだ。リーダーが無能だったり、人格が破綻していたりすると、十中八九、ろくでもないことになる。ニールは紛《まが》うことなきクソ野郎だが、ビッキー・サンズはまともだ。そう思えるだけでもずいぶん助かる。

使節団一行は、これまで以上に細心の注意を払いつつ、風早荒野《かざはやこうや》を北進した。細長巨人はどうも冠山周辺に多くいるようだ。あるいは、冠山は彼らの住み処《すか》の一つなのだろうか。これについてはイツクシマもわからないとのことで確信を持てないが、冠山を迂回《うかい》して北東へ向かい、イーロートを目指すのがとりあえずはベターだろう。

この、とりあえず、というのが意外と重要だ。問題が発生してからでは遅い。誰かが違和感を覚えたり、悪い予感がしたりしたら、すぐに皆でそれを共有し、話しあう。計画を変更する必要がありそうなら、ためらうべきではない。

イツクシマは、単独行なら風早荒野で危ない目に遭うことはほぼないという。それは、危険の回避を最優先し、行く先も行く道も変えることを厭《いと》わないからだ。

ところが、目的が決まっている集団の移動だと、なかなかそうもいかない。今回なら、なるべく早く、最短の経路で黒金連山《くろがねれんざん》に到達しようとしている。そのために最適化した旅程はどうしても柔軟性を欠くので、臨機応変に立ち回ることが難しい。

ビッキー・サンズは、イックシマを案内役というよりも先導者に任ずることにした。この決定により、イックシマが老練な狼犬ポッチーと一心同体となって進む道を決め、他の一同はひたすらそれに従うという旅の形が明確になった。

冠山の北側に出るのに、三日かかった。遠くに細長巨人の姿を見かけない日はなかったが、接近してしまわないようにイックシマが進む方向を調整した。おかげで細長巨人を刺激せずにすんだようだ。

使節団一行はそこから北東に進んだ。一日半ほどで、ちょっとした木立や低木が茂る丘が増えてきた。地面が平たくないぶん見通しはあまりきかないが、東から北東にかけては森が広がっているようだ。イックシマによれば、イーロートまであと一息だという。見える範囲に細長巨人はいない。もうじき日が暮れそうだ。

「どうだ？」

ビッキー・サンズがイックシマに訊いた。細長巨人に襲われてから、ビッキー・サンズはときどきしか馬に乗らなくなった。馬たちにはもっぱら荷物運びをしてもらっている。いつも馬上からハルヒロたちを見下ろしているのはニールだけだ。

「いいんじゃないか」

イックシマはうなずいてみせた。

「火を焚《た》いて、今日はここらで野営しよう。明日はいよいよイーロートだ」

「――ッシャアァッ！」

　ランタは跳び上がって喜んだ。

「焚き火だァッ！　マジで！　マジで、マジでッ！　火が恋しくてしょォーがなかったからなッ！　炎は正義ッ！　イヤッ、悪だッ！　スカルヘル万歳……ッ！」

　ハルヒロたちはそのへんで薪を集め、イツクシマが指し示した樹木の下で火を焚いた。ユメとポッチーが、丸々と太ったコウヤネズミ数匹とメガネオナガキツネ一匹をほんの小一時間で狩ってきた。イツクシマとユメは鮮やかな手さばきで獲物を捌《さば》くと、白神《しろがみ》のエルリヒにその一部を捧《ささ》げて、残りを調理した。調味料は微量の塩と香草だけだったが、苦みのある内臓まで平等に分け、おいしくいただいた。

　食事を終えると、ビッキー・サンズは五頭の馬を世話しはじめた。彼はこの旅に馬用のブラシを持参していた。とにかく、隙を見つけては馬をブラッシングし、声をかけ、体のあちこちをさわって異状がないか確かめている。馬が好きで好きでしょうがないのだろう。馬たちのほうもビッキー・サンズにはたいそう懐いている。

「馬、かわいいっすよねぇ」

　クザクが近づいていって声をかけると、ビッキー・サンズは自分が褒められたように破顔した。一本眉が特徴的すぎて、彼の笑い顔はまあまあ個性的だ。若干滑稽なほどだが、人のよさが滲《にじ》み出ている。

「わかるか。馬ってのは人間と違って、かけたぶんだけ愛情を返してくれるしな。本当にかわいい生き物なんだ」

「そうなんすね。なるほどなぁ。顔からしてかわいいっすよね。目とか」

「絶対に嘘《うそ》をつかない目をしてるだろう？」

「あぁ、わかる。そんな感じしますね。このつぶらな目で嘘はつかないわ」

「俺は数えきれないほど馬を世話してきたし、中には気性が荒いやつや、気難しいやつ、意地悪するやつもいた。でもな、嘘つきの馬だけは一頭たりとも見たことがない」

「へぇ。そういうもんなんすねぇ。馬は嘘つかないか。いいこと聞いたわ」

「……なんッかよォ」

ランタはしゃがんで焚き火に当たっている。半笑いだ。

「あのオッサン、女に騙《だま》されたとか、誰かにメタクソひどい目にでも遭わされて、人間不信にでもなってンのか？」

「やつは変わり者なんだよ」

焚き火から少し離れたところに立っているニールがニヤリと笑ってみせた。

「馬とヤッてやがるって噂《うわさ》もあるくらいだからな」

ランタはちらりとニールを見ただけで、何も言わなかった。ニールは会心の冗談を飛ばしたつもりだったのかもしれないが、あまりにも品がなさすぎる。

「……んだよ、くそったれ」

ニールは舌打ちをした。どこかに行こうとしたのかもしれない。しかし結局、やめたようで、近くの木に背を預けて地面に腰を下ろした。

「ああっ。そやあ、なあなあ、メリイちゃん、セトラん――」

ユメがメリイとセトラの腕をとって、いいやんかあ、なああなあ、みたいなことを言いながら引き寄せた。焚き火の前で、女性三人が腕を組んで座っている。セトラはちょっと迷惑げだが、拒むほどでもないので我慢してやるか、といったところだろうか。メリイは満更でもなさそうだ。

「俺は見回りに行ってくる。適当に眠っておいてくれ」

イツクシマはポッチーを連れて焚き火から離れた。

念入りに馬の世話をしていたビッキー・サンズと、それを手伝っていたクザクが、焚き火の周りに戻ってきた。

「いやぁ、馬めっちゃかわいい。俺、馬ハマりそうだわ」

「なかなか筋がいいぞ」

ビッキー・サンズに背中を叩《たた》かれて褒められると、クザクは素直に嬉《うれ》しそうだった。

「おわぁ。ほんとっすか？」

「真面目に修行すれば、いい馬飼いになれるだろう」

「まぁ、修行まではしたくないし、馬飼いは目指してないんすけどね」

「腕利きの馬飼いは、いい乗り手にもなれるんだぞ」

「あっ、それは魅力的かもなぁ」

「おまえよォ……」

ランタは何か言いたげだったが、肩をすくめてごろんと横になった。

「オレァ、一眠りするからな。なんかあったら起こしてくれ」

「見張りは――」

ビッキー・サンズに指名される前に、ハルヒロが手を挙げた。

「最初はおれがやります。そのあとは交代で。イツクシマさんが見回りしてくれてるし、それで大丈夫かと」

「そうだな」

ビッキー・サンズは納得して、荷物の中から毛布を二枚出した。一枚をきちんと敷き、その上にもう一枚を重ねる。毛布と毛布の間に入りこみ、荷物を枕にして仰向《あおむ》けになってから、一本眉の顔をハルヒロたちに向けた。

「おやすみ」

ハルヒロたちがそれぞれ、おやすみなさい、と返すと、ビッキー・サンズは一つうなずいて目をつぶった。ちゃんとしている。几帳面《きちょうめん》な男だ。

「それやったらなあ、ユメたちも寝よかあ？　ハルくん、お願いなあ」

ユメとメリイ、セトラも固まって横になった。

メリイは少し元気になってきたようだ。ハルヒロはほっとしていた。問題を先送りしてきただけなのではないかという気もするし、安堵《あんど》している場合ではないのかもしれない。でも、だったら、どうすればいいのか。メリイのこと。それから、シホルを奪還しないといけない。ハルヒロも考えてはいるのだが、正直、本当に打開策のようなものがまったく、これっぽっちも浮かばない。

クザクがハルヒロの隣で大あくびをした。だいぶ瞼《まぶた》が重そうだ。

「寝ろよ」

ハルヒロがそう声をかけると、クザクは、そっすよねぇ、と半分寝ぼけているような答え方をした。

ニールは木にもたれて座っているが、ずっと姿勢が変わらないし、案外、眠っているのかもしれない。斥候兵なので、横にならずに睡眠をとるくらいはお手の物だろう。

「ねぇ、ハルヒロ」

クザクはそう言うと、またあくびをした。

ハルヒロは焚き火を眺めながら訊《き》いた。

「何？」

「ぜんぶ思いだしたんだよね」

「うん。……かな」

「いいなぁ」

「何だよ、それ」

「よかった、かなぁ。なんか、思うんだけど――」

「うん」

「たとえば、ハルヒロじゃなくて俺が思いだすよりは、俺じゃなくハルヒロが思いだして、よかったよね」

「……かもな。それは、そうかも」

「絶対、そうだよ。だから俺、よかったなぁって、思って」

「もう寝ろ」

「だね。寝るわ」

クザクは立ち上がって、二、三歩、焚き火から離れたが、そこで力尽きたように倒れこんだ。もう寝息を立てはじめている。

「嘘だろ……」

呆《あき》れてしまうが、クザクのこういう単純で子供っぽい、良く言えばまっすぐな部分に、ハルヒロはずいぶん支えられてきた。救われることもあった。

考えてみれば、ハルヒロは万事遠慮がちで、前には出たくないし、人の上にも立ちたくない。それなのに、曲がりなりにもリーダーとしての自覚を持ってこれまでやってこられたのは、大切な仲間たちを守りたいという気持ちに次いで、案外、クザクのおかげなのではないか。

どういうわけか、クザクはハルヒロを絶対的に信頼していて、立ててくれる。自分より頭一つ分は背が高いクザクに、ハルヒロはいつも仰ぎ見られている。どんなときも、クザクだけはハルヒロの下に位置どっている。クザクに対しては、先輩として、リーダーとして、兄のような存在として、目上の者として振る舞わざるをえない。

「変なやつ……」

呟《つぶや》いて、ハルヒロは焚き火に目を向けた。かなり火の勢いが弱まっている。ハルヒロは枯れ枝を何本かくべた。

クザクはメリイに好意を抱いていた。二人は親密な仲なのではないか。そんなふうに疑ったりもした。ハルヒロは嫉妬して、落ちこんだ。そんなこともあった。

イツクシマとポッチーは一度帰ってきたが、何事もなさそうだとハルヒロに伝えると、また出かけた。

それにしても、風早荒野《かざはやこうや》のど真ん中とはまるで様相が違う夜だった。まず風がほとんどない。冷えこみ方も強くない。獰猛《どうもう》な肉食獣が闇の向こうでうごめいているような気配もしない。虫などはさかんに鳴いているが、感覚的には静かだ。むろん、気を抜いてはいけない。それはわかっているのだが、ともすると眠気が差してくる。

メリイが起きて、焚《た》き火《び》のそばにやってきた。ハルヒロの隣にそっと座った。

「少しは眠れた？」

ハルヒロが訊くと、メリイはうなずいた。

「ええ」

「そっか」

「見張り、代わる？」

「ああ……」

ハルヒロは手で顎をこすった。

「……や、まだいいよ」

「そう」

「うん」

「……ごめんなさい」

「え、何が？」

メリイは首を横に振るだけで、何も言わない。

誰かがため息をついた。ハルヒロでも、メリイでもない。

ニールだった。

「……ったく。何だってんだ、クソ……」

ニールはぶつくさ言いながら歩いてきて、焚き火の近くに腰を下ろした。

ハルヒロはメリイと顔を見合わせた。何だってんだ、クソ、はこっちの台詞《せりふ》だ。

ニールはふたたびため息をついた。舌打ちをして、さらにため息を重ねる。あげくの果てに、唾まで吐いた。

「おまえら、邪魔だ」

「……は？」

ハルヒロはキレやすいほうではないと思うが、さすがに頭にきた。どういう性格をしているのか。

「だから――」

ニールは草をむしってそのへんに放った。

「……邪魔だから、散歩にでも行ってこいよ。見張りは、俺がやっといてやる。どうせろくに眠れねえしな」

気を遣われているらしい。そう理解するまで、いくらか時間が要った。なんでニールに気を遣われないといけないのか。どういう気遣いなのか。わかるようでわからない。それでいて、完全に理解不能というわけでもない。

ハルヒロはなんとなくあたりを見回した。ランタが半分身を起こしていたので、少しびっくりした。

ランタは無言で顎をしゃくってみせた。

行ってこい、というふうに。

ランタのくせに、と思いたかったが、思えなかった。

「じゃあ、ちょっとだけ……」

ハルヒロが立ち上がると、つられたようにメリイも立った。

どこに向かうというあてがあるわけでもなかったから、馬たちの様子を見にいった。

ビッキー・サンズのおかげか、馬たちはおとなしくしていた。

つい、ちらちらとメリイの顔色をうかがってしまう。

「大丈夫」

メリイは馬の首を撫《な》でながら笑った。

「今は、わたしだから」

ハルヒロは、今のメリイがメリイではないとは微塵《みじん》も思っていなかった。かといって、怪しんでなんかいないと、わざわざ言うのも違う気がした。

「わかるよ」

ハルヒロも馬の背をさすった。

「何ていうか、なんとなく、わかる」

メリイは、そう、と静かに呟いた。どういう意味の、そう、なのか。ハルヒロにはよくわからなかった。わかる、と言ったばかりなのに、ちっともわかっていない。

ハルヒロは夜空を見上げた。

「今日は、やけに月が明るいな……」

メリイも振り仰いだ。その横顔が月明かりに照らされてはっきりと見えた。メリイは少し目を細めた。

「本当」

気がついたら、ハルヒロは長々とメリイを凝視していた。

メリイがこっちを向いたので、ハルヒロは慌てた。

「……散歩、しようか?」

語尾が変に上がってしまった。それがおかしかったわけでもないだろうが、メリイはかすかに笑った。

「そうね」

「暗いから、足許《あしもと》、気をつけて」

何げなく出た言葉だった。

メリイはうなずいた。それから一瞬、目を伏せた。

見えるかどうか、地面に視線を落として確かめたのかもしれない。いくら大きな赤い月がくっきりと浮かんでいても、無数の星屑《ほしくず》がまたたきせずに輝いていても、風早荒野の夜闇は深い。メリイは一歩、足を前に出したが、石か何かを踏んだようで、ほんのわずかではあるけれど、体勢を崩した。

ハルヒロはとっさにメリイの腕を摑《つか》んで支えた。

「……ありがとう」

囁《ささや》いたメリイの声が、とても近かった。

「手を」

我ながら、驚いた。自分がそんなことを言いだすなんて予想外だった。メリイの返事を待たずに、彼女の腕を摑んでいた手を移動させた。自分にこんなことができるなんて思ってもみなかった。ハルヒロはメリイの手をとった。

メリイは下を向いてうなずいた。そして、ハルヒロの手を握り返した。

二人、手を繋《つな》いで、闇の中を歩いた。ハルヒロはイツクシマやユメのように星で方角を知ることはできないが、遠くに焚き火が見えるので迷う心配はない。

足場がしっかりしていて、容易に登れそうな小高い丘があった。上に木がいくらか生えている。ハルヒロはメリイの手を引いて丘に登った。思ったとおり、難なく登ることができた。丘の上は少し風通しがよかった。

「寒くない?」

ハルヒロが訊《き》くと、メリイは首を横に振ってみせた。

「そっか」

こんなとき、口下手な自分が恨めしくなる。ランタのように、その気になれば何時間でもしゃべりつづけられる人間に、一度でいいからなってみたい。

「わたしの中に――」

結局、メリイが切りだすまで、ハルヒロは黙りこくっていた。

「メリイの、……中に?」

「わたしじゃない、誰かが、……何かがいるの。もう、わかってるだろうけど」

ハルヒロはメリイの手を握る手にゆっくりと力をこめた。

「うん」

「あれは――」

メリイは何かのことをそう表現した。

「いつも、無理やりわたしを押しのけて、出てこようとするわけじゃなくて。……どう言ったらいいのか。わたしじゃ、ない。でも、完全に別のものでもない。感じるの。常に、その存在を。見張られていたり、見て見ぬふりをしていたり。助けてくれようとしてるのかもって、思うこともある。だけど、そうじゃないのかも。……何人か、いるの」

「一人じゃ、……ない？」

「違う」

メリイは首を横に、それから縦に振った。

「あれは、何人もいる。たぶん、もともとは全員、別々だった」

「ジェシーも、その一人……？」

「ええ」

「『彼は、いない』って」

メリイではない、メリイの中の何者かがそう言っていた。

「そう」

メリイはうなずいた。

「ジェシーは、記憶を壊された」

「……グリムガルに戻ってきたおれたちに、開かずの塔の主が、薬か何かを飲ませた。そのときメリイは、……ジェシーだった？」

「わたしは逃げたの。自分の中に、逃げこんだ。出たくなかった」

「──だからメリイは、パラノでのことを、あんまり覚えてない？」

「かなり曖昧で、本当にぼんやりとしかわからない」

「ジェシーは、いなくなった……」

メリイの中に、メリイではない何者かが複数いる。ハルヒロは、ジェシーの内容物のような何かが、メリイの中に注ぎこまれる場面を目撃した。ジェシーも一人ではなかった。そもそもジェシーの中に何人かいたのだ。それらがメリイに受け継がれた。

つまり、起点となる誰か、もしくは何ものか、これを仮にAとすると、それがBの中に入った。この時点で、Bの中にAもいる、という状態になる。

次に、BがCに入る。すると、Cの中にAもBもいる。

訊いていいものなのか。だいぶ迷ったが、ハルヒロはメリイに尋ねた。

「何人いるか、わかるの？」

メリイはすぐには答えなかった。代わりに言った。

「座ってもいい？」

「もちろん」

ハルヒロはちょうどよさそうな乾いた岩を見つけて、その上にメリイと二人で座った。手を放そうとはまったく思わなかった。岩に座って手を繋いでいると、自然と肩を寄せ合う恰好《かっこう》になった。

「……はっきりと、わかるのは、──女の人。義勇兵。恋人がいたの。仲間も。……みんな、死んでしまった。彼女が最後の一人だったの。死にかけてた。……そのあと、息が止まった。名前は、アゲハ」

「それは、――何ていうか、ジェシーの、前？」

「だと思う。その前は、……魔法使い。彼も義勇兵だった。ヤスマ。……魔法使いギルドにサライっていう魔導師《ウィザード》がいて、その教えを受けていた。たしか、シホルの魔導師《ウィザード》もサライだったはず」

「……じゃあ、そんなに昔の人ってわけじゃないんだ」

「サライは若くしてギルドの仕事に就いて、魔法使いたちの指導者になった。ヤスマが彼に師事していたのは、二十年前とか三十年前とか、それくらいのことだと思う」

その前は、なんと隠れ里出身の男らしい。名はイツナガ。一族が掟《おきて》を破ったことで、幼いころに母親と二人、里から放逐された。その後、母は亡くなり、彼は一人きりになった。里の人間たちを深く恨み、復讐《ふくしゅう》の誓いを胸に秘めたまま、長い間、各地をさすらっていたのだという。

彼は野盗に身をやつしたり、刺客のようなことをしたりして生きながらえたが、凶刃をふるう者はいつか凶刃に斃《たお》れるのが定めだった。彼はとある賊の首魁《しゅかい》を殺《あや》めたことで命を狙われるようになり、逃れ、逃れた先で、つまらない喧嘩《けんか》に巻きこまれ、瀕死《ひんし》の重傷を負った。死にかけた彼の前に、一人のオークが現れた。

ディハ・ガット。

イツナガを蘇《よみがえ》らせたのは、このオークだった。

「――ディハ・ガットのことは、わたしもよくわからない。あまり出てこないから。ずいぶんあちこちを旅して回っていたみたいだけど」

ハルヒロは指を折って数えた。

メリイ。

ジェシー。

アゲハ。

ヤスマ。

イツナガ。

ディア・ガット。

六人。

「それで、――全員？」

ハルヒロの頭にあったのは、あれは誰なのだろう、ということだった。開かずの塔の前で、彼女をいたわれ、とハルヒロたちに言った。彼女に責任はない。彼女が選んだのではない。それから、そうだ、あれはこうも言った。

わたしが彼女を選んだのでもない、と。

普通に考えれば、そのわたしはジェシーだ。メリイを生き返らせたのはジェシーなのだから。けれども、ジェシーはいない。だとしたら、わたしは誰なのか。

なんとなくだが、あのときの口ぶりからして、女性ではないような気がする。おそらくアゲハではない。ということは、魔法使いヤスマか。隠れ里出身のイツナガなのか。それとも、オークのディア・ガットか。

「全員……」

メリイは口ごもった。

「……全員じゃ、ない」

「まだ、いるの？　他にも」

「……いる、と思う」

メリイはうなだれて、体をこわばらせている。苦しそうだ。歯を食い縛り、鼻だけで息をしている。何かしてあげたい、とハルヒロは強く思った。でも、何ができるのだろう。ハルヒロは右手でメリイの左手を握っている。加えて、左手も彼女の手に添えた。それから、右手を彼女の手から離した。緊張したが、ハルヒロはあいた右手を彼女の背中というか腰に回した。メリイのためというより、自分がこうしたかっただけなのではないかとハルヒロは疑った。そんなことはない、とは言いきれない。ただ、メリイは口を開けて、ふうっと息を吐いた。少し、彼女の体から力が抜けたように感じる。

「……鼠《ねずみ》」

メリイはそう言った。

「鼠？」

「ええ、……彼のことは、本当によくわからないの。でも、……たぶん、一匹の鼠だったこともある。鼠の中に、……いた」

「鼠の中に、……誰がいたの？」

「それは――」

メリイの息遣いが忙しくなる。ハルヒロはメリイの背中をさすった。

「無理しなくていいから」

「……そこより、先に、……行っては、……ならない」

「え？」

「……見ては、いけない。……聞いては、いけない。……知らないほうが、いい。……知るべきじゃ、ない。……わたしを、……何かが、……止めようと――」

メリイは繰り返す。

そこより　先に行っては　ならない

――と。

譫言《うわごと》を言うように、何度も。

「そこより先に行ってはならない。……そこより先に行ってはならない。……そこより先に行ってはならない。そこより先に行ってはならない。そこより先に行ってはならない。そこより先に行ってはならないそこより先に行ってはならないそこより先に行ってはならないそこより先に行ってはならないそこより先に行ってはならないそこより先に行ってはならないそこより先に行ってはならないそこより先に行ってはならない——」

メリイがその語句を唱える速度はどんどん上がってゆく。どうして舌がもつれないのか。不思議なほどだ。もちろん、不思議がっている場合ではない。

「やめよう、メリイ。もういいから。だめだ。考えなくていい。きっと考えちゃいけないんだ。メリイ。メリイ」

「……違う。違う。違う。違う。違う。違う違う違う違う違う違う違う……！」

メリイは髪を振り乱して頭を振る。ハルヒロは恐怖を感じた。必ずしも得体の知れないものへの恐ろしさではなかった。メリイが言う、そこより先に何があるのか、何がいるのかは、見当もつかない。その意味では、得体が知れない。でも、ハルヒロが抱いている恐れは明確だった。このままだと、メリイがあのときのようになるのではないか。ハルヒロはそう懸念していた。つまり、おそらくだけれど、メリイが自分自身を保てなくなってしまう。その結果、メリイは後退するか、もしくは沈みこんで、代わりにあのわたしが表に出てくる。

「メリイ」

ハルヒロはメリイの両肩をしっかりと掴《つか》んで、彼女の体を自分のほうへ向きなおらせた。反射的な動作かもしれないが、メリイはいやがるそぶりを見せた。それでもハルヒロはメリイを放さなかった。

「メリイ、おれを見て。メリイ。メリイ。メリイ!」

「……ハル」

「そうだよ。ハルヒロだよ。メリイ、わかるだろ。おれを見て」

メリイは顎を震わせるようにして何回かうなずいた。

「息を吸って。……吐いて。ゆっくり。そう。吸って。……吐いて」

メリイはハルヒロが言うとおりに呼吸をした。そうしているうちに、いくらか落ちついてきたようだ。

「……わたしがしっかりしていれば、あれの出番はない。たぶん、わたし次第なの」

「そうじゃないよ」とハルヒロは即座に否定した。

メリイは二度、三度とまばたきをした。

「——え……?」

「違うよ、メリイ。おれたちがいるだろ。おれが、いるだろ」

「……ハルが、——いる」

「うん。メリイ次第なんてことはない。メリイ一人に背負わせたりしない。おれ、メリイを仲間に誘ったときとは、違うだろ。自分で言うのもなんだけど、けっこう変わったと思うんだ。そんなに頼りなくないよ」

「ハルのこと、頼りないなんて、わたし、思ったことない」

「もっと頼りにしていいよ。頼って欲しいんだ。ねえ、メリイ——」

「うん」

「おれは謝らなきゃいけない。メリイを死なせたこともだけど、そのあと生き返らせた。勝手に、自分の判断で」

「それは、でも……」

「聞いて」

「ええ」

「だけどおれ、やっぱり、後悔はしてない。どんな方法でも、メリイには生きてて欲しい。もう会えないなんて、耐えられない。一緒にいたい。わかってるよ。別れはいつか訪れる。どんな大切なものだって、最後には失われるんだ」

「そうね。わたしたちは、……そのことを、よく知ってる」

「うん。でもさ。たとえ一分でも、一秒でも長く、一緒にいたい。次の一瞬が手に入れられるなら、おれは何だってする。それくらい、大事だから」

果たしてハルヒロは、こんなことを面と向かって言うつもりがあったのだろうか。

「メリイのことが、好きだから」

その言葉を口にしたあとで、ハルヒロは仰天した。しかし、驚愕《きょうがく》しているわりに、それほど狼狽《うろた》えていない自分がいた。まあ、それもそうか、と思いもした。ハルヒロのメリイへの気持ちなど、とうにはっきりしすぎるくらいはっきりしていた。メリイがよほど鈍くなければ、わざわざ言わなくても伝わっていたに違いない。

ずいぶん前から、ハルヒロはメリイに好意を抱いていた。今となっては、メリイの美貌に惹《ひ》かれたのか、それとも、刺々《とげとげ》しい言動で隠したやさしさに心を打たれたのか、ひたむきさや誠実さに感じ入ったのか、きっかけはわからない。とにかく、行動をともにすればするほど、ハルヒロの中でメリイは大きな存在になっていった。

ミモリやセトラにはっきりと恋慕の情を示されても、ハルヒロの心が揺れることはなかった。本当に、これっぽっちも、微塵《みじん》もなかった。ミモリにしろ、セトラにしろ、一人の人間としては好感を持っていたのだ。けれども、それとこれとは別だとハルヒロは思っていた。ハルヒロはメリイのことが好きだった。心から好きだったのだ。こんなにも好きな人がいるのに、他の人を好きになったりするわけがない。

「すごく、好きなんだ。ぜんぶ、何もかも、好きだよ。この気持ちは変わらないと思うんだ。ていうか、変わらない」

「ハル」

メリイは目をつぶった。彼女の両目から涙がこぼれた。もしかしたら、彼女は泣くまいとしたのかもしれない。でも、涙は止まらなかった。

「わたしも、好きなの。ハルのことが、好き」

「もう――」

ハルヒロはメリイを抱き寄せた。

「放したりしないからさ」

メリイは小柄ではない。それでもこうやって抱きしめると、ずいぶん華奢《きゃしゃ》だった。気が遠くなるほど、メリイはやわらかかった。それでいて、確かな重みがあって、形が崩れてしまうようなことはない。ハルヒロが両腕に力をこめてきつく抱きすくめると、耳許《みみもと》でメリイが吐息をもらした。メリイもハルヒロを抱き返した。そして、猫みたいに頭をハルヒロの頬から顎のあたりにこすりつけた。ハルヒロは満たされていた。もう十分なような気もした。もどかしさみたいなものも感じていた。抱きあったまま、じっとしていられない。ハルヒロは、それにメリイも、身じろぎしつづけた。そのうち頬と頬がふれあった。

メリイの頬は涙で濡《ぬ》れていた。

少し顔を動かせば、何かが起こりそうだった。

でも、そんなことはできない。できないはずなのに、ハルヒロはそれをした。

ちょっと顔をずらしたら、ハルヒロの唇が、かすかにだが、なんだかとても、ひときわ、異様なまでにやわらかな感触を覚えた。

引き返そう、とも思った。

正直、迷いはあった。

いったいどうやって逡巡《しゅんじゅん》を振りきったのか、ハルヒロ自身、わからない。

ハルヒロは自分の唇をメリイのそれに重ねた。

言ってしまえば、ただ口と口を合わせているだけなのに、なぜこんな感覚がえられるのだろう。この感覚は何なのだろう。

メリイが好きだと思う。

胸が破れそうなほど、体が砕け散りそうなくらい、好きだと。

破れた胸を縫い合わせ、砕けたこの体を繋《つな》ぎ合わせてくれるのは、きっとメリイだけなのだ。

それは、メリイのことがこんなにも愛《いと》おしいからだ。

メリイが顔を引いて、唇と唇が離れた。ただし、一瞬だった。メリイはすぐに自分のほうから唇を押しつけてきた。

どのようにして、どちらから口づけをやめたのか、ハルヒロにはわからない。覚えていなかった。

いずれにしても、二人は抱きあったままだった。ずっと抱きあっていたから、だいぶ慣れていた。二人とも、互いの体と体の間になるべく隙間ができないように、うまく抱きあえるようになっていた。

「好き」

メリイが言った。夢のようだった。でも、決して夢ではないことを、ハルヒロは知っていた。

「ハル。あなたが好き。わたしを放さないで」

9．ネイチャーのワイルド

夜が明けると、辺境軍使節団一行はイーロートを目指して進みはじめた。

「――ンで？」

仮面の男がハルヒロの脇腹を小突いて囁《ささや》きかけてきた。

「昨夜は結局、ヤッたのか？」

「……はあ？」

ハルヒロはとっさに手の甲で口のあたりをこすった。

仮面の目穴がキラッと光った、――ような。

もちろん、いくらなんでも光ったりするわけがない。気のせいだろう。

「まッ、……さか、パルピッ、おまッ――」

「……何だよ、パルピッて」

「クッソこのヤロォ、ヘナチョコいテメーのコトだから、どォーせ何ッにもヤれなかったんじゃねェーかって高ァーくくってたのに、そォーきたか。そォーきやがったかよ、このハナクソが。マジか。マジかよ。マジなのか。マジ？ ウッソだろ。カマしてんじゃねェーの、おまえ？ パルピィーロォーの分際で、フカしてんじゃねェーのか？ ありえるな。ありえる。ありえェーるだろ。つーか、ソレだな。マジ、ソレしか考えらんねえ」

仮面の男は小声の早口でまくしたてた。それから、ハルヒロの肩に手を回してガッと抱えこんだ。

「……入れたのか？　舌は？　入れやがったのか？　入れたよな？　ソコはトーゼン、ベロチューくらいはしたんだよな？　したんだろ？　そりゃァーするわな？　クソッ、ヤリやがったのかよ、ドコまでいった？　ドコまでイキやがったかって訊《き》いてんだよ、コンニャロォーめ！」

ハルヒロは緘黙《かんもく》した。完全黙秘を貫く覚悟だった。あきらめの悪い仮面の男との我慢比べだ。有利な戦いではない。それでもハルヒロには戦う理由があった。是非とも勝たなければならない。何か少しでも話したら最後、仮面の男は余計に突っこんできて、根掘り葉掘り訊いてくるに決まっている。

結局、ハルヒロは勝利した。仮面の男が繰りだしてきたあの手この手をすべて無視し、とうとう引き下がらせることに成功したのだ。

とはいえ安心はできない。やつのことだ。折に触れてまた攻めてくるだろう。戦いはこれからも続く。もしかしたら、終わることはないのかもしれない。いつかは根負けして、ある程度までは話してしまうのかもしれない。

話してしまえば、楽にはなるだろう。なんとなく打ち明けたいような気持ちも、これはハルヒロ自身、解せないのだが、どういうわけか、なくもない。

打ち明ける？

よりにもよって、ランタに？

ない。ありえない。話したらおしまいだ。そう思う。でも、ランタと二人で語らう機会が今後あったら、ちょろっと口を滑らせてしまったりするかもしれない。ひょっとして、ハルヒロは話したいのだろうか。いいや、そんなことはない。ない、はずなのだが。

小さな丘をいくつか越えると、行く手に輝く河面《かわも》が見えてきた。まだ午《ひる》になっていない。水面が午前中の日射《ひざ》しを強く照り返している。イーロートの流れは光をまとった巨大な蛇のようだ。

使節団一行はそこでいったん足を止めた。

「ここからイーロートを遡っていけば、黒金連山《くろがねれんざん》に辿《たど》りつく。道に迷うことはない」

イツクシマが傍らでお座りをしている狼犬《おおかみいぬ》ポッチーの頭を撫《な》でながら言った。

「ただし、俺たちがあの河にこれ以上、近づくのは、水を補給するときだけだ」

イーロートは辺境最大にして最長の大河だ。その流域には肥沃な土地が広がっている。それにもかかわらず、人間族だけでなく、エルフやオークなどもイーロート流域には定住しなかった。したくても、できなかったのだ。

イツクシマ曰《いわ》く、イーロートには、小型だがきわめて凶暴なカワザメや、非常に強力な神経毒を持つシロクロマダラカワヘビなどが棲息《せいそく》している。

カワザメは血の匂いを感じとるとわらわらと集まってきて、一斉に獲物を食い荒らす。シロクロマダラカワヘビに噛《か》まれると、またたく間に全身が麻痺《まひ》して呼吸が止まってしまい、死に至る。シロクロマダラカワヘビは河原に上がってくることもあるようだ。浅瀬であっても、石や何かで指を切ったりすると、カワザメが一瞬で群がってくるのだという。たとえ水を汲《く》むだけでも、そうとう注意しないと危ない。

また、河岸一帯では、大きい個体だと体長三メートルを超えるオオキバカワウソ、オスはときに五メートル以上の巨体を誇るというイーロートワニ、数十頭もの群れを形成するオオツノカバなどがよく見られるらしい。こうした生き物はすべて肉食か雑食で、捕食しあっている。それぞれが互いに互いを食らい、進化してきた獰猛《どうもう》な獣たちなのだ。

むろん、というか何というか、オオキバカワウソがイーロートワニしか食わないわけでも、イーロートワニがオオツノカバだけを好んで食するわけでもない。腹に溜《た》まりそうなものなら、基本的には何でも襲って食べる。彼らにしてみれば、人間など見るからに貧弱そうで、手頃な獲物だろう。

「水を飲みにイーロートに近づく生き物はすべて、彼らの食料だ。水辺で彼らに対抗する術《すべ》はほとんどないと思ったほうがいい」

「見るだけは見てみたいけどなあ」

ユメはぷくうと頬を膨らませてそんなことを言った。

「どうせ、いずれは水を汲みに行かなきゃならん」

イツクシマは肩をすくめた。

「そのときは必ず俺とユメが一緒に行く。どんな生き物にも出くわさないことを祈ってるが、そう都合よくはいくまい。オオツノカバはでかいし、群れで行動するから、きっと見られるんじゃないか」

イーロート沿いを北上しはじめて二日目、早くもその機会が訪れた。

使節団一行は、正使ビッキー・サンズ、斥候兵ニール、クザク、セトラ、メリイ、馬たちを残して、イツクシマと狼犬ポッチー、ユメ、ハルヒロ、ランタの四人と一頭で水汲み作戦を決行することになった。各自の飲み水にはまだ少しだけ余裕があるものの、ぎりぎりの状況になる前に補給しておきたいところだ。

「くれぐれも気をつけて行ってきてくれ」

ビッキー・サンズは本気で心配しているようだった。口調と一本眉が物語っている。

「俺も行きたいんすけど……」

不満げなクザクの尻を、仮面の男が蹴っ飛ばした。

「うっせッ。テメーは無駄にデッケェーから邪魔なんだよッ」

「いやぁ。ぜんぜん痛くないわ。まったく効かねーわぁ」

「ンだとォ、コノッ」

「いいかげんにせえやあ」

ユメがクザクとランタの間に割って入った。

「ふんとにもお。ぷんぷんの、めっ、やんかあ」

なぜかニールが、ブッ、と噴きだした。見ると、ニールは垢染《あかじ》みた赤らんだ顔をあさってのほうに向けている。

クザクの表情がゆるんでいて、かなりだらしない。

「……ユメサン、それ、かわいっすね。今の」

ユメは首をひねって目をぱちぱちさせた。

「ふもお？」

「わからんでもない」

セトラがうなずいた。

「無自覚だからな。飼いたくなる」

「よくわからんけどなあ、セトラんにやったら飼われてもいいかなあ？　めっさお世話きっちりしてくれそうやんかあ。なあ？」

メリイが微笑《ほほえ》んでいるのはわかる。ビッキー・サンズがユメにあたたかい眼差《まなざ》しを注いでいるのも、まあそういう人なんだろうなと思う。でも、ニールが横目でユメを見て胸のあたりを押さえているのは、ちょっと意外というか、どういう心境なのか気になった。

「無事で」

メリイがハルヒロの左手首をそっと摑《つか》んで、そう言ってくれた。もし二人きりだったら、離れられないだろう。抱きしめてしまうかもしれない。そんなことを考えてしまう自分が気持ち悪かったが、しょうがないかな、とも思う。

何しろ、ハルヒロはメリイが好きなのだ。一昨日より、昨日のほうが好きだった。昨日より今日のほうが好きなので、これはもうしょうがない。

かくして水汲み部隊は出発した。

「──ンで？」

途端に仮面の男がまたぞろ囁き攻撃を仕掛けてきた。

「昨日はまた何かヤったのか？　ドコまでヤりやがったんだ？」

「ほんっとにうるさいよ、おまえ……」

「さっきだって自然なカンジでくっついたりしやがってよォ。夫婦か、おまえら。もうすでに夫婦気どりかよ。出来上がってンのか？　出来上がりまくりやがってンですかァ？　どォーなんだそのヘン。アァ？」

ハルヒロは、ポッチーとともに先頭に立っているイツクシマや、その後ろについているユメを見た。あの、こいつ、やかましいんですけど。ずっと囁いてくるんですけど。注意して欲しいのだが、二人ともそれどころではないのか。ここいらはもう危険地帯だ。

「オレァ、おまえのそォーいうトコが一番アレだからな。ハキハキしねェーっつーかよ。ヤったならヤった。コレはヤった。アレもヤった。ココまではヤった。ソレでいいじゃねェーか。教えろよヴォケ。ソコは情報を共有しとけ。仲間だろォ？　ン？　カレコレ長い付き合いじゃねェーか。なァ？」

ランタはめちゃくちゃ囁いてくるのだが、その声量が絶妙なのだ。すごく小さい。それでいて、ハルヒロにはしっかりと聞こえる。職業柄というか、これでもハルヒロは盗賊なので、耳はいいほうだ。ランタはそこもちゃんと考えた上で、声の大きさを決めている。そういうところは抜け目がない。

「……おまえはどうなんだよ」

やむをえない。ハルヒロはランタばりの囁き声で反撃に転じることにした。

「ハァ？　オレ？　オレが何だよ」

「ユメとはどうなの。進展は？」

「シンテン？　ンだそりゃ。アァー。アレか。シンテンな。シンテンっつったら、心機一転の略だよな。フム……」

「何ごまかしてるんだよ。ユメに言ったのか？　言わないの？」

「……ナッ、ナ、何を言うっつーんだよ……」

「好きだって」

「お、おッ、オォッ、おッ、おまえは言ったンかよォ。どォーせアレだろォ、言ったような、言ってねェーよォーな、ビッミョーなアレなんだろ、おまえのコトだし……」

「言ったよ」

「……ナッ――」

「ちゃんと、言ったよ」

「言ッ……――た？　つまり、コクハクしたってコト……？」

「まあ、そうだよ」

「嘘《うそ》だね。嘘だな。嘘だ。嘘に決まってらァ。オレは信じねェーぞ。だっておまえはパルピルルンなんだからなッ」

「正直に、思ってることを伝えただけだよ。おれだって、それくらいはできるんだよ」

「……パルポロロンなのに？」

「おれにもできたけど？」

「……そンでチューしたっつーワケなンかよッ……」

「そこはノーコメント。べつにわざわざ言うようなことでもないだろ」

「オトナぶりやがって……ッ」

「おまえほどガキっぽくはないかもな」

「クゥゥーッ……」

やり返してやった。ざまあみろ。そんなふうには思わなかった。憐《あわ》れみのようなものは少し感じた。ランタはたいがいの者にはやりすぎなほどガンガンいくのに、ユメにだけは弱すぎなほど弱い。まさしく、惚《ほ》れた弱み、というやつなのだろうか。

「なあ」

「……ンだよ、この巻き巻きノグソヤロォーがッ」

「ちゃんと言葉にして、伝えたほうがいいんじゃないの」

「黙れ、百年物のハナクソめ」

「いつどうなるか、わからないんだし。おれが言わなくたって、おまえだってそういう感覚っていうか、覚悟はあるだろ」

「……あるに決まってンだろォーが」

「今しかない、――かもしれないわけだからさ」

「偉ッそうに……」

ランタはハルヒロの脇腹に拳を見舞った。ハルヒロはけっこう強めのパンチがきそうだと予測したが、あえて避けなかった。案の定、そこそこ痛かった。我慢して平静を装い、涼しい顔をしていると、ランタがぽつりと呟《つぶや》いた。

「……まァ、でも、……そうかもしれねェーな……」

その瞬間だった。先頭を行くイックシマが立ち止まった。

「にょ？」

ユメがイックシマを見て首をひねった。

「ちなみに——」

イツクシマは振り返って狼犬《おおかみいぬ》ポッチーの頭を撫《な》でた。

「こいつにはさすがに勝てないが、俺は人間にしては耳がいいほうでな」

ハルヒロはおずおずと訊《き》いた。

「……その心は？」

イツクシマは決まりが悪そうに咳払《せきばら》いをした。

「だいたい聞こえてるからな。内緒話をしてるつもりなのかもしれんが……」

「何があ？」

ユメは自分のお師匠とハルヒロ、仮面の男を交互に見た。

「ハルくんとランタ、何の話してたん？　こしょこしょってしてるなあとはユメも思ってたけどなあ。ちゃんとは聞きとれなかったからなあ？」

「なッ、何でもねェーよッ」

ランタが言い返すと、ユメは口を尖《とが》らせた。何でもないと言われたら、かえって気になるのが人情というものだろう。ユメはランタを問いつめようとした。その気配を見せた途端、ランタが機先を制した。

「あとでなッ。……あ、あとで教えっからッ。い、今はいいだろ。今はイロイロ、アレだし。あとでゆっくりアレだ、はッ、話すからよ……」

「ぬうぅ」

ユメは不承不承といったふうにうなずいた。

「まあなあ。いいけどなあ」

そんなユメにイツクシマが向けた眼差しは慈愛に充《み》ち満ちていた。しかし、すぐに目を伏せて、自分に何か言い聞かせるようにうなずくと、彼は前を向いた。

複雑な心境なのだろうと、僭越《せんえつ》ながらハルヒロは思う。イツクシマは実の父親のようにユメを大事にしている。雛鳥《ひなどり》はいつか巣立って親鳥から離れ、つがいを見つけるのだろう。けれどもその相手が、よりにもよって仮面の男というのは、どうなのか。

ハルヒロがイツクシマの立場だったとしたら、何とも難しい。人間だから、ランタにもいいところはある。紆余《うよ》曲折《きょくせつ》あったが、仲間として、今は信用している。しかし、悪いというか、ひどいところも、やはりあるのだ。

とにもかくにも水汲《く》み部隊は前進した。イーロートまで、そろそろ百メートルかそこらだ。木々は丈高いもののまばらで、苔生《こけむ》した岩がちらばり、シダ類というのだろうか、ぎざぎざした葉を持つ植物が生い茂っている。空気がしっとりしていて、涼しいというより肌寒いほどだ。

イツクシマが右手を上げて、皆に止まれと命じた。そのまま南のほうを指差してみせる。ハルヒロはそっちに目を向けた。

何かいる。

「……ウォッ」

ランタが仮面の奥でごくごく小さな声をもらした。

かなり離れているが、それでもなんとなく形がわかるので、ずいぶん大きな生き物なのだろう。一頭じゃない。何頭もいる。四足獣で、角がある。いや、頭だけではない。背中にも突起物が生えている。

オオツノカバの群れだ。イーロートに向かって移動しているのか。

「わあ。あれがなあ……」

ユメは嬉《うれ》しそうだ。見てみたい、と言っていた。よかったね、とハルヒロも喜んであげたいところだが、正直、怖い。

「……どうなんだ?」

ランタが小声で訊いた。

「この距離なら、おそらく平気だろう」

イツクシマはそう答えるなり、ふたたび歩きはじめた。

「おそらくかよ……」

ランタは不満げだ。ハルヒロも恐怖心が解消されたとは言えないが、ここはイックシマの判断を信じるしかない。

水汲み部隊はさらに進んで、とうとうイーロートの河岸に到達した。河原は狭い。湿った石や砂の上を何歩か歩けば、澄んだ水が流れている。

「中州があるんだ」

ハルヒロが指摘すると、イックシマは首を横に振った。

「いや、あれは中州じゃない」

「え？　でも——」

ハルヒロが見たところ、対岸までは数百メートル、一キロあるかどうかで、その中間あたりに小島のような陸地がある。

「ハルくん、よおくなあ、見てみて」

ユメにうながされて、ハルヒロは中州としか思えない陸地を凝視した。最初はぴんとこなかった。徐々に違和感を覚えはじめた。

「……んん？」

「オイッ、アレ——」

ランタが仮面を額までずらした。

「……動いてねェーか？　流されてやがる？　逆、か……？」

たしかに、ランタの言うとおりだ。陸地は河を遡る方向に、ほんの少しずつではあるものの、移動している。

「顔を出すぞ」

イツクシマが言った。その直後だった。本当に陸地が顔を出した。陸地の上流方向に、河面から何かがせり上がったのだ。それに合わせて、陸地全体が少し浮き上がったようにハルヒロには見えた。

少なくとも二、三百メートルは離れている。だから、細部までは確認できない。しかし、せり上がったのは頭部なのではないか。ハルヒロが中州だと思っていたのは、胴体だったのかもしれない。

「……生き物、――ってこと？」

そうだとしたら、全長百メートルを超えるに違いない。

「イーロートオオカワガメだ」

イツクシマが淡々と教えてくれた。目の前に、いや、目の前ではないが、目の届く場所にあんなものがいるのに、よく飄々《ひょうひょう》としていられるものだと感心する。

「一節によると、何百年も生きて、成長しつづけるとか。あのガタイだからな。天敵になるような生き物がいないし、きわめて温和な動物だ。背中に乗っても平気だったという話も聞いたことがある」

「ふおおおぉ……」

ユメは目を丸くしている。

「すっごいなあ。ユメも乗ってみたいねやんかあ」

イックシマは苦笑した。

「泳いで辿《たど》りつくまでの間に、カワザメかシロクロマダラカワヘビ、イーロートワニなんかに食われるのがオチだろうな」

「そっかあ。そうやなあ。ユメ、今日はあきらめる。今度やなあ」

あっさり断念してくれてよかった。ユメのイーロートオオカワガメに乗るという壮大な夢は、ランタにでも手伝わせていつか実現させて欲しい。

ハルヒロたちは本筋に立ち戻って水汲みを始めた。河辺まで行って、持ってきた水筒を次々と水で一杯にする。ただそれだけなので、作業としてはしごく簡単だ。イーロートワニやオオキバカワウソは大柄なので、近づいてきたらイックシマなりユメなりポッチーなりが即座に気づいて警告してくれるだろう。シロクロマダラカワヘビも、人間にとっては識別しやすい体色をしているから、比較的見つけやすい。問題はカワザメだ。その体長は十五センチ程度から、大きい個体でも三、四十センチ。泥のような色で、よほど目ざとくないと、ぱっと見ではわからない。しかも、すばしっこいので、あっという間に接近されてしまう。

イックシマやユメは河縁にしゃがんで悠々と水汲みをしているようにしか見えないが、絶えず水中を観察している。周辺の警戒はポッチーに任せているようだ。

ハルヒロはおっかなびっくりで、緊張のあまりか、ため息が出て仕方ない。

「ヘッ、臆病者《チキン》め……」

ランタはハルヒロを嘲笑《あざわら》っておきながら、完全に腰が引けている。おかげで、腕を限界までのばさないと水筒が河の中に浸らないような有様だ。

あげくの果てに、ユメがすっとランタに寄って、ぱしゃっと水の中に右手を突っこんだ。何事かと思ったら、河中から引き出されたユメの手は、二十センチほどのカワザメを鷲摑《わしづか》みにしていた。カワザメは鋭い牙がずらっと並んだ口をうごめかせ、目をぎょろつかせて、ビチビチビチビチビチ暴れている。

「……ヒッ」

ランタは尻餅をついた。

「気いつけなあいかんからなあ」

ユメはカワザメをひょいと投げた。ユメの腕は鞭《むち》のようにしなる。すごい肩だ。カワザメは空中で大暴れしながらずいぶん遠くまで飛んで、ぽちゃんと河に落ちた。

「一匹に噛《か》まれたら、どっしどっし寄ってくるんやて。そうしたらなあ、ユメでも助けてあげられないかもしれないからなあ？」

ハルヒロはランタの背中を押した。

「……礼くらい言えよ。助けてもらったんだから」

「た、助かった、……ぜ」

ランタは下を向いて咳払いをした。

「……ありがとな」

ユメは満面に笑みをたたえた。

「どういたしまして！」

それをチラッと見て、ランタがごくごく小さな声で何か呟《つぶや》いた。

おまえはオレの太陽かよ、とか何とか。

ハルヒロは聞き逃さなかったが、聞かなかったことにした。おまえは詩人かよ、と思ったりもしたけれど、その感想も胸に秘めておくことにした。

人は人を愛すると、ときとして詩人になってしまう、――ような気もする。すばらしい詩が浮かぶかどうかは別としても。そのあたりはセンス次第だろう。ハルヒロはむろん、ノーセンスだ。

「潮時だな」

イックシマが水筒を背負い袋にしまいながら言った。

「このへんで切り上げるとしよう」

イツクシマが潮時だと言うのなら、きっとそうなのだろう。ユメが救ってくれなければ、ランタはカワザメに噛まれていたかもしれない。危機は未然に防がれたわけだが、次に何か起こったらどうなるかわからないのだ。

水汲み部隊はイーロートを離れた。帰りは来た道を戻るだけだ。ハルヒロはそう思いこんでいた。ところが、イツクシマは別のルートを選んだ。

ハルヒロは軽く訊《き》いてみた。

「道、違いません？」

イツクシマは肩をすくめてみせただけで、理由を教えてはくれなかった。そういう気分だった、というわけではないだろうから、何かあるのか。

「ぬるーん。なんかなあ……」

ユメがさかんにあたりを見回しているし、ぬるーんとは、と思わなくもないが、やはり何かあるのだ。

しばらく疎林を行くと、ポッチーが立ち止まって、るうううう、と唸《うな》った。北のほうを見ている。そっちに何かいるのだろうか。ハルヒロは目を凝らしてみたが、とくに何も見あたらない。

「お師匠ぉ？」

ユメが尋ねた。

「うむ……」

イツクシマはしばし考えこんだが、ポッチーを撫《な》でてやって先に進ませた。

どうもきな臭い。ハルヒロもよりいっそう注意を払って、ポッチー、イツクシマ、ユメについてゆく。仮面の男もおとなしい。空気が読めないというより、たまにあえて空気を読まないことに全力を振りしぼる。ランタはそういう種類の馬鹿だ。

しかしながら、取り越し苦労だったのだろうか。やがて残留組が見えてきた。馬が四頭いるので、見間違いではないだろう。クザクたちの姿は確認できないが、ビッキー・サンズが馬の世話をしているようだ。

ハルヒロはほっとして、つい気を抜いてしまいそうになった。とっさに、こういうときなんだよな、と思う。いけない。まだだ。緊張をゆるめるな。

またポッチーが足を止めた。耳をぴんと立てて、きょろきょろする。

ランタが首を傾《かし》げた。

「……アァ?」

ハルヒロは、しっ、と唇に人差し指をあててみせた。ランタはうなずいた。

イツクシマが振り返って、ハルヒロを手招きした。ハルヒロは足音を忍ばせてイツクシマに近づく。イツクシマが囁《ささや》いた。

「一緒に来てくれ」

ハルヒロが返事をする前に、イックシマはユメに手振りで何か指示した。どうやらユメはポッチーとランタを連れて残留組と合流するようだ。

イックシマが歩きだす。ハルヒロはついてゆく。腕利きの盗賊でも舌を巻く忍び歩きだ。この男はかなりすごい。さりげなく全方位に能力が突出していて、盗賊になっても、戦士になっても、たぶん魔法使いや神官になっても一流だろう。けれどもおそらく、そんなことには関心がない。この男は、自然を、獣たちを、そして愛すべき者を愛し、あるがままに受け容《い》れて、どんな環境でも一人で生きてゆける。

イックシマは木陰で止まった。北西を指さしてみせる。

そっちに低木の茂みがある。距離は十五メートルといったところか。イックシマはどうやらその茂みを指し示しているようだ。

ハルヒロは息を殺して茂みを注視しつづけた。

ふと茂みが揺れた。

何かが顔を出す。緑色の鱗《うろこ》に覆われた、あれは、――ワニ、ではないだろう。ワニにしては頭の位置が高すぎる。トカゲだろうか。

イックシマが手振りで自分の唇の動きを読めとハルヒロに指図した。

(リザードマン)

イックシマは声を出さずにそう言った。

ハルヒロも聞いたことはある。リザードマン。ようは、蜥蜴《とかげ》人間だ。人間やエルフ、ドワーフ、オークらほど知能は高くない。しかし、簡単な道具を製作して利用したり、単なる群れ以上に複雑な社会を構成するくらいには頭がいいという。

（あれは偵察だ。気づかれずに始末できるか？）

イツクシマに訊かれて、ハルヒロはうなずいてみせた。あまり誇れるようなことではないが、得意分野だ。

自分自身を地面の下まで沈ませるようにして、隠形《ステルス》する。すんなりと、うまく入った。こうなってしまえば、あれこれ頭を巡らせる必要はない。

斜め上から自分自身と周囲を見下ろしている。もちろん、本当に見下ろしているわけではない。あくまでもそう感じられるだけだ。

イツクシマがいる。偵察のリザードマンが潜んでいる茂みがある。そして、ハルヒロがそこへ忍び寄ってゆく。樹木。他の茂み。あの偵察以外にリザードマンは？　いない。この近辺には、やつだけだ。

リザードマンは茂みから頭を半分ほど出して、南のほうに顔を向けている。左右に離れた眼球の位置からして、やつは人間より視野が広い。今のハルヒロならめったなことでは気づかれないが、万全を期して真後ろに回りこむ。右手でダガーを抜き、逆手に持った。漂うように肉薄して、リザードマンの顎下に左腕を巻きつける。同時にダガーを喉に突き刺した。気管や血管を一気にかっさばいて抜いたダガーで、即座に右の眼球から脳まで貫く。どこまでダガーを埋めこみ、どう脳を損傷させれば、最短の時間でこの生き物を絶命させることができるか。考えて実行するのでは遅い。体が動くに任せた。

ぴくりともしなくなったリザードマンを茂みの中に横たわらせると、ハルヒロはイックシマのもとへと戻った。

「……やるな」

イックシマは呆《あき》れたような声音で低く言った。ハルヒロは首を横に振ってみせる。

「他にもいるってことですよね」

「そうだな」

イックシマはしかめっ面をしている。

「リザードマンの棲息地《せいそくち》は、本来もっと北のほうなんだが。妙だな。……そうか。俺としたことが——」

「何です？」

「南征軍とやらだ。やつらは黒金連山《くろがねれんざん》の南側に広く展開してる」

「リザードマンが棲《す》んでいたあたりに？」

「ああ。押しだされる恰好《かっこう》で、南下してきたんだろう」

イックシマはため息をついて、首を左右に曲げた。それからもう一度、息をつく。

「やむをえん。ルートを変える。いったんイーロートから離れて、北上しよう。あまり気は進まんが、灰色湿原《はいいろしつげん》を通り抜けるしかなさそうだ」

「……危ないんですか?」

「安全な場所なんてない」

イツクシマは片頬をゆがめた。

「ただ、この季節の灰色湿原は冷える。それと、ヒルがうじゃうじゃいてな。とくに馬には厳しいかもしれん。沼から飛びついてくるトビヒルなんてのもいるから、俺たち人間も油断はできないが」

「それは……」

とてつもなくいやな感じですね、と言いかけたが、ハルヒロはのみこんだ。イツクシマに肩を叩《たた》かれたからだ。

イツクシマはすでに駆けだしている。ハルヒロも走った。いきなり何なんだとか、どうしたとか、わざわざ訊くまでもない。緊急事態なのだ。それ以外ありえない。

先に合流したユメが指示したのだろう。残留組はもう、馬に荷物を載せて出発の準備を整えていた。

「よし、出られるな! 急いでここを離れる!」

イツクシマは怒鳴るなり、ポッチーを伴って西へ駆けた。

「――ついてこい！　ぐずぐずするな、やつらに囲まれるぞ！」

ランタが叫ぶ。

「ヤツラって!?」

「リザードマンだ！」

ハルヒロは今来た方向を振り返った。葉擦れのような音や、何かの声が聞こえる。姿は見えない。でも、迫ってきている。確実に。少なくない数だ。

ビッキー・サンズが馬に跳び乗った。

「ニール、ユメくん、セトラくん！　騎乗しろ！　さあ、出るぞ！」

言われるまでもなく、ニールは馬に跨《また》がろうとしていた。ユメは、はにゃあ、といったような返事をし、セトラは黙って、それぞれ馬に乗る。

「急いで！」

ハルヒロはクザクとメリイを先に行かせた。ビッキー・サンズ以下、騎乗組が馬を進ませる。

「このオレ様とパルピロンでしんがりかよ！　ケッ……！」

ランタはすらりと刀を抜いた。

「相方がやや力不足だが、まァ、しゃァーねェーかッ！」

「どっちがだよ！」

ハルヒロは言い返しながら横っ跳びした。向こうの木立から何か細い物体が二本、三本と山なりに飛んできたのだ。矢か。避けて、地面に突き刺さった物体を見ると、矢羽根がついていない。鏃《やじり》は鉄などの金属ではなくて石製だろう。原始的なものではあるけれど、紛れもなく矢だ。

また数本の矢が飛来した。ランタは躱《かわ》さずに刀で軽々と斬り払った。

「――ハッ！　飛び道具も使うたァ、シャレオツだな！」

ハルヒロは右手でダガー、左手で炎の短剣を抜いて、すうぅ……と、静かに、それでいて深く、息を吐いた。どこか一点に目の焦点を合わせるのではない。視野全体を広く見る。聴覚や、その他の感覚も総動員する。

物の一秒かそこらで、ハルヒロは十一体のリザードマンを視認した。もちろんと言うべきか、それでぜんぶではなく、東から北東にかけて、リザードマンはもっとたくさんいる。どっと押し寄せてくる。

ランタは今にも敵に躍りかかりそうだ。

「ここで一戦するかァッ……!?」

「いや、まず下がる！」

ハルヒロは言うなり身をひるがえした。ランタも飛び跳ねる虫のような身のこなしでついてくる。

矢がばらばらと飛んできたが、当たりはしない。石槍《いしやり》を持ったリザードマンたちがハルヒロたちを追いかけてくる。中には木製の盾を持ったリザードマンもいる。衣服は着ていないが、一部のリザードマンは、動物の骨や牙、磨いた石などで作ったとおぼしき装飾具を身につけている。

「ハハッ！」

ランタが駆けながら笑った。

「少しは楽しめそォーじゃねェーか……！」

馬鹿が馬鹿だけに馬鹿を言っていると思いながら、ハルヒロはリザードマンたちの先鋒《せんぽう》との距離を測っていた。リザードマンの足は決して遅くない。こちらが全力疾走すれば振り切れそうだが、ただの追いかけっこではないので、安易な考えは禁物だ。多勢に無勢だし、リザードマンのような種族を侮るべきではない。きっと彼らは天性の猟師だろう。だとしたら、巻き狩りや追い込み猟のようなことを企てているのかもしれない。

行く手が切り立った丘に挟まれて狭隘《きようあい》になっている。このまま逃げるにしても、いったんリザードマンたちを叩いて、怯《ひる》ませたほうがいい。

「ランタ、あそこで仕掛ける！」

「ハッ！　ようやくかよ……ッ！」

ランタが加速した。有利な位置取りをして、リザードマンたちを迎え撃つ気だろう。

ハルヒロは後ろを見た。矢が飛んできたが、勢いや軌道からして届かない。かまわず走る。ランタが丘を駆け上がってゆく。馬鹿と煙は高いところへ上る、という。まさしくそれだな、と思いながら、ハルヒロも心構えをした。素早く、効率的に殺傷して、離脱する。

さあ、一仕事だ。

10. LOVE

リザードマンたちは、いかにも風早荒野《かざはやこうや》といった感じの平たい草っ原までは追ってこなかった。リザードマンの脅威は、半日程度でほぼ完全に去った。

その代わりというか何というか、西や南西方向に細長巨人の姿がちらほら見受けられるようになった。犬とも猫ともつかない、ジャッカイル、と呼ばれているらしい獣の群れにつきまとわれるようにもなった。

ジャッカイルは狼犬《おおかみいぬ》ポッチーよりもずっと小柄に見えるが、実際はそうでもない。彼らは足が短く、胴長なのだ。体高こそ低いものの、尻尾を含めない体長が一・五メートルを超える個体もいるのだとか。被毛は褐色で、全身に黒斑が散らばっている。顔部は真っ黒に近い。目鼻立ちが判別しづらいので、不気味な印象だ。

イツクシマ曰《いわ》く、ジャッカイルの生態はよくわかっていないようだが、肉食だということだけは間違いない。十数頭から三十頭ほどの群れで行動し、まさに現在、辺境軍使節団一行がその被害に遭っているのだが、獲物をひたすら追いかけ回す。

「俺はあいにく彼らが狩りをする場面を見たことはない。ただし――」

イツクシマが言うには、草食獣の群れが他の肉食獣に襲われ、そこにジャッカイルたちが割って入るというか、便乗して攻撃に参加する様子を観察したことはあるらしい。

その話を聞いて、クザクはドン引きしていた。ランタなどは、超卑怯《ひきょう》だとかクズだとか最低だとか、さんざんこき下ろしていたが、ジャッカイルにはジャッカイルの言い分があるだろう。彼らにとっての狩りは、名誉をかけた戦いではない。食べて生き延び、子孫を残すための行為だ。なるべく犠牲を払わず、成功率を高めなければならない。そのために、彼らは上手に他者を利用し、巧みに食糧をえている。むしろ、たいしたものだと感心するべきなのだろう。

もっとも、使節団一行がジャッカイルたちに狙われているとなると、のんきに感心してもいられない。

他の獰猛《どうもう》な獣が現れるまでは平気だろうと、高をくくるのは危険だ。ジャッカイルの群れが独力で狩りをしないという保証はない。

日が暮れて真っ暗になっても、彼らは近くにいる。ときおり動き回る気配がしたり、ボギャッ、という特徴的な鳴き声が聞こえたりするから、気のせいではない。

ハルヒロたちは最大限の警戒態勢をとった上で、代わる代わる睡眠をとった。ぐっすり眠るのは難しいが、横になって体を休めるだけでもけっこう違う。

そうして夜が明けると、ハルヒロは愕然《がくぜん》とした。使節団一行から二十メートル程度しか離れていない場所で、ジャッカイルたちがくつろいでいたのだ。

「いっそのコト、やっちまったほうがいいんじゃねェーのか？」

ランタの提案に心を惹《ひ》かれなかったと言ったら嘘《うそ》になる。

「もうやっちゃいます？」

クザクはかなり乗り気だった。

「全力出したら、いけるよね？　負ける気はしないし。何頭かやっつければ、逃げるんじゃないっすかね」

「むりやあ」

ユメがしかめっ面で首をぶるんぶるんと横に振った。

「ぜぇぇぇーったい、むりやからなあ？　ああいう子おたちはなあ、めっさ体力がすんっごいねん。こっちがばぁーっていくねやんかあ。そしたらなあ、あの子おらはさぁーって逃げるからなあ？　追っかけたら、もっと逃げるしなあ」

「若い個体を狙う手はあるが……」

イツクシマはジャッカイルの群れを見やって低く唸《うな》った。

「乳離れしたばかりのような赤子でもない限り、しとめるのは難しいな。俺たちが彼らと戦うとしたら、他に方法がなくなってからだ」

いずれにせよ、風早荒野を抜けて灰色湿原に入れば、ジャッカイルたちもあきらめるだろう。それがイツクシマとユメの見立てだった。あと二日、急げば一日半くらいで、灰色湿原に辿《たど》りつけるようだ。

「では、急ぐとしよう」

ビッキー・サンズが決断を下して、この話は終わった。雲行きが怪しくなってきたのは、その日の昼下がりだった。比喩ではなく、実際、晴れていた空がみるみるうちに曇り、風が強くなってきたのだ。

ハルヒロはユメに訊《き》いてみた。

「これ、万雷嵐《ばんらいあらし》とかじゃないよね……?」

騎乗しているユメは、何とも言えない、というふうに難しい顔をした。

「ぬむうん……」

「それはないだろう」

イックシマは足を止めていた。その傍らで、ポッチーが後方のジャッカイルの群れをじっと見すえている。

何か変だ。

でも、何が変なのか。ハルヒロにはわからない。ただ、胸騒ぎがする。

「どうした?」

ビッキー・サンズが馬上からイックシマに尋ねた。そのときだった。

ジャッカイルの群れが、ボフオオォーン、という感じの長い鳴き声を発しはじめた。正確には、群れの中の一頭が最初に鳴いて、数頭が似たような鳴き方をした。

「何だ!?」

斥候兵ニールが手綱を引いて馬首を巡らせた。いや、違う。馬がいななないて、飛び跳ねるように暴れている。ビッキー・サンズ、ユメ、セトラの馬も同様だ。

「むうっ!?　落ちつけ、ヘンドリクスⅢ世……！　大丈夫、大丈夫だ！」

ビッキー・サンズは笑顔で馬に声をかけて落ちつかせようとしている。何でも、馬が動転していたり興奮していたりするときは、笑いかけてやったほうがいいらしい。しかし、馬が暴れれば、乗り手もやはり動揺するわけで、ああやって作り笑いをするのも簡単ではないだろう。

「この！　くそが！　駄馬め！」

ニールは馬を怒鳴りつけて逆に狼狽《うろた》えさせている始末だし、ユメやセトラも自分たちの馬を制御するのにかなり苦心している。

ちなみに、ヘンドリクスⅢ世というのは、ビッキー・サンズがいつの間にか彼の乗馬につけていた名だ。ちょっと長すぎて呼びにくそうだ。そう思わなくもないのだが、ハルヒロが口を挟む筋合いでもない。

「な、何すか、何すか、何なんすか!?」

クザクは慌てふためいてきょろきょろしている。ランタがクザクの尻を蹴飛ばした。

「──ッせーなァッ！」

「いってぇっ！　や、だってさぁ！」

「ハル！」

メリイが北北西くらいの方角を指さした。そのときまでハルヒロは気づいていなかったが、イツクシマもそっちを見ていた。ハルヒロも北北西に視線を向ける。地平線。草原。いくらかの灌木《かんぼく》。それだけだ。とくに変わったものは見あたらない。――いや。

ハルヒロは目線を上げた。

空か。

曇った空に、何かいる。

何だろう。

あたりまえだが、それは飛んでいる。鳥なのか。だとしたら、ずいぶん大きい。もしかして、ワイバーンか。でも、ワイバーンはここから遥《はる》か北のクアロン山系に棲息《せいそく》しているはずだ。

「運が悪いな」

イツクシマがため息をついた。

「マンゴラフのお出ましだ」

ランタは刀の柄《つか》に手をかけた。

「――ハァァッ!?　マンドラゴン!?　何だよ、ソレ!?」

「マンゴラフ」

メリイが訂正した。顔つきがおかしい。どこがどう、とは言えないが、一瞬、ハルヒロはそう感じた。気のせいかもしれない。

「馬から下りろ！」

イツクシマが叫んだ。

「荷物をぜんぶ下ろせ！　今すぐに！」

「どういうことだ!?」

ビッキー・サンズが叫び返した。

「お馬はなあ！」

ユメが鞍《くら》から手早く荷物を外しながら答えた。

「マンゴラフの大好物やからなあ！」

「何、――だと……!?」

ビッキー・サンズは絶句した。

「じょ、冗談じゃねえぞ……！」

斥候兵ニールは馬から飛び降りた。というか、転がり落ちた。

セトラは馬を御しきれずにいる。

「くっ……！」

「セトラサン……！」

クザクが駆け寄ってゆき、セトラが乗っている馬の胴から尻をがっちりと抱えこんだ。

「――うっお、すっげぇ力！　馬やべぇ！　い、今のうちに！」

ユメは馬から飛び降りた。馬の尻を叩《たた》いて走らせる。

「んにゃあ！　逃げて……！」

マンゴラフとやらはだいぶ近づいてきている。距離は、どうだろう。わからない。二百メートルか、三百メートルか。あまり速くはないようだ。飛び方がやや不恰好《ぶかっこう》というか。無理やり飛んでいるというか。翼はある。でも、四肢も備わっているようだ。猛獣の背に羽をくっつけたような、そんな姿をしている。

セトラがクザクの助けを借りて荷物を下ろし終え、馬から下りた。

「いいぞ、放せ！」

「っす……！」

ビッキー・サンズは騎乗したままだ。怯《おび》えきっているヘンドリクスⅢ世を、どうにか励まそうとしている。

「大丈夫だ！　ヘンドリクスⅢ世、俺がついてる！　大丈夫だからな、俺はおまえを一人にしたりしない！　大丈夫だ！　大丈夫……！」

ニール、ユメ、セトラが乗っていた三頭の馬は、ばらばらに逃げ散っている。

「おい、ビッキー！」

ニールが起き上がってわめいた。

「危ねえぞ！　馬のことなんざ……！」

マンゴラフが一頭の馬めがけて急降下した。あれはニールが乗っていた馬だ。

どん、と着地する音が響いた。

次の瞬間、馬が宙を舞っていた。

いったい何がどうなったのか。マンゴラフが馬に襲いかかり、その首にかぶりついて、一気に放り投げた。たぶん、そういうことだ。高々と放り上げられたのは、馬の胴体だけだった。首から上はなくなっていた。

「ぎゃあああああ……！」

ビッキー・サンズは、まるで自分がマンゴラフに噛《か》まれたかのような悲鳴を上げた。

「アルセンヌス！　アルセンヌスゥゥーッ……！」

ちなみに、アルセンヌスというのはビッキー・サンズがニールの馬につけた名だ。ニールでさえ、おまえ、とか、馬、としか呼んでいなかったのだが、ビッキー・サンズはどの馬にも固有の名前を与えていた。どうやら、同じ名は二度とつけない、というポリシーがビッキー・サンズにはあるらしい。それで妙に長たらしい名が多かったり、Ⅱ世、Ⅲ世と付け加えたりするのだろう。そんなことはどうでもいい。

アルセンヌスの首を食いちぎったマンゴラフは、奔流のように疾駆して別の馬に躍りかかった。今度はセトラが乗っていた馬だった。マンゴラフは前肢で馬を倒して押さえつけると、頭部から頸部《けいぶ》までをがぶりと丸かじりした。

本土産の馬たちはそう大きくない。とはいえ肩までの高さが一・三メートルとか一・四メートルくらいはある。そもそも馬は決して小さな生き物ではない。だが、マンゴラフと比べれば大人と子供、いや、マンゴラフが大人だとしたら、馬は赤ん坊のようだ。

「ああ、テリスタルコスまでぇ……！」

ビッキー・サンズが悲憤にまみれた怒声を発した。テリスタルコス。そういえば、セトラが乗っていた馬はそんな名だった。

ハルヒロは、ジャッカイルたちが死んだアルセンヌスに群がってゆくのをちらりと見た。なんて抜け目がないというか、逞《たくま》しいというか。

マンゴラフはあんなに大きいのに、すばらしく素早い。テリスタルコスの次は、ユメが乗っていた馬がマンゴラフの標的になった。翼を生やした巨大な猛獣が、走る。否。跳んだ。翼を一度だけ羽ばたかせ、高くは跳び上がらないで、滑空する。

ひた駆けに逃げるユメの馬を、マンゴラフが轢《ひ》き潰したかのようだった。そのまま数十メートル行きすぎて急停止し、振り向いたマンゴラフの顔を、ハルヒロはようやくちゃんと、まじまじと見た。それは血塗《ちまみ》れの、——顔だった。

人間、——といっても、どんな種類の人間なのか、男性か、女性か、老人か、それとも若者なのか。何とも言いようがない。しかし、なんとなくというレベルではなく、マンゴラフの容貌は人間に似ていた。返り血を浴びた人間が、にやあ、と笑っている。そんなふうにしか見えなかった。

「ビッキー・サンズ、馬を捨てろ……！」

イツクシマが鋭く声を張り上げた。

「ヘンドリクスⅢ世……！」

ビッキー・サンズは、だが、あくまでも馬から下りようとしない。暴れるヘンドリクスⅢ世の腹を両脚で強く挟みこんで、身をよじる。明らかにビッキー・サンズは、彼の馬を走らせようとしていた。今、馬を下りるということが何を意味しているのか。イツクシマは当然、承知の上でそうしろと言ったはずだ。イツクシマにしても、馬を犠牲にしたくはないだろう。それでも、事ここに至っては他に手立てがない。どちらにせよ、馬は無事ですみそうにないのだ。

けれども、ビッキー・サンズはヘンドリクスⅢ世に、走れ、と命じている。いいや、命令などではない。ビッキー・サンズはヘンドリクスⅢ世にこう声をかけていた。自分がついている、と。大丈夫だ、おまえを一人にしたりしない、と。だから、一緒に逃げよう。ビッキー・サンズは全身全霊で愛馬にそう伝えていた。

ヘンドリクスⅢ世はその思いに応えたのだろうか。ハルヒロには馬のことなどわからない。でも、ヘンドリクスⅢ世は駆けだした。それは間違いない。もちろん、ビッキー・サンズを背に乗せたままだ。人馬一体。美しいスタートだった。走りはじめたときから、ヘンドリクスⅢ世はぐっと頭を下げていた。鞍上《あんじょう》のビッキー・サンズは、鞍から尻を上げ、それでいて体勢を低く、低くしていた。すさまじい勢いだった。

行け、とハルヒロは思った。

どうか、行ってくれ。そう願わずにはいられなかった。

ビッキー・サンズ、ヘンドリクスⅢ世。逃げきってくれ。

奇跡よ、起これ。

「……あぁぁ」

ハルヒロだけではなく、ランタやクザク、ユメあたりも、ほぼ同時に似たり寄ったりの声をもらした。

わかってはいた。奇跡なんて、そうめったに起こるものではない。だからこそ、奇跡なのだ。

それにしても、マンゴラフは容赦がない。やつはヘンドリクスⅢ世に飛びかからず、追いかけ、追いついて、ほんの一瞬だが、並走した。それから、ぱくっとヘンドリクスⅢ世の頭を食べてしまった。

「ヘンッッッ――……！」

ビッキー・サンズにしてみれば、まさに目の前で愛馬の頭を食われたのだ。その衝撃、その悲しみは、いかばかりか。馬好きではないハルヒロには、とうてい推し量れるものではない。

頭を食われたヘンドリクスⅢ世が、ビッキー・サンズもろとも地面に倒れこんだ。

「馬鹿野郎……！」

ニールの声は完全に裏返っていた。

マンゴラフがしとめた馬は四頭目で、ヘンドリクスⅢ世が最後だった。あるいは、それゆえに、満を持して、ということなのか。これまでマンゴラフは、馬の胴体には見向きもしなかった。それなのに、ヘンドリクスⅢ世はバリバリむしゃむしゃと喰《く》らった。あの壮絶な咀嚼《そしゃく》音《おん》からすると、肉も骨も一緒くたに食べているようだ。

「――あぎゃあっ……！　やっ！　やめぇっ……！　おぁがっ……！」

「く、くッ、食われてンぞ、オッサンも……」

ランタに言われるまでもない。ハルヒロもそんなことはわかっている。正直、まだ生きていたのか、と思ったりもしたけれど、息があっても不思議ではない。ヘンドリクスⅢ世は頭をかじられて即死だったに違いないが、ビッキー・サンズは馬ともども転んだだけなのだから。

「た、助け──」

クザクはハルヒロを見た。

「……ないと?」

「もう無理だろ、あれじゃあ……」

ニールが気の抜けきった声で言った。すっかりへたりこんでいる。

うん、とも、どうかな、とも答えづらい。ふらふらと視線を泳がせているうちに、ハルヒロはジャッカイルの群れが移動しつつあることに気づいた。さっきまでアルセンヌスの死体をよってたかって食らっていたが、今はテリスタルコスのほうを平らげようとしている。現実逃避しているのかな、とハルヒロは思わなくもなかった。ジャッカイルとか、どうでもよくない?

いや?

そうでもない、か?

「イックシマさん、ユメ……!」

呼びかけると、なんと二人とも瞬時にハルヒロの意図を理解してくれたようだ。察しがよすぎて、なんだか感動してしまう。むろん、心を動かされている場合ではない。

親子のような師弟が、弓を構えて矢をつがえる。

放った。

　二人はテリスタルコスの死骸を狙ったようだ。テリスタルコスを貪り食っていたジャッカイルたちのうちの一頭に、矢が当たる。途端にジャッカイルたちが、蠅《はえ》みたいにバッと逃げ散った。でも、矢が飛んできたことに驚いて、いったん離れただけのようだ。ジャッカイルたちは、まだテリスタルコスの周りをぐるぐる駆け回っている。イツクシマとユメをちらちらうかがっているジャッカイルもいれば、早くもテリスタルコスに食らいつこうとしているジャッカイルも何頭かいる。

　彼らのそうした動きがマンゴラフの注意を引いた。マンゴラフにしてみれば、獲物を横取りされているのだ。

「おばごがあああぁぁうごぉおおお……！」

　マンゴラフの野太い怒声は、人間のそれにどこかしら似ていた。むちゃくちゃでかいおじさんが、何か猛烈に怒ってわけのわからないことをわめいている。そんな感じだった。

　ジャッカルたちはびくっとした。彼らが怯《ひる》んだ瞬間に、マンゴラフはテリスタルコスの死骸めがけて跳んだ。

「今だ……！」

　ハルヒロは言いながら駆けだした。ニールとメリイがついてきた。クザクも追いかけてこようとしたが、セトラに止められた。

「おまえはこっちだ！」

ランタはイックシマ、ユメとともに、荷物を拾い集めて退避する準備を始めている。ランタが意図したとおりに動いてくれると、ちくしょう、という気持ちにどうしてもなってしまう。少しだけだが。

ハルヒロはニール、メリイと一緒にヘンドリクスⅢ世のもとへと急いだ。ヘンドリクスⅢ世はむごたらしく食い荒らされ、原形をとどめていない。残念ながら、ビッキー・サンズも同じだった。上半身はそれが彼だとかろうじて判別できる状態だったが、下半身は愛馬の屍《しかばね》というか血やら肉やら骨やらとごちゃ混ぜになっていて、何がなんだか。

それでもメリイはビッキー・サンズに駆け寄った。自分が血塗れになるのもかまわず、彼の首筋に手をふれる。メリイはハルヒロのほうを見て、首を横に振ってみせた。

「親書だ！」

ニールはメリイを押しのけた。ビッキー・サンズの懐を漁《あさ》る。四角い革の封筒に収められた書状を取りだした。血染めだが、破れたり穴があいたりはしていないようだ。

「——よし！」

マンゴラフはテリスタルコスの死体を高く放り投げ、落ちてきたところを口でキャッチしてみせた。マンゴラフに追い散らされたジャッカイルの群れは、わらわらと逃げ惑っているが、まだ馬たちの屍肉《しにく》に未練があるのか。逃げ去ろうとはしない。

イックシマたちは狼《おおかみいぬ》犬ポッチーに先導させて、北東へと向かっている。

「間抜け野郎が！」

ニールは唾を吐いて走りだした。さすがに、ビッキー・サンズの遺体に吐きかけはしなかった。

「――せいぜいあの世で馬どもとたわむれてやがれ……！」

「おれたちも！」

ハルヒロはメリイをうながした。メリイはうなずいてみせた。

「ええ！」

11・解いて解けぬ因果律

禍福はあざなえる縄のごとし、という言葉があるらしい。災いと幸福は表裏一体というか、失敗が成功に繫《つな》がったり、思いがけない幸運に恵まれた結果、不運に見舞われてしまったり、うまくいったりいかなかったり、えてして何事もそういうものだ、といったような意味だろうか。

義勇軍使節団一行は、ひょっとしたらジャッカイルの群れにつきまとわれていたせいで、マンゴラフに目をつけられたのかもしれない。マンゴラフに襲われなければ、ビッキー・サンズと馬たちは無事だったかもしれない。だが、馬を連れて灰色湿原《はいいろしつげん》を通り抜けられたかどうか。それに、ジャッカイルの群れがいたおかげでマンゴラフの気を逸《そ》らすことができたわけだし、その隙にハルヒロたちは逃げおおせた。ビッキー・サンズと四頭の馬が犠牲になってくれなければ、他の誰かがマンゴラフかジャッカイルの群れにやられていたかもしれない。

灰色湿原の染み入るような寒さはきつかったし、多種多様なヒルは厄介なことこの上なかった。しかしながら、風早荒野《かざはやこうや》でいろいろな味わいの辛酸を舐《な》めさせられてきたので、なんとか耐えられた。使節団一行は三日で灰色湿原を縦断し、いよいよ黒金連山《くろがねれんざん》の裾野から広がる樹海に足を踏み入れた。

イツクシマが言うには、リザードマンの棲息地《せいそくち》はこの樹海のイーロート沿岸だった。彼らを圧迫して南下させたのは、十中八九、南征軍だろう。樹海は南征軍のテリトリーだと見なして、よりいっそう用心深く行動するべきだ。

そんなわけで、一行は索敵を強化し、石橋を叩《たた》いて渡るようにして樹海を進んだ。

まあ、そうでなくとも、先を急いでどんどん距離を稼ぐ、というわけにはなかなかいかない。この樹海では、嘘《うそ》みたいにまっすぐ天に向かってのびている大木や、ぐねぐねと曲がりくねっていたり絡み合っていたりする樹木が、地上を侵略しようとしているのではないかと思われる勢いで根を張り合い、植物同士の熾烈《しれつ》な生存競争を繰り広げている。木々の幹や地上根が丘や谷を形づくっており、平らな地面などほとんど見あたらず、単純に歩きづらい。

「人間向きじゃねえな、この土地は……」

そんなぼやきを斥候兵ニールが連発した。

ちなみに、ビッキー・サンズ亡きあと、ニールが義勇軍正使の役を代行することになった。よって形式上、ニールは使節団一行のリーダーだが、誰もそのようには扱っていない。ランタが嫌みをこめてニールを「代行」と呼びはじめると、みんなそれを真似《まね》するようになった。本人は嫌そうだが、知ったことではない。代行ニールのぼやきに反応する者は、基本的にいない。

それにしても、朝、樹海に入ってから暗くなるまでの間に、推定十キロほどしか進めなかった。この有様だと、灰色湿原における進度よりも遅い計算になる。

野営といっても火を焚《た》くわけにはいかないので、暗がりの中、一箇所に集まった。樹海には月明かりも星明かりも射《さ》しこんでこない。ほぼどころか、何も、まったく見えないので、夜間は互いの気配を感じられる範囲内に固まっているしかない。

「——っと、すまねえ」

代行ニールが笑いながら謝罪した。

「んにゃ?」

ユメの声だ。ランタがいきり立った。

「オイッ、テメェッ。今、ユメにさわりやがっただろッ」

「あぁ? わざとじゃねえよ。だから、ちゃんと謝ったじゃねえか。俺だって暗くて見えねえんだ」

「キサマがホザくコトは何一つ信用できねェーんだよ」

「ずいぶん嫌われたもんだな。俺がいったい何をしたってんだ」

「具体的に非をあげつらわれたいのか?」

セトラが訊《き》いた。

「……いや、そいつはやめてくれ」

肩をすぼめるニールの姿が目に浮かぶようだ。セトラにあのときのこれがどうで、あれは何でどうしたとか事細かに論じられたら、ハルヒロでもしばらくは立ち直れないかもしれない。

「だけど、あれっすねぇ……」

クザクは、んあぁぁ、というふうに、伸びでもしたのか。

「灰色湿原と違って、夜そんなに寒くないし、空気がいい具合にしっとりしてるっていうか。わりと気持ちいいっすよね。眠くなっちゃうな、これは」

「ノンキかッ」

ランタがツッコんだ。ハルヒロは苦笑した。

「眠れそうなら、寝ちゃっていいよ。何かあったら起こすけど、クザクはけっこう寝起きもいいしな」

「じゃ、おやすみなさぁい……」

クザクはあくびをした。もう横になったようだ。というか、入眠したのかもしれない。

「……これはこれで、一つの才能だな」

セトラがぽつりと小声で言った。ハルヒロもそう思う。

すぐ隣に座っているメリイの右腕が自分の左腕に接触していることを意識しながら、クザクみたいには眠れそうにない、と考えたりしている。

手を繋ぎたいな、とか思ったりもしている。こう暗いと、誰にも見えないし。変な話、ハルヒロとメリイが何をしてようと、とくに音を立てない限り皆に察知されることはないはずだ。だから何をしてもいい、ということでは決してない。どのみち、そんなにたいしたことはできないのだ。そこまでの度胸はないというか。でも、手を繋ぐくらいはいいのではないか。こんなことを考えている自分は、だいぶ気持ち悪い人間なのかもしれないが、メリイもたまに腕を微妙に動かしたりするわりに、離れようとはしない。これはもしかして、あれなのではないか。あれ、とは何だ。つまり、あれだ。

メリイのほうも、ハルヒロと手を繋ぎたい、と思っていたりするのではないか。そこのところ、どうなのだろう。何か確認する方法はないものか。まさか、訊くわけにはいかないし。手、繋いでいい？　とか。ない。それはできない。

「なァ、ユメ」

ランタは咳払《せきばら》いをした。

「そのォ、……一緒に一眠りするか？」

「百年早い」

イツクシマがランタを叩くか何かしたらしい。

「――でェッ！　ンだオッサン、まるで見えるかのようにオレの後頭部を……!?」

「見えはしないが、だいたいわかる。狩人《かりゅうど》を舐めるな、暗黒騎士」

「……ホォ。ンじゃァ、ユメもわかったりすンのか？」

「なんとなあーくやけどなあ」

「ウヒィッ」

「ここランタの脇の下やんなあ？」

「さッ、さわンなよッ、ンなデリケートなトコ……」

「脇の下はくすぐったいもんなあ。くしょくしょくしょくしょっ」

「ややややめッ、やめてェーッ。つーか、くしょくしょって何だァーッ」

「くしょくしょはくしょくしょやんかあ、くしょくしょくしょくしょ……」

「アヒィーッ、だからやめろっつーの、殺す気かァーッ」

「……こりゃあ百年経《た》ってもあやしいな」

イックシマがぼそっと言った。

まったくだ。ハルヒロはひそかに勝ち誇っていた。

じつは、ランタとユメがじゃれ合っている間に、メリイと手を繋ぐことに成功した。しかも、腕と腕、指と指をしっかり絡め、握り合っている。

やばい。この繋ぎ方は一体感が半端ではない。手だけではない。肉体だけではなくて、精神まで繋がりあっているような感じさえする。もちろん、錯覚なのだろうが。

いや？　錯覚なのか？

メリイがハルヒロの左肩に頬を寄せてもたれかかってきた。まさにハルヒロがそうして欲しい、そうしてくれないかなと思っていたところだった。

ハルヒロの頬にメリイの頭がふれている。髪の毛が。メリイの匂いがする。

当然といえば当然のことなのだが、ハルヒロたちはこういう旅をする際、入浴できない。雨に降られたり、沼や沢で濡《ぬ》れたりすることはめずらしくなくても、水浴びするとなると意外に難しかったりする。せいぜい、ときどき顔や体を拭くくらいだ。正直、自分、臭いな、と思うことはある。まあ、しょっちゅうだ。慣れてはいるけれども、冷静に考えればかなり汚いのだろう。

でも、なんだか不思議なことに、体臭などが相まってある領域を超えると、甘いような、まろみのある、そこまで悪くない匂いになる。

この匂いは人それぞれだ。かなり個人差がある。ハルヒロがそう感じるだけかもしれないが、男女差もある気がする。

ようするに、メリイはとてもいい匂いがする。

この場合のいい匂いは、非常に危険でもあったりする。

ハルヒロは、生き物のまだ若い雄としてはどうなのだろうと我ながら思わなくもないほど、そういった欲求が強くない。しかし、もちろんないわけではないので、ゼロには何をかけてもゼロだが、もともとが少ない数でも、かければ大きくなるというか。

メリイのいい匂いは、乗数として大きすぎるというか。

その上、手などの感触も、さらに乗数として乗ってくるわけだし。

自分がこういうことを強く欲望する日が来るなんて、ハルヒロは思ってもみなかった。何しろ不慣れなものだから、言語化するのは難しいけれども、ようするに、メリイに欲情している、ということなのだろう。

ついでに言えば、これはさすがにハルヒロの勘違いかもしれないが、もしかするとメリイのほうも同じなのではないか。

むろん、もし仮にそうだとしても、ここでどうにかなる、というか、そういった行為に及ぶわけにはいかない。

あたりまえだ。

それゆえに苦しい面もあり、ある意味、ハルヒロとしては気が楽でもあったりする。欲望が昂進《こうしん》して、自身の肉体に変化があり、ああしたい、こうしたい、ああ、そんなことまで、といったような不届きなイメージが湧いてきたとしても、なんとか抑えこんで、我慢すればいいのだ。だって、我慢するしかないわけだから。

これが逆に、我慢しなくてもいい状況だったら、どうだろう。あえて下世話な言い方をすると、その気になればやれてしまう、という環境下であれば、そこはもう、やるしかないのではないか。

やれるのかよ、という疑念を、ハルヒロは自分に対して強く持っている。そういうキャラではない、ような。キャラの問題ではないのかもしれない。とはいえやはり、自分向きではないというか。

とにかく、どんなにやりたかろうと、やるわけにはいかないのだから、安心だ。がっちり手を繋《つな》いで、メリイのぬくもりを、やわらかさを感じ、彼女の匂いを嗅いで、むらむら、悶々《もんもん》としている。これがゴールだ。これ以上はない。絶対に踏みこめない。

たとえメリイが、ぐっとハルヒロに頭を押しつけるようにしてきたとしても。その結果、ハルヒロの唇がメリイの額にふれたとしても。メリイの息遣いがはっきりと感じられたとしても。うわあああぁあああぁぁ好きだあああぁぁああぁぁあ、とでも表現するしかない感情がこみ上げてきて、全身の毛穴から噴出しそうでも、我慢するしかない。

「俺はしばらくここを離れる」

イツクシマが立ち上がる気配がした。その傍らに伏せていたか、座っていたはずの狼《おおかみ》犬《いぬ》ポッチーも起き上がったようだ。

「そこまで危ないことはないと思うが、警戒はしておいてくれ。それと、あまり羽目を外すなよ」

どういう意味？　羽目を外すって？

尋ねたくなったが、藪蛇《やぶへび》になりそうだ。

「……はい」

ハルヒロは短くそう応じておいた。

見えはしない、とイックシマは言っていた。だいたいわかる、とも。やっぱりちょっとくらいは見えているのではないか。

ハルヒロとメリイはどちらからともなく離れた。といっても、密着状態を解消しただけだ。手はまだ繋いでいる。とくに、こうしよう、と二人で示しあわせたわけではない。それなのに、しっくりいっている。

いいなあ。

心の底からハルヒロはそんなふうに思う。いいなあ、なんて思っている場合ではないのだが。緊張感が足りない。そうだ。よくない。だめだ。

「だめだ、だめだ……」

ハルヒロはつい小声で呟《つぶや》いてしまった。

「何が？」

メリイに訊かれた。

「ああ、や、……うん、……だめじゃないんだけど、だめだなって……」

自分は要領を得ないことを言っている。そういう自覚はハルヒロにもあった。

「そうね」

メリイは少しだけ笑った。

「気を引き締めないと」

そして、ハルヒロと繋いでいる手にぎゅうっと力をこめた。もちろん、ハルヒロは強く握り返した。

「……うん」

クザクが鼾《いびき》をかいている。ランタとユメはどうしているのだろう。二人とも無言だ。それだけは間違いないが、わからない。セトラも黙っている。今、ため息をついたのは、代行ニールだろう。

夜は深まっていった。交代で仮眠をとるうちにあたりが仄《ほの》かに明るくなるまで、この暗闇が薄らぐことは二度とないのではないかとさえ思われるほどだった。

イツクシマとポッチーは朝方に戻ってきた。

「どうも、俺が黒金連山《くろがねれんざん》を発《た》ったときとは、ずいぶん情勢が変わったみたいだ」

「ふお。何かあったん?」

ユメが体操のようなことをしながら訊《き》いた。元気だ。

「まあな」

イツクシマは肩をすくめてみせると、ざっと使節団一行を見回した。

「そうだな。ハルヒロと、ランタ。俺と一緒に来てくれ」

「え?」

クザクは首をひねった。

「まだ出発しないってことっすか?」

「俺も行くぜ」

ニールが言いだした。イツクシマは拒まなかった。

「そのほうがいいか。ポッチーは置いていく。ユメ、俺たちが戻ってくるまで、頼むぞ」

「はいにゃ」

ユメが片目をつぶってみせると、イツクシマも同じことをした。顔面の半分が引きつる不器用なウインクだったが、ユメは破顔してたいそう嬉《うれ》しそうだった。

ハルヒロとランタ、代行ニールは、イツクシマに従って樹海を進んだ。イツクシマの足どりは速かった。

「少しは加減しろよ……」

ニールはすぐにぶつくさ言いだしたが、イツクシマは速度を落とさなかった。

「来たがったのはそっちだ」

「いったい、何があるってんだ」

「見ればわかる」

「その前に口で説明してくれ」

「あいにく俺は口下手でな」

「かわいい弟子を相手にしてるときは、そうでもねえだろ」

「次にユメのことを持ちだしたら、置き去りにする」

「シャレも通じねえのかよ……」

ニールはそれきり口をつぐんだ。

ハルヒロとランタはそもそも無駄口など叩《たた》かず、イックシマについてゆくことに集中していた。イックシマは昨日の歩き方と比べたら倍以上のペースで飛ばしている。ハルヒロもランタも、一杯一杯ではないにせよ、余裕はない。

結局、二時間ほど歩いただろうか。

たしかにこれは、見ればわかる。

行く手が開けている。一瞬、樹海の果てなのではないかと見紛《みまが》うほどだ。切り開かれているのではない。そこには一本の巨樹がどっしりと、いや、びっしりと、と言うべきか、根を下ろして張り巡らせている。一帯にああやって根をのばすことで、あそこまで見事に生長できたのだろう。高さよりも幹の太さ、枝の広がり方がものすごい。大きいというよりも、何というか、広大な巨樹だ。それも、ただ馬鹿でかい木が裸の王様のように生えているのではない。

「マジか……」

ランタが呟いた。

イツクシマは巨樹が根を張り巡らす領土には足を踏み入れなかった。ハルヒロたちはその外縁の木陰に身を潜めている。こうやって隠れていたほうがよさそうだ。

巨樹の幹や枝を骨組みや柱にして、床や天井が張られている。あちこちに縄梯子《なわばしご》や木製の梯子が掛けられていたり、階段が設けられていたりして、それらを上り下りしている人影らしきものが確認できる。人影といっても、人間ではなくオークや不死族《アンデッド》だろう。

それから、巨樹の根の領土内にも櫓《やぐら》や柵などが乱立している。そうした櫓の周りには、やはりオークや不死族《アンデッド》が車座になっていたり、ごろ寝していたり、訓練なのか遊んでいるのか武器を振り回していたり、何やらうろついていたりする。

「おいおいおい……」

ニールはしゃがんで頭を抱えた。

「あれ、みんな敵か？　どう考えても、敵だよな。俺らの敵は、こんなとこにあんなものをこさえやがってるのかよ。まるで要塞じゃねえか。いつからあるんだ……」

「俺も知らなかった。見つけたのは昨夜だ」

イツクシマは淡々と言った。

「立ち木を利用してるから、造るのは意外と手間が掛からんのかもな。ここなら材料に困ることもない」

ランタは仮面を額の上までずらして、熱心に巨樹要塞を観察している。やけに目つきが真剣だ。深刻、と言うべきかもしれない。

「ランタ？」

ハルヒロが声をかけると、ランタは、おう、と低く答えた。巨樹要塞から目を離そうとしない。

「どうした？」

ハルヒロは重ねて訊いた。待て、というふうにランタが左手を上げてみせる。

イツクシマが上空を振り仰いだ。ハルヒロも見上げた。

鳥だ。

黒い鳥が翼を広げて降下してくる。大きな鳥だ。翼の端から端までの長さは、ゆうに二メートル以上あるだろう。鷲《わし》だろうか。大型の、黒い鷲。

「フォルゴ……」

ランタが言った。

大黒鷲は不意に急上昇して、巨樹の枝葉の中に突入していった。

「ジャンボがいる」

ランタは一つ息をつくと、仮面を被《かぶ》り直した。

「フォルゴはジャンボのダチだからな。この要塞はフォルガンの拠点っつーコトだ」

あれはあれでそうする以外なかった部分もあるのだろうが、かつてランタはハルヒロたちを裏切ってフォルガンに与《くみ》した。ずっと彼らと行動をともにする道もあったはずだ。けれどもランタはそうしなかった。フォルガンから脱走したことで、追われていたりもしたようだ。

ハルヒロはそのあたりの事情を何から何まで知っているわけではなかった。根掘り葉掘り聞きだすつもりもない。ただ、ランタなりにいろいろあったのだろう、とは感じている。フォルガンに対しては、言い尽くせない、ひとかたならぬ思いがあるようだ。

「一周してみるか」

イックシマが歩きだした。

ハルヒロたちは巨樹要塞を観察しながらイックシマについていった。

「千はいるな」

ニールが言った。偵察はこの男の本領だ。

「いや、……もっとか。二千か、三千か」

「多いな」

仮面の男が低く唸《うな》る。

「もともとフォルガンは二、三百ってとこだった。ジャンボを中心にして、気の合う連中が寄り集まってるって感じだったからな。擬似的な、家族みてェーな……」

「やけに詳しいじゃねえか」

ニールは怪しむような視線を仮面の男に向けたが、とくに問いただしはしなかった。

「ジャンボか」

イツクシマが遠い目をした。ランタが訊いた。

「……知ってンのか?」

「もうずいぶん前のことだが、旅の途中、山奥で焚《た》き火《び》をしていたら、ふらっと現れてな。あのオークは酒しか持ってなかった。俺は偶然、酒を切らしてた。一晩飲み明かして、別れた。それっきりだから、やつが覚えてるかどうか」

「確実に覚えてるだろォーよ。ジャンボのコトだからな」

「戦争に興味があるような男には見えなかったが」

「人質をとられてしょうがなく、みてエーな事情らしいぜ。ただ、やるしかねェーとなったら、とことんやるヤツらだからな。懐が深いっつーか、広いっつーか、そんなトコもある。はみ出しモノを受け容《い》れてるうちに、大所帯になったのかも——」

ランタは急に足を止めて、どこかを指さした。ハルヒロたちはランタが指し示す方向に目を凝らした。

「……でかいな」

イツクシマが呆《あき》れたように言った。

実際、その櫓は一際大きい。重要な物資でも保管しているのか。造りは粗いが、背の高い蔵か何かのようだ。でも、イツクシマがでかいと言ったのは、明らかにその蔵のような建物ではない。

建物の前に一人のオークが座っている。オークという種族は、総じて人間族より体格がいい。それにしても、あのオークはやばい。ちょっと遠近感が狂ってしまいそうな大きさだ。身なりも他のオークたちとは違う。濃紺地に銀色の模様をちりばめた着物のような服を着ている。

「ゴド・アガジャだ」

ランタが口にした名は、ハルヒロも記憶している。たしか、ジャンボをそのまま拡大したようなオークがフォルガンにいた。ゴド・アガジャ。あのオークだ。

そのとき、どこかで犬か狼《おおかみ》が吠《ほ》えた。一頭ではない。何頭もが吠え立てた。イツクシマが眉をひそめて呟《つぶや》いた。

「黒狼《こくろう》がいるな」

狩人《かりゅうど》たちは、白神《しろがみ》のエルリヒという巨大な神狼《しんろう》を崇《あが》めている。その兄弟、黒神《くろがみ》のライギルは、生まれてすぐ彼らの母狼カルミアを食べてしまった。そのせいで、エルリヒとライギルは仲違《なかたが》いして、互いの眷属《けんぞく》である白狼《はくろう》と黒狼が憎み合い、激しく争うようになったのだという。

白狼は、夫婦とその子供たちで小さな群れを作り、もっぱら熊や豹《ひょう》、虎を狩る。一方、黒狼の群れはときに百頭以上にもなり、大規模な巻き狩りを行うのだとか。人間、オーク、家畜も積極的に襲う。白狼や、森林狼とか灰色狼と呼ばれる一般的な狼と違って、黒狼の性質は残忍で獰猛《どうもう》だとされている。ハルヒロがそんな豆知識を覚えているのは、昔、ユメがよく力説していたからだ。

「オンサの狼か」

ランタが言った。

「フォルガンにゴブリンの獣使いがいてな。腕利きらしい。黒狼ってのはフツー飼《か》い馴《な》らせねェーんだろ?」

イツクシマは軽く首を振ってみせた。

「そもそも、狼は犬じゃない。よく似てるし、子をなせるほど近しいが、別の生き物だ。狼が人に馴れることはない。だから俺たち狩人は、狼と猟犬を交雑させて狼犬《おおかみいぬ》を産ませる。黒狼だろうと何だろうと、そのゴブリンが狼たちを従えているなら、飼い馴らしているんじゃない。群れの長として認められているんだろう」

「おい、なんか出てきたぞ」

ニールが顎をしゃくって蔵的な建物のほうを示してみせる。

「……何だ、あいつら?」

ゴド・アガジャが振り向いて、蔵的な建物の出入口を見ている。緑色の外套《がいとう》をまとった者たちが、ぞろぞろと建物から出てきた。十人くらいはいるだろうか。くらい、というか、きっかり十人だ。

ハルヒロは引っかかりを感じた。何が引っかかっているのか。考えてみたのだが、すぐにはわからなかった。

「……あの連中が担いでるのは――」

イツクシマが怪訝《けげん》そうな声で言った。緑外套の十人は全員、長い棒状の物体を肩に担いでいる。刀剣や槍《やり》のたぐいではなさそうだ。

緑外套は十人中九人がフードを目深に被っている。一人だけだった。最後尾の一人だけがフードを外している。

距離があるので、容貌まではわからない。ただ、クリーム色というか、そんな色の肌をしている。

「――グモォ？」

ハルヒロはそう口に出して言ってから、はっとした。

グモォ。オークと他種族との間に生まれた者や、その子孫だ。ジェシーランドの住民はグモォたちだった。ジェシーは一部のグモォに緑色の外套を与えてレンジャーと称し、狩猟や警備を担当させていた。

彼らはあのレンジャーたちなのか。現時点では、ひょっとしたらそうかもしれない、としかハルヒロには言えない。

レンジャーの中に、ジェシーの信頼が厚い、ヤンニ、という女性のグモォがいた。フードを被っていないあのグモォは、なんとなく彼女に似ているような気がする。遠くてよく見えないので、あくまでもそんな気がするだけだが。

「まさか、知り合いか？」

ランタが小声で訊《き》いた。

「……どうかな」

ハルヒロにはそうとしか答えようがなかった。

ランタがチッと舌打ちをした。ハルヒロが曖昧な返事をしたから、臍《へそ》を曲げたのか。そうではなさそうだ。

また建物から誰か出てきた。

今度は二人連れだ。そのうちの一人は人間で、右腕がない。隻腕の男だ。それに、ここからだとわからないが、隻眼だろう。

ランタは仮面に手をかけた。きっと上か下にずらそうとしたのだろうが、間もなく仮面から手を離した。

「……タカサギのオッサン」

タカサギ。あの男も左手で長い棒状の物体を掴《つか》み、肩に担ぐようにしている。それからもう一人、タカサギの連れも。

タカサギの連れは、人間でもなければ、オークでもないようだ。おそらく、不死族《アンデッド》でもない。肌は黄土色なのか。岩のようにごつごつした顔をしている。極端な猫背で、背は低いのだが、上半身はなかなか立派だ。というか、肩から胸、腕のあたりが異様なまでに発達している。どうやら、ゴド・アガジャと同じ意匠の服を着ているようだ。

タカサギがゴド・アガジャの前で長い物体をくるりと回してみせた。何か話しているらしいが、さすがにまったく聞こえない。

「……あ」

ようやくわかった。ハルヒロが引っかかっていたのは、あれだ。あの長い棒状の物体。刀剣ではないし、槍でもない。飛び道具だ。なぜすぐにぴんとこなかったのか。ハルヒロは実物を見たことがあるのに。

「銃だ」

「……ジュウ?」

仮面の男はハルヒロを見て、タカサギたちに目をやった。それから、ふたたびハルヒロに仮面を向けた。

「ハァッ!?」

「なんで、やつらが銃を……」

イツクシマは髭《ひげ》にまみれた顔の下半分をしきりと手でこすった。ドワーフの新兵器についての情報を辺境軍にもたらしたのはイツクシマだ。狩人だから目もいい。とっくにあれが銃だと気づいていただろう。

「銃ってのは、例の新兵器だよな?」

ニールは唾を飲みこんだ。

「なんでそいつが敵の手に渡ってやがるんだ。くれてやるわけがねえ。奪われたってことか。何にせよ、やばいんじゃねえのか……」

「ッ――」

急にランタが出していた顔を引っこめて、木に背中を押しつけた。

見れば、タカサギがこっちに目を向けている。まさか、気づかれたのか。

ハルヒロたちも木陰に隠れて息を殺した。

「……見つかったと思う?」

ハルヒロが訊くと、ランタは首を横に振った。

「さァーな。何しろ無駄に勘のいいオッサンだからよ。大丈夫だとは思うが……」

「帰ろう」

イツクシマが即断した。否やはなかった。

ハルヒロたちは二時間ほどかけて仲間のもとに戻った。追っ手はかからなかったので、見つかったわけではないようだ。

皆に見聞きしたことを話した。ユメとメリイはジェシーランドのことを覚えている。やはり緑外套はグモォのレンジャーだろうということで意見が一致した。

それにしても、フォルガンが銃を持っているとは予想外だ。数は不明だが、ハルヒロがこの目で確認しただけで、十挺《ちょう》以上。これがどの程度の脅威なのか。

「たとえば、ドワーフの一部が、銃を手土産にして敵に寝返ったという可能性は考えられないのか？」

セトラがなかなか言いづらいことをずばっと指摘した。イックシマは言下に否定することはなかった。

「ドワーフも一枚岩じゃないからな。鉄血王国は、もともと左大臣派と親衛隊長派で割れてたんだ」

イックシマが言うには、名門出身の左大臣は融和主義的、進歩的で、銃の普及を積極的に推し進めた。

対して、ドワーフ離れした体軀《たいく》を誇る親衛隊長は、武断主義的、守旧的で、当初は銃を拒絶していた。銃は強力だが、卑怯《ひきょう》きわまりない飛び道具だ。度胸、勇気、根性を重んじるドワーフの価値観にはそぐわない。

漢《おとこ》、という概念がドワーフにはある。ようは、男性的な精神性、ということなのだろうが、ドワーフの場合、性別を問わず、漢であることが命よりも大切なのだとか。漢は死を恐れない。漢らしく酒を飲み、漢らしく戦い、漢らしく死ぬ。ドワーフたる者、漢でなければならぬ。漢として生き、漢として死ぬのがドワーフの漢道なのだという。

銃は漢らしくない。そう考えるドワーフは、今もなお多いらしい。

しかし、構えて撃てば銃弾が放たれ、鋼の鎧《よろい》すらも貫いてしまう銃は、あまりにも圧倒的だ。はっきり言って、銃を持った百人と銃を持たない百人では、まったく勝負にならない。ドワーフもそれがわかっているから、こんなものは漢の戦道具ではないとか何とか言いながら、銃を使うようになってきた。

ただ、何のかの言ってこれからは銃だと認めている新世代ドワーフもいれば、心の底では漢らしくない銃を毛嫌いしている保守的ドワーフもいる。

「問題は、左大臣派に加えて、親衛隊長派まで、銃の配備を一気に進めていたことだ」

イツクシマは地面に簡単な図を描いて説明してくれた。

鉄血王国は黒金連山《くろがねれんざん》の中にある。その実態は数百、数千の横坑と縦坑だ。これらの坑道は工房兼居住区、食料や酒の製造貯蔵区、鉄王宮、そして、採掘精錬区に大別される。

鉄血王国の出入口は、二箇所。じつはもう一箇所あるらしいが、これはイツクシマもよく知らない。

二箇所のうちの一箇所は、いわば裏口だ。かつてドワーフの勇士ワルターがその近辺で力戦奮闘し、諸王の軍勢を食い止めたと言い伝えられている。彼の名にちなんでワルター門と呼ばれており、黒金連山の西にある。岩塊などの自然物や、ドワーフの工作技術によって目立たないように工夫されているから、知らない者が見つけるのはかなり難しい。

あとの一箇所が鉄血王国の正面玄関で、この大鉄拳門はイーロートを遡ってゆけば誰でもすぐわかる場所に口をあけている。

「南征軍は当然、大鉄拳門に攻め寄せようとしたが、鉄血王国側も備えはしていた」

イツクシマは小枝で黒金連山とイーロートをざっと描いて、大鉄拳門の位置を示した。それから、その周囲に五つの印を置いた。

「斧砦《おのとりで》、大剣砦、斧槍《おのやり》砦、戦鎚《せんつい》砦、それから、銃砦。銃砦は一から造ったらしいが、他の四つは昔から土台があったみたいだ。ドワーフたちはこの五つの砦を出城にして守りを固め、南征軍をまったく寄せつけなかった」

五つの砦のうち二つには左大臣派の部隊が、三つの砦には親衛隊長が新設した部隊が配置されていた。いずれの部隊も、主戦力は銃を持つドワーフの銃士たちだった。

「――俺も詳しいことはわからんが、左大臣派の部隊と比べて、親衛隊長派の部隊は練度が低いとは聞いていた。というか、銃を使わざるをえんから、しょうがなく使う。本音を言えば、漢らしく戦いたい。親衛隊長派は、そういうドワーフが大多数だと」

「で、これからどうする?」

ニールが訊いた。

「アンタが決めンじゃねェーの? 代行だろォーが」

ランタが嘲笑《あざわら》うと、ニールは卑屈に顔をゆがめて肩をすくめてみせた。

「いいぜ。そういうことなら、おまえは今から敵の真《ま》っ只中《ただなか》に突っこんで、斬って斬って斬りまくれ。おまえが注意を引いてる間に、俺らは大鉄拳門から堂々と鉄血王国に入るとしようじゃねえか」

「あ、いっすね、それ」

クザクが笑った。ランタはクザクの頭に拳骨《げんこつ》を見舞った。

「いいワケねェーだろッ」

「あだっ。すぐ叩《たた》く。人としてどうなんすかね、そういうの。ユメサンに嫌われるよ」

「なッ、なんでココでユメが出てくンだよッ」

「え、なんでって、……ねぇ?」

クザクがユメに視線を送る。ユメは片方の頰を膨らませて首をひねった。

「ほぅお? まあなあ、ユメはすぐ叩く人はいややけどなあ」

「もう叩かねエーよ?」

ランタは豹変《ひょうへん》した。いや、そうでもなかった。

「つーかでも、今のはクザクのヤロォーにも責任あるからな？　オレを犠牲にするようなクソな提案に冗談でも乗るんじゃねェーよ。クソが。ボケ」

「あながち冗談でもないんすけどねぇ」

「冗談じゃねェーなら、なお悪いだろうがッ」

「いや、ランタクンなら平気かなと思って。それくらいやってのけるんじゃないかなぁって。ランタクンだし？」

「……まァーな。できなくはねェーケドな？　やってやれねェーコトはねェーよ。ッたりめェーじゃねェーか。オレ様を誰だと思ってやがるんだ。ランタ様だぞ？」

放っておくと、このじゃれあいはずっと続きそうだ。意外と仲いいよな、ランタとクザク、何だかんだ言って、と思いながら、ハルヒロは口を挟んだ。

「おれは、砦がどうなってるのか、気になるかな」

「もう少し大鉄拳門に近づいてみるか」

イックシマが言った。行動の方針はおおよそ決まった。使節団一行は最大限注意しながら、大鉄拳門方面へ向かう。敵の動向、五つの砦や戦闘の状況を探り、見極める。

南征軍の動きは活発だった。フォルガンの巨樹要塞ほどの規模ではなくても、あちこちに野営地や陣地があった。兵員の出入り、移動も多かった。もっとも、敵はばらばらにならず、ある程度、固まって動いているので目につくし、警戒はしやすかった。

全体像は摑めないが、敵の軍勢は万単位だろう。後方である樹海内に多数の拠点を設け、そこから前線である大鉄拳門付近に兵を送っては戻し、戻しては送ることを繰り返しているようだ。

使節団一行は二日かけて大鉄拳門付近に辿《たど》りついた。その間に、気になる敵の拠点が一つあった。

そこには、あの極端に猫背で上半身が妙に発達している種族の者が大勢いた。銃を担いだグモォのレンジャーの姿も見受けられる。フォルガンの前線基地なのか。柵が巡らされ、多数の歩哨《ほしょう》が立てられていて、見回りまでいる。他の拠点と比べて、かなり警備が厳重だ。簡単には近づけない。

ちょうど暗くなりはじめていたので、ハルヒロは単独でその拠点に潜入してみることにした。鼻の利く黒狼《こくろう》がいたら無理だったかもしれないが、どうにか歩哨などに見つかることなく拠点の奥まで入りこむことができた。

そこには隻腕隻眼のタカサギがいた。ヤンニらしきグモォに率いられたレンジャーたちもいた。それから、ジャンボやゴド・アガジャと同じ意匠の服を着た、猫背で上半身が発達している種族の男も。タカサギはその男を、ワボ、と呼んでいた。

ワボと同じ種族の者たちが、諸肌《もろはだ》を脱いで穴掘りをしていた。オークや不死族《アンデッド》たちもその作業に参加していた。

墓穴や廃棄物を捨てるための穴を掘っているわけではなさそうだ。井戸掘りでもしているのか。いや、井戸にしては大きすぎる穴だ。縁を木材で補強している。トンネルか。地下通路でも作っているのだろうか。とにかく彼らは工事をしていた。大工事だ。

ハルヒロは銃も確認した。グモォのレンジャーたちやワボだけではない。隻腕では扱いづらいからか、タカサギは持っていなかったものの、十人以上のオークや不死族《アンデッド》が銃を紐《ひも》で肩に掛けていた。数十人かもしれない。百挺まではいかないにせよ、フォルガンは数十挺の銃を保有しているようだ。

ハルヒロは仲間たちのもとに戻った。工事について話すと、イツクシマは思いあたる節があるらしかった。

「――そうか。ノールのトンネルか」

オルタナの南にそびえる天竜山脈に、ノームという短軀《たんく》の種族が住んでいる。

ノームはドワーフに勝るとも劣らない天性の坑夫だ。手先の器用さはドワーフ以上だとも言われており、絡繰《からく》りと称する機械まで開発、製造しているらしい。ただ、彼らはきわめて排他的だ。よほど大きなメリットがない限り、他種族と交流したり取引したりすることはない。かつてアラバキア王国は、天竜山脈の南へと逃れるため、ノームに地竜大動脈道という長大なトンネルを掘ってもらった。そのために王国がノームに払った対価は、王家の財宝の半分を超えたという。

ノールというのは、そのノームの近縁種族らしい。

しかし、独創性に富む発明家で、一途《いちず》な職人でもあるノームと違い、ノールの本分は窃盗だ。自分たちの手で作らず、何でもかんでも盗んで活用する。けれども、さながら寄生虫のようなノールは、宿主にしていたノームの創意工夫によってとうとう駆除され、追放された。その後、ノールに選ばれた寄生先が、黒金連山。ドワーフたちだった。

ノールは黒金連山一帯にトンネルを張り巡らせ、鉄血王国に穴をあけて侵入しては、生活用具から衣類、武器、防具、食べ物、酒だけでなく、ときにはドワーフの赤子まで盗みだした。不死の王《ノーライフキング》率いる諸王連合との戦争が終息したあと、ドワーフたちにとって最大の敵は、獅子身中《しししんちゅう》の虫ならぬ寄生虫、鉄血王国を食い荒らすノールどもだったのだ。幸か不幸か敵には事欠かず、ドワーフたちの戦いは続いた。

一説によると、ノールが掘って掘って掘りまくっているトンネルの全長は、鉄血王国の領土である全坑道を遥《はる》かに上回るという。しかも、ノールは黒金連山のみならず、イーロート流域にもトンネルを拡張しているらしい。

「ノールが鉄血王国に入ってくるために穴をあけると、もちろんドワーフはすぐにふさごうとする。だが、当のドワーフが、一つノール穴を見つけたら十はあると思え、みたいなことをよく言うくらいだからな。すべてふさぎきるのは難しいようだ」

「つまり敵は、そのノールのトンネル経由で鉄血王国に攻め入ろうとしているわけか」

セトラが淡々と言った。クザクは何もかもが不思議でならないようだ。

「……かなりヤバめの話じゃないっすか、それ。てか、いつものことではあるんだけどさ。よくそんなに落ちついてられるよね、セトラサン」

「私たちが慌てたところで何の意味がある」

「それはそうなんすけど。いや、そもそも意味があるとかないとかじゃないと思うんだよね。こう、何すかね、気分の問題っていうかさ」

「その気分とやらには何か意味があるのか？」

「詰められても。追いこんでくるよね。俺なんか追い詰めたって、何も出てこないっすよ。泣き言くらいしか……」

「なるほど。意味がないな。やめよう」

「それはそれで、ちょっと寂しいっすけど」

「ンでもよォ」

　ランタがまともなことを言おうとして力んでいるとき、やたらと洟《はな》を啜《すす》る癖があることにハルヒロは気づいた。

「ソレって、内部事情に詳しいヤツの手引きがねェーと、なかなか考えつかねェー手なんじゃねェーか？」

「そうだな……」

イツクシマは何か思案を巡らせているようだ。代行ニールが短く笑った。

「やっぱり裏切り者がいるんだろ」

結論は出なかった。

翌日、夜が明けてから使節団一行は移動を開始し、とうとう五つの砦の状況を確かめられる位置まで到達した。ハルヒロとイツクシマ、ニールの三人で手分けして偵察してみたところ、五つのうち二つは南征軍に占領されているようだった。二つの砦を守っている南征軍の兵は、全員ではないものの、十分の一かそこらが銃を持っていた。

「ワルター門から入ったほうがよさそうだな」

それがイツクシマの判断だった。

「大鉄拳門に向かおうとすると、どうしても敵の手に渡った戦鎚砦と銃砦の近くを通らなきゃならん。敵に見つかるのはおもしろくない」

「いいんじゃねえか」

ニールは賛成し、形だけではあるが、一応、代行として、ワルター門を目指す決定を下した。

12. 他にはいない

　ワルター門まで、さらに二日かかった。その途中、使節団一行は樹海の中を整然と行軍する敵部隊を見かけた。オークと不死族《アンデッド》が半々といったところで、総勢千人程度か。オークの大半は体毛を白く脱色し、峰が鋸《のこぎり》状になっている片刃剣を持っていた。外見的な特徴からして、お嘆《なげ》き山《やま》に陣どっていたオークたちだろう。彼らも鉄血王国を攻囲している南征軍の本隊に合流しようとしているのだ。

　ワルター門は黒金連山《くろがねれんざん》の西側斜面中腹にあった。渓谷を通って沢を登り、崩れて折り重なっているかのような岩塊の隙間を潜《くぐ》り抜けないと辿りつけない。イツクシマやユメが四つ足ではない生き物の足跡を見つけて気にしていたが、盗賊のハルヒロにはまったくわからなかった。誰かに連れてきてもらわないと、迷いこむこともできそうにない場所だ。

　ワルター門の入口も天然の洞窟と変わらない。ただ、入口の周辺に設けられている複数の監視所は、ハルヒロやニールでも発見することができた。方々に小さな岩屋があって、そこからドワーフの髭面《ひげづら》がのぞいている。中には銃を構えているドワーフもいた。

　岩屋から一人のドワーフが出てきた。銃を提げている。背に斜めがけしている大剣は、長さよりも身幅がすごい。何かこう、すさまじい憤りや恨《うら》み辛《つら》みに歪《ゆが》められているかのような、悪人面というか、凶相というか。ずいぶん恐ろしげな面構えのドワーフだ。

ランタがビクッとして刀の柄《つか》に手をかけようとしたが、ハルヒロもこっそり息をのんでしまったので、まあ理解できなくはない。

「うぉっ、怖っ……」

クザクが声に出して呟《つぶや》いたのはどうかと思う。ハルヒロはクザクの脇腹を肘で押した。

「あ、すみません」

「まったく……」

セトラがクザクを見る目はどこまでも冷たい。

「ヴィーリッヒ」

イツクシマが呼びかけると、悪相のドワーフは右拳を持ち上げてみせた。声も顔に負けないほどどいかつかった。

「イツクシマ。よく戻った」

「大変そうだな」

「まあな」

ヴィーリッヒという名らしいドワーフは、短くそう答えるなり、洞窟のようなワルター門の入口に向かって歩きだした。ついてこい、ということか。

イツクシマはポッチーの頭を撫《な》でた。

「おまえはこのへんで待ってろ」

ポッチーはイツクシマを見上げて、心得た、とばかりにまばたきをした。ユメに一度、体をこすりつけてから、素早く斜面を駆け上がってゆく。

「またなあ、ポッチー」

ユメが声をかけると、ポッチーは足を止めて、おんっ、と低く吠《ほ》えた。あとはもう振り返らずに行ってしまった。

一行はヴィーリッヒのあとを追った。鍾乳洞《しょうにゅうどう》を五十メートルかそこら進むと、その先に鉄の門扉があった。ドワーフが何人かいる。ヴィーリッヒが身振りで指示し、ドワーフたちに門扉を開けさせた。屈強なドワーフたちが総がかりで引き開けた門扉は、五十センチ以上の厚みがあった。

門扉の先は、打って変わって平らな石床だった。壁や天井も丁寧に削られ、鉄材で補強されている。照明の設備もあった。壁にランタンのようなものが埋めこまれているのだが、光源は火ではないようだ。どういう仕組みなのか。ハルヒロは気になったが、質問できるような雰囲気ではない。案内役のヴィーリッヒがまったく口を開こうとしないので、ハルヒロたちも黙って歩きつづけた。

「ヘゥッ、……ヒェッ、……フェッ、……フェックション……ッ！」

沈黙に耐えられなくなったのか、ランタが珍妙なくしゃみをした。それでもヴィーリッヒは無反応だった。

「なあなあ」

ユメがぴょんぴょん跳ねるような足どりでヴィーリッヒに並んだ。ランタが、オイ、と止めようとしたものの、遅かった。

「びーるっぱらは、お師匠のお友だちなん？」

「……それは誰のことだ」

「びーるっぱらやなかったたっけかなあ」

「ヴィーリッヒだ、ユメ……」

せっかくイツクシマが正しい名を教えても、ユメにかかるとこうなってしまう。

「んにゃあ。ああそうやあ、びーりっちんやった。ごめんなあ。ユメな、よく聞き間違えしてしまうねやんかあ」

「……俺はイツクシマの友だちってわけじゃない。友だちの友だちだ」

「ふおお。そうなん？　でもなあ、友だちの友だちやったら、友だちっちゃんかあ。それやったらな、ユメはもう友だちでいいと思うんやけどなあ」

「……よくわからんが、だったら友だちでいい」

「そっかあ。せやったらなあ、ユメはお師匠の弟子で、お師匠はユメのお父さんみたいなもんやし、びーりっちんはユメのおじさんやんかあ」

「……まあ、好きにしろ」

「それやったら、びーりっちんはユメのおじさんやからなあ。よろしくなあ」

「……よろしくな」

「ぐぅーっ」

ユメが拳を突きだした。ヴィーリッヒはユメの拳を自分の拳で軽く叩《たた》いた。

「すごい……」

メリイが呟いた。わかる。ハルヒロもまさにそう思っていたところだ。

「ほんと謎ヤバなコミュ力がパなく爆裂してるよね、ユメサン……」

そう言うクザクは語彙力が謎めき迷走しているのではないか。

通路は曲がったり、鉄扉を開けて通り抜けたり、階段を下りたり上がったりしながら、延々と続いた。不意にイツクシマがヴィーリッヒに尋ねた。

「ヘズラングの巣に行ったことはあるか」

「ない」

ヴィーリッヒは即答した。吐き捨てるような言い方だった。

「その名を口にするな。汚らわしい」

「じゃあ、ヘズラングの巣はある。彼らは実在するんだな」

イツクシマが念を押すと、ヴィーリッヒは、フーッ、と鼻から強く息を吐いた。その心は、しつこい、それ以上言うな、といったところだろうか。

ユメがイツクシマに身を寄せて小声で訊《き》いた。

「お師匠、へつらんって、何なん？」

「俺もちらっと聞いたことしかない。ドワーフは話すのも嫌がる」

イツクシマは奥歯に物が挟まったような言い方をした。

「……ちなみに、へつらんじゃなくて、ヘズラングだ」

「ぬほう？　そやからなあ、そのへっずらーんって何なん？」

「あとでな」

イツクシマは困ったように笑いながら言って、話を打ち切った。

四つ目の鉄扉を開けると、その向こうは倉庫のような場所だった。銀で縁取られた赤い鎧《よろい》や兜《かぶと》、盾、斧槍《おのやり》、斧、槍、刀剣といった武具が、所狭しと置かれている。その一部はガラスのケースに収められ、飾られていた。何やら複雑な形状の部品を組み合わせた機械のようなものもある。天井から吊《つ》り下げられ、ぼんやりと光を放っている室内灯は、かなり精緻な細工物だ。

「ワルター門は、この名門ブラッツオッド家の私邸に繋《つな》がってる」

寡黙なヴィーリッヒに代わって、イツクシマが説明してくれた。

「今の左大臣アクスベルドは、ブラッツオッド家の出だ。何でも、ドワーフたちが鉄血王国を建てる前から、五百年だか六百年も続いている家柄らしい」

ヴィーリッヒがまた、フーッ、と鼻息を放ち、イツクシマは肩をすくめて笑った。どうやらヴィーリッヒは、ブラッツオッド家に好意を抱いていないようだ。

ヴィーリッヒが倉庫の扉を叩くと、赤い鎧兜に身を包んだドワーフたちが向こうから開けてくれた。ブラッツオッド家の私邸はなかなか広大で、あちこちに赤い鎧兜のドワーフが立っていた。ハルヒロは少ししてから気づいたのだが、彼らは全員、髭まで赤い。どうやら、わざわざ染めているようだ。

ようやく私邸を出ると、通りの両側に鍛冶工房がずらりと並んでいた。やかましいし、ものすごい熱気だ。ドワーフたちがヤットコと金鎚《かなづち》を手にトンカントンカンやっている。怒声も飛び交う。鉄が焼けて汗が蒸発する匂いに、ドワーフの鍛冶たちがときおり呷《あお》る酒の香りも混じっているのか。嗅いだことのない独特の臭気が充満している。

ヴィーリッヒはとある工房の前で足を止めた。オレンジ色の髪をなびかせ、長くのばした髭を肩にかけて金鎚を振るっているドワーフが目についた。ドワーフは総じて人間よりずっと背が低い。だが、そのドワーフの隆々たる肉体は見るだにすばらしかった。

「ゴットヘルド！」

イツクシマが声を張り上げると、その逞《たくま》しいドワーフは金鎚を止めた。存外、穏やかな緑色の瞳が、イツクシマを見た。

「イツクシマか」

ゴットヘルドという名なのだろうドワーフは、金鎚をそっと床に置いて歩いてきた。やはり背丈はユメにも及ばない。それでいて、大きい男だという印象をハルヒロは受けた。たぶん、この男は人一倍頑固だろう。意志が強く、懐が深い。イツクシマと通ずるものを感じるドワーフだ。

ゴットヘルドは金属のように硬そうな手でイツクシマの腕を摑《つか》み、微笑《ほほえ》んだ。

「よく無事で帰った」

ユメをちらりと見る。なんだか我が子を愛《いと》おしむかのような目つきだった。

「自慢の弟子だな。会えたか。よかった」

「……まあな」

イツクシマは照れくさそうに笑った。

「オルタナを奪回したのは、本土からの援軍を主体とする辺境軍だった。俺はその辺境軍の総帥から親書を預かってきたんだ」

「ワルター門から入ったのか」

「ああ。大鉄拳門はとうてい無理だった」

「陛下にお会いするんだな」

「そのつもりだ」

「おれも行こう。しばし待て」

ゴットヘルドは工房の中に引き返していった。作業着姿なので、着替えてくるつもりなのかもしれない。

「この工房――」

ランタがそこらの工房を見回して言った。

「もしかして、銃を製造してるのか」

「そうだ」

イツクシマはうなずいた。

「俺の友ゴットヘルドは、鉄血王国随一の銃鍛冶でな。銃のアイディア自体はずいぶん前からあったらしいが、実用化にこぎつけたのは紛れもなくゴットヘルドだ。おかげであいつは、銃親父《おやじ》と呼ばれてる」

ゴットヘルドがこざっぱりした服装で戻ってくると、ヴィーリッヒはお役御免とばかりにどこかへ行ってしまった。使節団一行は、ゴットヘルドとともに鉄王宮へと向かうことになった。

道すがら、イツクシマが例のヘズラングについてゴットヘルドに訊いた。

「ヴィーリッヒはろくに聞く耳を持ってくれなかったんだが、ヘズラングのことを教えてくれないか」

「……なぜそんなことを」

ゴットヘルドは顔をしかめた。そんなにもふれたくない話題なのか。

「どうしても気になることがあってな」

イツクシマは深刻な表情で言った。

「敵の中に、見慣れない風体の者がいた」

「まさか、ヘズラングだとでも？」

「わからん。俺が知ってるのは、この鉄血王国にオーク の血を引くと言われている者たちがいて、坑道掘りや鉱石採掘なんかの重労働に従事してるらしいってことだけだ」

「……何だよ、ソレ」

ランタが色をなした。

「人間とエルフ、ドワーフ、それからオークは、子供が作れるみてェーだよな。大多数のオークは、自分たちと人間だのエルフだのとの混血をグモォって呼んで、仲間扱いしねえ。ドワーフも同じコトをしてやがるのか？」

「おい……」

イツクシマはランタをたしなめようとした。

「いいんだ」

けれども、ゴットヘルドがイツクシマを制してランタに向きなおり、はっきりとうなずいてみせた。

「おまえの言うとおりだ。おれたちは長い間、ヘズラングを採掘精錬区の巣に閉じこめ、奴隷扱いしてきた。ヘズラングはドワーフと見なされない。最低限の飲食物を与えられて、生かさず殺さずで、――いや、死ぬまで働かせる。奴隷扱いじゃない。正真正銘、奴隷だ。もっとも危険な坑道の先の先まで行けば、生きたヘズラングか、ヘズラングの死体しかない。ドワーフなら、子供以外は誰でも知っていることだ。しかし、おれたちはヘズラングについて語らない。みんなわかっているからだ。ヘズラングはドワーフの恥部だ」

「――恥部……？　恥部だと……ッ」

ランタは奥歯をギリギリと嚙《か》みあわせて、ゴットヘルドを睨《にら》みつけた。

「恥ずかしいのはテメェーらだろうがッ。クソなコトやってるって自覚があるなら、ソイツらを解放してまともな生活を送らせてやれよ。恥を知りやがれッ」

「……ランタクン、ちょっと怒りすぎじゃ」

クザクがおそるおそる言った。ランタは間髪を容《い》れず嚙みついた。

「黙ってろ、ヴォケッ。オレは頭にくるから腹を立ててンだ。何が悪いッ」

「ヘズラング……」

ハルヒロは呟《つぶや》いた。あのワボという男の姿が頭に浮かんでいた。

「それって、――肌が黄土色で、やけに上半身が大きい……？」

ゴットヘルドは目を瞠《みは》った。

「……脱走を企てるヘズラングもいるらしい。おれたちに捕まれば、必ず処刑される。逃げおおせたヘズラングがいるのか、いないのか。おれにはわからない。正直、……知ろうとしたこともない。だが……」

「いたとしてもおかしくはないだろうな」

セトラがいつものように淡々と言う。

「これでだいたい構図が見えてきたんじゃないか。ドワーフに虐げられ、重労働を課されているヘズラング。その一部が脱走して、南征軍に協力している——」

ひょっとしたら、ヘズラングたちは鉄血王国から逃げだす際、ノールのトンネルを利用したのかもしれない。だとしたら、そのノールのトンネルは鉄血王国に入りこむのにも使えるだろう。

「ヘッ。因果応報ってヤツじゃねェーか」

ランタは忌々しそうに言った。一つため息をつき、頭を振る。

「——オレたちがここにいるんじゃなきゃ、自業自得っつーコトで終わりだケドよ」

「急ごう」

イックシマがゴットヘルドの背を押してうながした。

やがて一行は、天井高十メートルほど、道幅が数十メートルに及ぶ下り勾配の大通りに入った。通り沿いに屋台が並び、ドワーフたちが行き交っている。かなり小柄な人間の女性もちらほら見かける。――と思ったら、彼女たちは人間族ではないらしい。全員、ドワーフの女性だとゴットヘルドに教えられて、クザクがわかりやすくびっくり仰天した。

「えぇっ!? ドワーフの女の人ってみんな幼女なんすか……!?」

ハルヒロも驚いたが、クザクよりは礼節というものをわきまえているつもりだ。

「女の人がみんな幼女っておかしいだろ。なんか失礼だし……」

「あっ。そっすよね。うっわ。でも、普通にビビるわ。だって、男の人と違いすぎじゃないっすか」

「ドワーフは女まで髭《ひげ》生やしてるとでも思ってたのかよ」

ランタは小馬鹿にするように言った。

「……まァ、オレもその可能性は考えねェーでもなかったケドな。ドワーフっつったら毛むくじゃらっつーか、髭もじゃの酒樽《さかだる》みてェーなイメージだったし」

ゴットヘルドが苦笑いした。

「おれたちドワーフの男に限定すれば、当たらずとも遠からずといったところだな」

大通りの先にそびえ立つ巨大な黒い扉が鉄王宮の入口のようだ。その名も、大鉄塊王門。門の前や、露台状になっている上部に、黒髭《くろひげ》のドワーフたちが整列している。黒いのは髭だけではない。鎧兜も大盾も黒塗りだ。どの黒髭ドワーフも斧槍を持っている。

「親衛隊だ」

イックシマが言った。

「彼らはドワーフの伝統を重んじる。あのとおり、鉄王宮を守る親衛隊の精鋭はいまだに銃を持とうとしないくらいだ。ゴットヘルドのことはおもしろく思ってない。それに、根っからの余所者《よそもの》嫌いだ。さすがに表立って何かしてくることはないだろうが、念のため気をつけろ」

ゴットヘルドが開門を求めると、黒髭ドワーフたちは黙って大鉄塊王門を開けてくれた。挨拶は一言もなかったし、目礼すらしなかったが、ゴットヘルドは気にしていないようだ。このような扱いは日常茶飯事なのだろう。

鉄王宮と言うだけあって、内部は床にも壁にも天井にも鋼板が張り巡らされていた。しかも、隅から隅まで鏡のように磨き抜かれている。

「ぴっかぴっかんやんなあ」

ユメが床を見下ろして言った。

「これスカートやったら、おパンツぱっちり映って見えてしまうかもなあ」

「……そうね」

メリイがさっと股間のあたりを手で押さえた。

「おっ……？」

クザクがメリイの真下に目をやろうとしたので、その側頭部をハルヒロがはたいた。

「お、じゃないだろ」

「ぎゃっ。スマセン、つい……」

「べつに減るものでもないだろうに」

セトラは平然としている。

「えっ、じゃ、見ていいんすか？」

クザクが訊《き》くと、セトラは薄笑いを浮かべてみせた。

「見たければ見ろ。見られたところで減りはしない。ただ不愉快なだけだ」

セトラの足許《あしもと》あたりに視線を向けていた代行ニールが、さりげなく前を向いた。セトラを不快がらせたら、あとでどんな仕打ちが待っているかわからない。覚悟がある者は好きにすればいいということだろう。

しばらく鋼の廊下を進むと、向こうから黒髭ドワーフたちがやってきた。先頭の男はドワーフとは思えないほど背が高い。クザクまではいかないとしても、ハルヒロよりは上背がありそうだ。

一行を先導するゴットヘルドが足を止めた。

「これはローエン親衛隊長殿」

ローエン親衛隊長と呼びかけられた背高偉丈夫ドワーフは、ゴットヘルドの真ん前で立ち止まるまで口を開かなかった。

「銃鍛冶殿。鉄王宮に何用か」

「イツクシマがオルタナより無事帰還した」

ゴットヘルドはどうしてもローエンを見上げることになる。体格の差だからしょうがないが、もうちょっと距離をあければゴットヘルドはそこまで顔を上げなくていい。つまり、ローエンはわざと見上げさせている。嫌みな男だ。

「陛下にお目通り願おうと、まかりこしたところだ。案内していただきたい」

「俺に案内せよと」

「そう言ったはずだが」

「見も知らぬ人間どもをぞろぞろ引き連れて、陛下に謁見しようというのか」

「……ども呼ばわりかよ」

ランタが低く舌打ちをする。ハルヒロは代行ニールの脇腹を肘で軽く押した。

「名乗ったほうが」

ニールは顔をしかめたが、渋々といったふうに進みでた。

「あー、俺、いや、私は、あれだ。オルタナを統治している、えー、辺境軍総帥ジン・モーギス閣下が、……遣わした？　いいんだよな、遣わした、で。まあその、だから、辺境軍の使者、ニールって者だ」

「辺境軍だと？」

親衛隊長ローエンにぎろりと睨まれた途端、代行ニールは半歩あとずさりした。

「……へ、辺境軍だが？」

「ガーラン・ヴェドイー辺境伯の使いということか？　ジン・モーギスとは誰だ？」

「いや、辺境伯は死ん、――じゃねえ、お亡くなりになったんだが、アラバキア王国本土から派遣された我々遠征軍が、オルタナを奪還した。その遠征軍を率いていたのがジン・モーギス将軍で、このたび新しく辺境軍総帥の座についたって寸法だ」

ニールは、どうだ、ちゃんと言えた、言ってやったぞ、という感じで胸を張った。というか、ローエンの圧力になんとか負けまいとして、無理やり胸を張ってみせたのかもしれない。

「はるばるその使者とやらを連れてきたわけだな、イックシマ殿は」

ローエンはイックシマを一瞥《いちべつ》すると、笑いだした。

「ご苦労なことだ。遠征軍だか辺境軍だか知らんが、どこの馬の骨ともわからぬ人間の代理人に、どれほどの価値があるものやら……」

イックシマは天井を仰いで、疲れきったような顔つきになっている。きっと何度もこの親衛隊長ローエンに意地悪をされたことがあり、またか、という心境なのだろう。

ランタがハルヒロを見て、何か口を動かしている。

（やっちまうか？）

声には出さずにそんなことを言っているようだ。

（馬鹿……）

ハルヒロも唇の動きだけでそう返した。

「わかった」

ゴットヘルドは肩をすくめた。

「あまり親衛隊長殿の手を煩わせるのも心苦しい。陛下への取り次ぎは左大臣殿に頼むとしよう」

ローエンが目の色を変えた。けっこう感情的になりやすい質《たち》のようだ。

「鉄王宮と鉄塊王陛下を守護たてまつるのは我が親衛隊だ。親衛隊長たるこのローエンをないがしろにしようというのか！」

このドワーフが激昂《げきこう》すると、なかなか恐ろしい。背に負う大剣の柄《つか》に手をかけるどころか、もうしっかり握っているし、抜いたら脅しではすまないような雰囲気もある。もしかしたら演技なのかもしれない。でも、本気かもしれない。どっちなのだろう。ハルヒロには正直、まったく判断がつかない。

ニールはいつの間にかハルヒロたちの後ろに隠れている。おまえふざけんな。怒鳴りつけてやりたくなったが、役立たずの代行を罵っている場合でもないだろう。どうにかこの場を収めたいのは山々だ。しかし、いったいどうやって？

「いいかげんにしてください」

　メリイの声音は鼓膜が凍りつきそうなほど冷たかった。

「あなたがたの国が敵に攻められているんでしょう。内輪揉《うちわも》めしているときですか。本当に、いいかげんにして」

　忘れていた。そういえば、メリイは誰よりも仲間思いで、生真面目で、きれいで、やさしいだけではない。怒らせると、けっこう怖いのだ。その気になれば、思ったことをずばずば言うこともできる。

　ローエンはわなわなと黒い髭を震わせている。この生意気な人間の女をどうしてくれようと考えているのか。意表を衝《つ》かれ、戸惑っているようでもある。

「にゃあ！」

　いきなりユメが跳び上がり、ランタがツッコんだ。

「……猫かよッ」

「みょう？　ぬうふっ」

　ユメは首を傾《かし》げたり、さらに奇声を発したりしたあげく、なんとローエンに近づいていって、黒い胸甲をばしばし叩《たた》いた。

「ユメたちなあ、急いでるねやんかあ。敵の中にへっつんがいててなあ。トンネルで敵がぐるぐるずこーんってなあ、熱血王国に入ってきてしまうかもしれないんやからなあ」

「いろいろ間違っているが――」

セトラはため息をついた。

「鉄血王国にはヘズラングという者たちがいるんだろう。どうも敵に寝返っているようだぞ。ノールのトンネルを通って、おまえたちから奪った銃を持った敵部隊が攻めてくるかもしれん。私たちが鉄塊王に伝えようとしているのは、そういった情報だ。差し迫った問題だと思うがな」

「……ヘズラング、だと。ノールのトンネルを……」

ローエンは獣のように唸《うな》った。このドワーフは横柄な癇癪《かんしゃく》持ちで、腕力にはそうとうな自信があるのだろう。どうやら頭の回転も速いようだ。あれだけ怒りを露《あら》わにしていたのに一瞬で矛を収め、微笑すら浮かべて軽く会釈をした。

「たしかに急を要する用件のようだな。辺境軍使者殿ご一行。この親衛隊長ローエンが責任を持って鉄塊王陛下にお取り次ぎさせていただく。ついて来られよ」

いったん請け合うと、黒髭の親衛隊長は手際よく事を進めた。部下を差配して方々に連絡し、使節団一行を別室で待たせたのは五分かそこらだった。ローエンは自ら一行を引率して鋼の廊下を進み、物々しいほど厳かで立派な造りの昇降機に乗った。

「謁見の間へと続くこの昇降機は、大発明家ドゥレッゲが当時の鉄塊王陛下のために発明した、蒸気機関という動力装置を利用して動いている」

頼んでもいないのに、ローエンは滔々《とうとう》とそんな解説までしてくれた。さっきまでとは別人のようだ。なんだか薄気味悪い。

「我らが鉄血王国ドワーフ族の王は歴代、明哲にして勇敢な御方々だが、当代の鉄塊王陛下は稀《まれ》に見る英主にあらせられる。使者殿の言葉にも必ずや快く耳を傾けてくださるだろう。しかし、我が君の寛大さに甘えすぎぬよう、臣下としてお願いする。本来であれば、陛下に衷心より忠誠を誓う者以外、謁見の間に立ち入ることすら許されん」

もっとも、ちくちく釘《くぎ》を刺してきたりもするので、あくまでも慇懃《いんぎん》無礼《ぶれい》というやつでしかないのだろう。

昇降機がようやく停《と》まった。出ると、そこは広々としたホールだった。この部屋は前室でしかないようだ。親衛隊の黒髭《くろひげ》ドワーフたちが鋼鉄の扉を守っている。ホールの広さからすると大きくはない、飾りっ気がなく、荒々しささえ感じる無骨な扉だ。

ローエンがうなずいて合図すると、黒髭ドワーフたちが扉を開けた。扉は両開きの引き戸だった。滑らかに開いた。

鋼造りの謁見の間は、かなり奥行きがあった。向こうが何段も高くなっていて、その壇上は御簾《みす》で覆われている。

謁見の間には、親衛隊の黒髭ドワーフたちが整列しているだけでなく、赤い鎧《よろい》を身につけた赤い髭のドワーフと、それからエルフも二人いた。片方は中年くらいに見える男性だが、エルフなので実年齢はわからない。もう一人のエルフに至っては性別すら不明だ。整っているとはこういうことなのかと思わせるほど何から何まで整っていて、どう見ても美しい生き物なのだけれど、もはや生きている感じがしない。

「エルフの族長、ハルメリアル・フェアルノートゥ殿と、七剣メルキュリアン家当主、エルタリヒ・メルキュリアン殿だ」

イツクシマが小声でそっと教えてくれた。たぶん、中年に見えるエルフがメルキュリアンだかで、性別不詳エルフが族長なのだろう。

「赤髭殿《あかひげ》」

ゴットヘルドが赤い髭のドワーフに目礼した。

「彼が左大臣アクスベルド」

イツクシマはそう言ってから、親衛隊長ローエンにちらりと目をやり、付け加えた。

「親衛隊長の競争相手だ」

ローエンは壇の前まで進むと膝をついた。ゴットヘルドやイツクシマもそれに倣って拝《はい》跪《き》する。左大臣アクスベルドと中年エルフも同じ姿勢をとった。エルフの族長は壇に体を向け、わずかに顔をうつむけている。護衛の黒髭ドワーフたちは微動だにしない。

ニールが咳払《せきばら》いをして、膝を折った。ハルヒロもランタたちとうなずきあい、ひざまずいた。

何の音もしない、完全な静寂が訪れた。

「イックシマ、よくぞ帰った」

女性の声だった。御簾の向こうから聞こえてきた。

「おお……」

誰かが呻《うめ》くような声を出した。ゴットヘルドだろうか。ローエンやアクスベルドらがいっそう頭を低くしたような気がする。

「え……？」

クザクが呟《つぶや》いた。

「まさか、女王様なんすか……？」

「無礼な……」

ローエンが忌々しそうに言った。

「アホかよ」

ランタが舌打ちをした。

「ただの声出し係かもしンねェーだろ」

「あ、そっか」

クザクが、はは、と笑った。イツクシマがため息をつく。

「ご本人だ」

「人間族は、これだから……」

ローエンはだいぶ苛《いら》ついているようだ。ハルヒロも少しは黙っていられないのかと思わなくもないけれど、恐れ多いといったような気持ちはほとんどない。鉄塊王がどれだけ偉いか知らないが、ハルヒロたちが戴《いただ》いている王ではないのだ。

「あらましは聞いた」

ただ、声の主が御簾の向こうで立ち上がる気配がした瞬間、どうしてかハルヒロは少し緊張した。

顔を下に向けたまま上目遣いで見ると、御簾が引き上げられようとしていた。

「へ、陛下――」

親衛隊長ローエンがあからさまに動揺している。つまり、鉄塊王はめったなことでは姿を現したりはしないのだろう。もしかすると、自分自身の声で語ることも、あまりしないのかもしれない。さっきランタが声出し係と言った。壇上には鋼鉄の固まりのような玉座が設《しつら》えられていて、その前に一人の女性が立っている。玉座の斜め後ろにも、もう一人、黒髪の娘がたたずんでいる。あるいは、その娘が王の代わりに声を発する係の女官なのではないか。

あれが王か。

ドワーフの王。

鉄塊王。

名は体を表す、という。

どこが？

エルフの族長もたいがい現実離れした容姿の持ち主だが、ドワーフの女王はそれとも次元が違う。白く透きとおるような肌というのは、あの女王のためにある言葉なのではないか。きらめく銀色の髪はそれ自体が最高級の美術品だし、青い瞳は誰も手にすることはできない唯一無二の宝石だ。ドワーフの女性は鉄王宮の外で見た。そこに女官もいる。女官もまあ、ドワーフの一般女性とはずいぶん異なるというか、骨細ですっとしているが、女王に至ってはそんなものではない。いないだろうな、とハルヒロは思う。きっと、ああいう女性はグリムガルに二人といない。体形から、顔の造作から、何から何まで特殊すぎる。彼女は本当に女王なのか。じつは神なんです、と言われたほうが納得できる。彼女は女神なのではないか。

ハルヒロは感動していた。下世話な言い方をすれば、わあ、これはいいもの見させてもらったわ、ということになるだろう。一生に一回あるかないか。普通、ないのではないか。それくらい、ドワーフの女王はすごい。仮にだが、今、あの女王に、ちょっと、そこのおまえ、余に忠誠を誓って身も心も捧《ささ》げなさい、と言われたら、果たして断れるだろうか。ハルヒロでもあやしい。ランタやクザクは、喜んで、と即答するのではないか。

「余は、そなたらから直接、話を聞くだけでなく、意見を求めたい。会議を開こうと思う。今すぐに」

鉄塊王はわずかに目を細めた。たったそれだけで、彼女が先行きを深く憂慮していることと、長旅で疲れているハルヒロたちの身を案じてくれていることが伝わってきた。

「ゴットヘルド。イツクシマ。そして辺境軍使節団の方々も、臨席していただけようか」

ついつい、喜んで、と答えてしまいそうになった。とっさにのみこんで、ハルヒロは頭を下げた。

「……っす」

クザクみたいな返事になってしまった。これなら、喜んで、のほうがまだいくらかマシだったかもしれない。

13・ある伝説

謁見の間の隣に別の部屋があって、会議はそこで行われた。出席者は、鉄塊王、左大臣アクスベルド、親衛隊長ローエン、ゴットヘルド、エルフの族長ハルメリアル・フェアルノートゥ、メルキュリアン家当主エルタリヒと、イックシマ。使節団からは正使代行ニール、それから、ハルヒロとセトラが代表して出ることになった。

会議室は、天井から壁から床まで鉄なら、大きな長方形の卓も鉄で、椅子も鉄製だった。鉄卓はともかく、鉄椅子というのはどうなのか。ところが、座ってみるとこれが意外と悪くない。座面も背もたれも、細い鉄棒を編むようにして作られており、腰かけると体にフィットする。ドワーフの技術力の高さを感じた。

鉄椅子の座り心地に感心したりして気分転換を図らないと、なかなかやりきれないような重苦しい雰囲気の会議だった。

やはりというか何というか、ヘズラング問題は鉄血王国のドワーフたちにかなり重くのしかかっているようだ。とりわけ鉄塊王は、いたく心を痛めている様子だった。

「ヘズラングが敵軍に手を貸しているというのならば、余は深く悔いねばならぬ。しかし、たとえ悔い改めたとしても……——」

絶句するドワーフの女王に、どんな言葉をかけたらいいのだろう。

まあ、ハルヒロごときが何か言うのは不遜というか、単純に女王があまりにも美しすぎて口をきく気になれない。会議にはランタが出たがっていたし、任せればよかった。とはいえ、ハルヒロは曲がりなりにもリーダーなのだ。

たかがリーダー、されどリーダーだが、リーダーにもできることとできないことがある。リーダー云々《うんぬん》というより、ハルヒロにはできないことがけっこうたくさんある。

ハルヒロは隣の席に座っているセトラに目を向けた。どうしようか。相談しようとした矢先に、セトラが口を開いた。

「無駄な時間だな」

またそういう場を凍りつかせるようなことを平然と。ハルヒロは肝を冷やした。

「貴様……！」

親衛隊長ローエンが色をなして鉄卓を掌《てのひら》で叩《たた》いた。

「そのとおりだ」

すかさず鉄塊王がとりなさなければ、ローエンはセトラに飛びかかろうとしていたかもしれない。

「余には後悔するよりも先に、なさねばならぬことがある」

「しかしながら、まずは事の真偽を確かめる必要はあるでしょうな」

左大臣アクスベルドが赤い髭を手でしごきながら言った。

「どうも穴を掘っていたらしいというだけで、敵がノールのトンネルを利用して我が鉄血王国への侵入を企てているとまで言いきれますかな。このところノールどもは比較的おとなしいですが、最近でも新たなノール穴が複数見つかっております。それに、彼奴等《きやつら》の信条は、我が物は我の物、他者の物は我の物。余所者《よそもの》に黙ってトンネルを使わせるものかどうか。そもそも、敵中にいたという者は、間違いなくヘズラングなのでしょうか」

「間違いない、とまでは言いきれない」

イックシマが答えた。

「何せ、彼らを見たことがなかったんでな。坑道かどこかにいるなら、会わせてもらえないか。そうすればわかる」

「あの者らの巣は、客人をお連れするような場所ではありません。しかし――」

左大臣は眉をひそめて言った。

「ご足労願ったほうがよさそうですな。手配いたしましょう。ハルメリアル様にうかがいたいのですが、イックシマ殿らがお知らせくださった敵軍の動向を裏付けるような情報は摑《つか》んでおりませんか」

「いいえ」

エルフの族長が、硝子《ガラス》製の管楽器のような声で答えた。愁いを含みながら、世俗を離れているというか、超越しているかのような声音と表情だった。

「貴国の外に放っている我らエルフの物見たちからは、敵が大規模なトンネルを掘っているといった報告は今のところ上がっておりません。ヘズラングについては、わたくしは存じておりましたが、ほとんどのエルフは知らないはずです。むろん、物見たちがヘズラング、もしくはヘズラングらしき者に関して言及したことは一度もありません」

左大臣は、ふむ、とうなずいた。

「さしあたって、すでにノール穴の確認と捜索は部下に命じております。すべてのノール穴を片っ端からふさぐとなると、現状、兵員は防衛で手一杯ですから、別に動員をかけねばなりませんな」

「問題はヘズラングだ」

親衛隊長ローエンが怒気を漲《みなぎ》らせて口を挟んだ。

「我々が飼ってやっている恩を忘れて脱走し、敵に手を貸しているとしたら、これは反乱ですぞ、陛下。もはやあの者どもを王国内に住まわせておくのは危険です。一匹残らず処刑するべきではありませんか」

「それはどうだろう、親衛隊長殿」

赤髭《あかひげ》の左大臣が大袈裟《おおげさ》に渋面を作って肩をすくめてみせる。

「もしかすると、親衛隊長殿は詳しくご存じないかもしれぬが、現在ヘズラングの頭数は我らドワーフの半数にも及ぶ。親衛隊長殿が自慢の大剣で手ずから首を斬って回るにしても、一朝一夕では終わるまい。そもそも、ヘズラングを殺してしまったら、我が鉄血王国の生命線である坑道の拡張や鉱石の採掘はどうする？」

「左大臣殿は、恩知らずの反乱者どもを捨て置けというのか！」

「どうか落ちつかれよ、親衛隊長殿。すべてのヘズラングが脱走したわけではなかろう。今現在も、我ら鉄血王国とドワーフ族のために坑道で汗水流しているヘズラングが大多数なのだ」

「いざとなれば、その全員が我らに牙を剝《む》きかねん」

「いや、いや。少なくとも、王国内のヘズラングは脅威ではない。ヘズラングにはツルハシしか持たせておらんのだからな」

「硬い岩盤を打ち砕くためのツルハシだ！　俺が持てば、左大臣殿の頭蓋に穴を穿《うが》つこともたやすい！　何なら、実演してみせてもよいぞ！」

「ヘズラングに、親衛隊長殿のような剛の者はおらんよ」

左大臣派と親衛隊長派が対立している。それはハルヒロも聞いていた。ただ、その両巨頭である左大臣と親衛隊長が、王の御前でここまで激しくやりあうほど険悪だとは。左大臣はなだめすかし、受け流そうとしているようだが、その結果、余計に親衛隊長が苛ついている。むしろ、あの親衛隊長がよく殴りかからずに我慢しているものだ。一応、自制しているのかもしれない。

「余はヘズラングの処刑など望まぬ」

やはり鉄塊王のおかげだろう。彼女の一声で、血の気の多い親衛隊長も、のらりくらりと嫌らしい左大臣も、ぴたりと口を閉じた。

「ローエン。赤髭。そなたらが王国と余に衷心から尽くしてくれていることは重々承知している」

「――はッ」

「勿体《もったい》ないお言葉でございます」

親衛隊長と左大臣は同時に頭を垂れた。鉄塊王はうなずいてみせ、一呼吸置いてから続けた。

「ヘズラングの処遇はのちに検討するとしよう。今はまず敵軍に備えねばならぬ。余が懸念しているのは、現在見つかっているノール穴をふさいだとして、敵の侵入を防ぎうるのかという点だ」

「いいか?」

セトラが挙手した。鉄塊王は静かに手を差しむけて、セトラに発言を許した。

「ノールのトンネルから、鉄血王国内のどこかに開通させた箇所が、ノール穴と呼ばれている、という理解で問題ないか?」

赤髭の左大臣が首肯した。

「それで合っている」

「だとしたら、ノール穴をふさぐだけでは不十分だな。トンネル自体を通行できなくしないと、新しいノール穴をあけられるだけだ。王が気にかけているのはそういうことか」

「陛下とお呼びしろ！」

黒ずくめの親衛隊長が怒号を発しても、セトラはけろりとしている。ハルヒロは半分感心して、半分呆《あき》れた。よく平然としていられるものだ。

「そう言われても、私の王じゃないからな」

「鉄塊王陛下はこの鉄血王国の主であり、俺たちドワーフ族の王だ！　人間め、礼儀というものを知らんのか！」

「その言葉、おまえにそのまま突き返そう。他人を勝手放題に恫喝《どうかつ》したり、怒鳴りちらしたりする男に礼儀を語る資格があるとは、とうてい思えない」

「何だと！」

親衛隊長は椅子から立ち上がろうとした。セトラは冷たくせせら笑う。

「ほら、それだ。私を斬り殺したいなら好きにすればいいが、礼節をわきまえていないことは認めてもらいたいものだな」

そうだ、いいぞ、とセトラを応援する気持ちと、はらはらするのでやめて欲しい気持ちが、ハルヒロの中で相半ばしていた。

「控えよ、ローエン」

鉄塊王もさすがに嫌気が差しているようで、表情を曇らせた。しかし、この女性が少しでも顔を歪《ゆが》めると、胸がざわざわするというか、何かしないといけないんじゃないかという気がしてくる。

「セトラと申したか。余が案じているのは、まさしくそなたが言ったとおりのことだ」

「で、どうなんだ？」

セトラが列席者たちをざっと見回した。

親衛隊長ローエンは腕組みをしてそっぽを向いた。

「何度もノールを殺しに入ったが、ずいぶん前のことだ」

「儂《わし》は数年前、ノールどもが大暴れした折に」

左大臣は少しだけ笑った。べつに親衛隊長を嘲笑《あざわら》ったわけではなさそうだ。何か楽しい思い出でもあるのか。

「我が鉄血王国で今や大英雄として語り継がれる人間たちや、ここにいるゴットヘルドと一緒だった」

「キサラギか」

鉄塊王が遠い目をした。口許《くちもと》がほころんでいる。

「……え、キサラギって」

ハルヒロは思わず呟《つぶや》いてしまった。おかげで、美しすぎる鉄塊王の眼差《まなざ》しに射貫《いぬ》かれるという、緊張するのであまりありがたくない栄誉に浴した。

「キサラギをご存じか」

「ああ。……や、まあ、知ってるというか、世話になったっていうか。K&K海賊商会の人ですよね。エメラルド諸島の。そういえば、おれ、なりゆきで軽くK&Kに入社したことになってたような……」

「ヴェーレの危機を救い、海賊たちを束ねる組織の実質的な長になったとは聞いている」

鉄塊王が碧眼《へきがん》を輝かせると、だいぶやばいことになる。というか、目って光るんだ、とハルヒロは思った。もちろん照明の光を反射しているのに違いないが、それにしてもきらきらしすぎていて尋常ではない。透きとおるような肌も若干色づいている。

「そうか。名はハルヒロであったな。そなたはキサラギの友なのか」

「……友だち、なんですかね。それはちょっと、どうなんだろうな。おれの仲間の一人はしばらくK&Kに厄介になってたんで、わりとそっち寄りかなとは思いますけど」

「その者ならば、キサラギと面識があるのか」

「……正直、あんまりそのへんはよくわからないんで、迂闊《うかつ》なことは言えませんけど、あるんじゃないかな、と」

「そうか」

鉄塊王は胸に手を当てて目をつぶった。その方面には疎いほうだと自覚しているハルヒロでも、これはほぼ断定できる。惚《ほ》れてるじゃないですか。鉄塊王。K&K海賊商会のキサラギに。というか、ドワーフたちの間で大英雄として語り継がれているらしい。いったい何をやったのか。

左大臣アクスベルドが咳払《せきばら》いをすると、鉄塊王は目を開けた。ばつが悪そう、というのではない。明らかにしゅんとしている。ハルヒロはそういった機微に理解があるほうではない。まあほとんどないほうだが、どうも鉄塊王はキサラギにずいぶん恋心を募らせているようだ。

「ええと、何ですかね、ユメっていうんですけど、おれたちのパーティの、そのユメからキサラギの話、いくらかは聞けるかもしれないんで。あとで確認しておきますね。それはそうと、ノールのトンネルを崩して通れなくするっていうのは、やっぱり現実的じゃない感じですか？」

「そうだな」

左大臣がうなずいた。

「はっきり、不可能と申したほうがよいだろう。それができるのならば、とうにやっておる。我らドワーフは、この黒金連山《くろがねれんざん》で二百年以上もの長きにわたって、ノールどもと戦ってきたのでな」

「なあ……」

代行ニールが囁《ささや》きかけてきた。ハルヒロがニールを見ると、声を出さずに口だけ動かして言ってきた。

(この国、やばそうだぞ。親書だけ渡して、とっとと帰ったほうがいいかもな)

どうなんだよ、とは思うものの、何しろニールなので、今さら驚きはしない。ただ、その方面に関する我らが代行の嗅覚はけっこう確かだ。ニール一人なら、さっさととんずらをかましている程度には、実際、やばいのだろう。

メルキュリアン家当主の美中年エルフが族長に何か耳打ちしている。族長がうなずいて発言した。

「ひとまず、エルフの物見たちに敵軍の監視をいっそう強化するよう命じます。我が剣士隊、弓士隊と呪医隊は、大鉄拳門の防衛にあたっておりますが、要請があり次第、すぐさま移動させましょう」

左大臣アクスベルドが首を左右に曲げ、鼻から息を吐いた。

「こうなると、戦鎚砦《せんついとりで》、銃砦が攻め落とされ、銃を奪取されたのがなおさら痛いな……」

「それは我が魔《き》下《か》の部隊に対する嫌みか?」

親衛隊長ローエンが歯軋《はぎし》りをする。敵に奪われた二つの砦を守っていたのは、親衛隊長派の部隊なのだろう。左大臣は眉根を上げて両腕を広げてみせた。

「親衛隊長殿、そのようなことは申しておらぬ。儂の赤髭《あかひげ》隊を配備しておる斧砦《おの》や斧槍砦《おのやり》が攻撃されていたかもしれなかった。戦鎚砦、銃砦への救援が間に合わなかったのは、他三砦の手落ちでもある。責任の所在を明らかにするのは重要なことだが、いちいち儂と貴殿が言い争うのはいいかげん不毛ではないか」

「そも、政を補佐する左大臣が軍事に口を出すばかりでなく、部隊を差配していることで混乱を招いているのだ。赤髭隊など、左大臣殿の私兵にすぎなかったはずではないか」

「ああ、わかった。ならば、赤髭隊の指揮も貴殿に任せよう。儂はこの身一つで陛下をお守りする以外、戦いには関与せぬ。これで満足か」

「俺の指図で赤髭隊が喜んで死地に赴くことはないと知っているからこそ、そんなことをのたまう。古狸《ふるだぬき》の狡智《こうち》にはうんざりだ！」

「毎度、こうして親衛隊長殿の癇癪《かんしゃく》に付き合わされるのも、なかなかに食傷しておるぞ」

「左大臣殿が余計な野心を抱かねば、このようなことにはなっておらん」

「儂には鉄塊王陛下をお支えし、鉄血王国のために献身する以外の望みなどありはせぬよ。それは下衆《げす》の勘ぐりというものだ。おっと、下衆は言いすぎか。何、言葉の綾《あや》というやつだ。平にご容赦願いたい」

「相も変わらず、手先より長い舌をずいぶんと巧みに使うものだ！」

「貴殿も儂に負けず劣らず饒舌《じょうぜつ》だと思うがな」

「その髭面《ひげづら》を刎《は》ね飛ばして大剣の錆《さび》にするわけにもいかん。やむをえまい」

「髭面はお互い様ではないか。客人がたにしてみれば、我らドワーフの男たちは、髭の色や長さくらいでしか区別がつかぬであろう」

「そうか？　並外れて狡猾《こうかつ》そうな顔つきをしているドワーフが一人いるではないか」

「ふむ。親衛隊長殿は類を見ない偉丈夫でおありゆえ、一目瞭然よな。まこと、同じドワーフとは思えぬよ」

「どういう意味だ！」

「含むところなどない。貴殿は紛《まが》うことなき純血のドワーフだろうに」

「あたりまえだ！　俺の先祖をどこまで遡ろうと、誇り高きドワーフしかいない！」

かなり深刻な喧嘩《けんか》に発展しているとしか思えないが、もしかするとこれは恒例行事なのだろうか。おろおろしているのはハルヒロとニールだけだ。セトラは顎をつまんで、何か思案を巡らせているのか。他の面々は案外、慣れっこなのかもしれない。

「いっそ、ノールのトンネルを伝って、こちらから敵軍を攻めるというのは？」

不意にセトラが言いだした。左大臣が難しい顔をして唸《うな》る。

「ノールどものトンネルは複雑怪奇に入り組んでおって、迷路さながらどころか、そのものだからな。全体像を把握しようという試みも過去なされたが、頻繁にトンネルとトンネルが繋《つな》がったり、崩れてなくなったりして、うまくゆかなんだ」

「一度、私たちが入ってみるか？」

セトラはハルヒロを見て訊《き》いた。代行ニールが口をぱくぱく動かしている。

（なんで俺らがそこまでやらなきゃならねえんだよ……）

ハルヒロとしてはニールの心境も理解できなくはないが、鉄血王国は生命線かもしれない。もし鉄血王国を牙城としているドワーフ族とエルフの生き残りが滅ぼされたら、辺境軍と義勇兵団は有望な同盟相手を失ってしまう。ダムローのゴブリンはどこまであてになるのか怪しいし、彼らが南征軍に寝返る可能性は念頭に置いておくべきだ。辺境軍と義勇兵団が孤立する状況は、どうにかして避けたい。

「そうだね……」

なるべく鉄血王国に協力し、南征軍を撃退するか、最低でも押しとどめてもらう。とりあえずそれが最善手だろう。セトラもそう考えている。だから、積極的に動こうとしているのに違いない。

「おれたちは未知の場所を探索するのにも慣れてます。でも、いくらかでもノールのトンネルに土地鑑がある案内役を、できれば用意してくれませんか。そうすれば、多少は効率が上がるでしょうし」

「赤髭」

鉄塊王が左大臣を見る。左大臣はうなずいてみせた。

「キサラギのノール討伐に参加した者たちがおります。きっと助けになりましょう」

「キサラギ……」

鉄塊王がまた目を輝かせた。青い瞳だけでなく、銀色の髪の毛や白い肌まできらめいているかのようだ。見とれずにはいられない。すごい。

「そうだ。大英雄キサラギの友がノールのトンネルを探索すると布令《ふれ》を出し、有志の男女を募るのはどうか」

「おお。それはようございますな。きっと鍛冶の手を止めて加わりたがる者も多いでしょう。キサラギは女性の人気も高いので、効果は絶大かと」

「おれの娘がベタ惚《ぼ》れしている男だからな」

ゴットヘルドが微苦笑を浮かべて言った。

「……娘さんって、ドワーフですよね？」

ハルヒロが尋ねると、ゴットヘルドは、当然だ、と首を縦に振った。

「キサラギについていって、海賊をやっている。正妻の座を射止められればいいが、やつのそばにはいい女が何人もいるからな。どうなることやら」

ハルヒロは気になってちらっと鉄塊王の表情をうかがった。案の定、目を伏せて、とても寂しそうというか、悲しそうというか、せつなそうというか。見ているハルヒロまで胸苦しくなってきた。

「じつを申せば、K&K海賊商会には先だって使いを出しておってな」

赤髭の左大臣が明かした。

「エメラルド諸島は遠いゆえ、返事はまだだが、キサラギは義を見てせざるは勇なきなりを地で行くような男だ。あるいは、あの男ならば、不死の王《ノーライフキング》率いる諸王連合との戦いの折も中立を守った自由都市ヴェーレをも動かしてくれるやもしれぬ」

「くだらん夢を見るのもたいがいにすることだ、左大臣殿！」

黒髭《くろひげ》の親衛隊長が机を叩《たた》いた。

「あの人間にそこまでの力があるものか！　外の者たちに頼らずとも、我らドワーフは敵を打ち破れる！　その気概が致命的に足りておらん！　ドワーフは漢《おとこ》でなくなった！　今こそ漢の矜恃《きょうじ》を取り戻すべきだ！」

「赤髭、ローエン」

鉄塊王は左大臣と親衛隊長、そして、それ以外の全員を見回した。もう目をきらきらさせてはいない。凜然《りんぜん》としたたたずまいだ。

「ハルメリアル殿、エルタリヒ殿、ゴットヘルド、イツクシマ、ニール殿、ハルヒロ、セトラ。余も微力ながら手を尽くす。どうか力を貸してもらいたい。万が一、この鉄血王国が落ちるようなことがあれば、グリムガルはオークと不死族《アンデッド》に蹂躙《じゅうりん》されるであろう。こたびの南征を主導したオークの大王ディフ・ゴーグンは、オーク各氏族を支配、あるいは隷属させ、不死族《アンデッド》を圧迫し、諸族に畏敬されているという。オークの風下には決して立たぬ我らを一気に駆逐し、覇権を確立しようと目論《もくろ》んでいる危険な男だ。軍門に下るわけにはゆかぬ。和平の道はない。我々は必ず勝利せねばならぬ」

左大臣と親衛隊長、ゴットヘルドは、御意、と力強く応じた。エルフたちは優雅に自分の肩に手をあててお辞儀をし、ハルヒロたちは思い思いの短い言葉を返した。

鉄塊王が席を立った。会議が終わったのだ。

大王ディフ・ゴーグン。初めて聞いた。ハルヒロたちがまだ知らない事実がたくさんありそうだ。ノールのトンネルについてはもちろん、その他のことも、できるかぎり頭に入れておきたい。急いで情報収集しながら、トンネル探索の用意をする。やるべきことが決まると、少し視界が開かれたような思いがした。

「あぁっ」

ニールが泡を食って鉄椅子から立ち上がった。懐に手を突っこんでいる。

「総帥の親書、まだ渡してねえんだった」

左大臣、親衛隊長を伴って部屋から出てゆこうとしていた鉄塊王が、足を止めて振り向いた。扉が開いたのはそのときだった。

親衛隊の黒髭ドワーフが息せき切って駆けこんできた。鉄塊王の素顔を見て驚いたのか、跳びのいて平伏する。

「へ、陛下……！　お、恐れ多くも、陛下のご尊顔を……」

「何事だ!?」

親衛隊長が怒鳴りつけると、黒髭ドワーフは顔を上げた。

「ハッ！　申し上げます！　王国内に突如として敵が出現し、現在、交戦中……！　民も武器を手に取り応戦していますが、すでに多数の死傷者が出ている模様……！」

「何だと――」

親衛隊長ローエンは声を失い、左大臣アクスベルドは右手で自らの額を叩いた。

鉄塊王は一瞬、天井を仰いだ。しかし、ほんの一瞬だった。彼女はすぐに、誰よりも早く立ちなおった。

「ローエンは王国内防衛の指揮を執れ。余は善後策を講じる。赤髭は余を扶《たす》けよ」

「御意ッ！」

親衛隊長のドワーフ離れした巨体が、扉をぶち破るような勢いで部屋から飛びだしてゆく。アクスベルドは赤髭面《あかひげづら》を苦しげに歪《ゆが》めながらも、あえてだろう、笑ってみせた。

「やれ、先手を取られた恰好《かっこう》だが、かくなる上は漢として戦うのみ。ブラッツオッド家の髭汚しと呼ばれた儂《わし》にも、ドワーフの血が流れておるのですな。あるいは最後のご奉公となるやもしれませぬが、老骨が奮い立っておりますぞ、陛下」

「そなたには、まだ余に仕えてもらわねば困る。余はそなたほど口達者ではない」

鉄塊王はハルヒロたちに向きなおった。厳しい面持ちだが、悲壮感はない。彼女は微塵《みじん》も動じていないのだ。そう装っているのかもしれない。だとしたら、完璧な演技だ。

「ここは鉄血王国、ドワーフの国だ。エルフ族、人間族の御方々をいたずらに死なせたとあっては、ドワーフの名折れ。必ずや我々が血路を開き、退避させてみせる」

エルフの族長ハルメリアルは首を横に振った。

「陛下のお心遣い痛み入ります。しかしながら、いかなる運命であっても、我らエルフはドワーフとこれをともにするでしょう。これは影森のエルフの総意です」

ニールがハルヒロの腕を摑《つか》んだ。口パクで訊いてくる。

(……どうすりゃいい？)

ハルヒロはセトラを見た。おまえが決めろ、とセトラの目が言っている。べつにセトラは責任をハルヒロに押しつけているのではない。ハルヒロが決断すればそれに従うし、そう間違えはしないだろうという程度には信頼してくれているのだ。

ハルヒロは一つ息をついた。変に意気込むのも、逃げ腰になるのも、右往左往するのも違う。記憶も取り戻したことだし、自分がどういう人間なのか、ハルヒロはだいたいわかっていた。自分が自分らしくある限り、仲間たちはハルヒロの選択に身を委ねてくれるだろう。おかしければおかしいと正してくれる仲間もいる。揺らがないことだ。

「おれたちもできるだけのことはします。とりあえず、踏んばりましょう」

14・諸共に

ハルヒロとセトラ、イックシマとおまけの代行ニールは、部屋の外のエレーベーターホールで待っていたランタたちと合流した。仲間もすでに状況は聞き知っていた。

「さすが、手が早え。何せ、フォルガンだからな」

ランタは笑みを浮かべて唇をぺろりと舐《な》めた。かなりテンションが上がっている。

「おそらく、この突入に合わせて、敵は総攻撃を仕掛けてきやがるハズだぜ。砦《とりで》を抜かれて、大鉄拳門まで突破されちまったら、いくらなんでもヤベェーだろうな」

「つか、なんで楽しそうなんすか？　ランタクン、頭おかしいの……？」

「ドアホッ。ピンチはいつだって最大のチャンスなんだよッ」

「いやぁ、どうだろ。ピンチはピンチだと思うけどなぁ」

ユメがうんうんとうなずいた。

「ぴんちはぴんちでも、ぴちぴちのぴんちやからなぁ」

どういうことだよ、と思いはしたが、ハルヒロはあえてツッコまなかった。ユメはどこまでいってもユメのままだ。それでいい。

クザクにしても、悲観的なことを言っているわりには落ちついている。弱気になっても開きなおれる、しなやかな強さの持ち主だ。我が身を顧みないところ以外は心配ない。

メリイはハルヒロと目が合うと、ふう、と息を吐いてからうなずいてみせた。張りつめていながら、口角をきゅっと上げて、とてもいい顔をしている。本当にいい顔だ。どんな顔をしていても、よくないことは絶対ないのだが。たしかに鉄塊王は異様なほど美しいけれども、メリイは別格だ。もしかしたら、ハルヒロにとっては、ということなのかもしれない。でも、それならそれでいいわけだし。むしろ、そのほうがいい、というか。

ぼんやりするな、とハルヒロは自分に言い聞かせる。いや、ぼんやりしているわけではない。メリイが特別だということを再認識していただけだ。そんなことは毎分毎秒、認識し直しているのだが。何回認識しても、どういうわけか新たな気分で認識できる。

いや。いけない。このままだと認識ループに陥ってしまう。ハルヒロは自分の頬をぶちたくなったが、やめておいた。

「目標を定めておきたいところだな」

セトラが淡々と言った。目標。そうだ。だいたいにおいてセトラは正しい。いつも正しい、と言いたいところだが、厳格なセトラが認めないだろう。誤らない者などいない、だから、いつも正しいなどということはありえない。セトラならそう言うはずだ。

「イツクシマ。ハルヒロ殿」

赤髭《あかひげ》の左大臣が声をかけてきた。近づいてきて、手振りでイツクシマとハルヒロをさらに招き寄せる。

「折り入って相談したき儀があってな。これより儂が話すことは他言無用に願う」

ハルヒロはイックシマと目を見交わしてからうなずいてみせた。左大臣アクスベルドは赤い髭の合間から低い声を出した。

「我が鉄血王国には、大鉄拳門と裏口のワルター門以外にもう一つ、ドゥレッゲ門という出入口がある。否、あった、、、のだ。かつて大発明家ドゥレッゲが、王の寝室よりエレベーターや自動歩行機を経由して、黒金連山《くろがねれんざん》の東へと抜ける通路を開通させた。この秘密を知る者は、ほんの一握り――」

左大臣曰《いわ》く、ドゥレッゲの前にドゥレッゲはなく、ドゥレッゲのあとにドゥレッゲはいない。かの大発明家にも弟子はいたらしいが、皆、師には及びもつかなかった。

ドゥレッゲ門は、大発明家の死後も五十年にわたって問題なく作動しつづけた。しかし、故障が頻発するようになり、とうとう修理不能に陥った。それでも、機械を人力で動かす仕掛けを導入し、十年前までは王の緊急避難用の脱出路として機能していたのだという。

「だが、今となっては通り抜けることすらきわめて困難。ほぼ役に立たぬ」

鉄王宮は、鉄塊王が居住しているこの下層部と、市街へと通じる上層部が、エレベーターによって隔てられている。エレベーターを破壊すれば、細いトンネルでしか行き来できない。このトンネルを崩せば、下層部は閉鎖される。仮に下層部まで敵が攻めこんできたとしても、謁見の間の扉を閉めきって籠城することも可能だ。

最悪、鉄塊王を守り抜くことはできる。けれども、謁見の間に立て籠もった場合、生き埋めと大差ない。見つけづらい換気管や、地下水を汲《く》み上げる設備、備蓄された食料などのおかげで、かなりの期間、生存することだけはできるらしい。ただ、救援がなければ、いつかは餓死するか、換気管を壊されて窒息死するか。

「つまり――」

イツクシマが言った。

「いざとなったら、鉄王宮下層に籠城するんじゃなく、鉄塊王陛下をなんとか落ち延びさせたい。左大臣殿はそう考えているわけか」

「まさに」

アクスベルドは目が据わっている。いや、酒に酔っているわけでも、怒っているわけでもなさそうだから、それくらい決意が固いということなのかもしれない。

「陛下はご承知なさらぬであろうが、そこは儂が身命を賭して説得する。陛下と供回りだけが鉄王宮の底で生き延びたとしても無意味だし、陛下が敵の手に落ちたり、お命をなくされたりしたら、我らドワーフは最後の一人となるまで戦う。戦って死に絶えるのなら本望だと、少なからぬドワーフは思っておる。――が、儂は古き者として、ドワーフの命脈をここで絶えさせるわけにはいかぬ。そのためには何としても陛下が必要なのだ。陛下さえおわせば、我らドワーフはどれだけ打ちのめされても、また立ち上がることができる」

火傷《やけど》しそうなほどの熱意だ。アクスベルドは強烈な使命感に駆られている。その理由というか動機も理解できなくはない。

もっとも、ハルヒロのような人間は、熱に当てられて一肌脱ごう、という気持ちになるよりは、少し引いてしまう。さりとて、藁《わら》をも摑もうと懸命にのばした手をあっさり振り払うほど、無慈悲にもなれない。

中途半端というか、ハルヒロは結局、凡庸なのだ。

「……おれたちは、何をすれば？」

「陛下の護衛をお願いしたい」

アクスベルドは即答した。

「あくまでも情勢次第、他に手がなくなった場合ではあるが、陛下とエルフの重鎮だけはお逃げいただきたい。その際、儂は残り、ローエンをつけるつもりだ」

「逆でもいいいんじゃないのか」

イツクシマがぶっきらぼうな口調で言う。

「俺が口出しするような問題じゃないが、腕っ節の強い者ならいくらでも替えがきく。ドワーフの中に、あなたのような人材は二人といないだろう」

「嬉《うれ》しきことを」

アクスベルドは髭面《ひげづら》をほころばせた。

「だがな。人間の方々にはぴんとこぬかもしれぬが、これでも儂とローエンは親と子以上に年が離れておる。儂にしてみれば、あれは幾つになっても洟垂《はなた》れ小僧だ。あのとおり並外れた体格ゆえ、鬼子だの、オークの子だのと陰口をたたかれ、よく泣きべそをかいておった。幼子の頃より、あれが暴れだすと手がつけられんでな。今も短気だが、親分肌なところもあり、部下らには慕われておる。あれにはもっと成長してもらわねばならぬ。ここだけの話、儂は陛下の婿にと望んでおるのだ。むろん、陛下の御心《みこころ》次第ではあるが……」

「もういい、わかったよ、ジーサン」

ランタが左大臣の肩を叩《たた》いた。

「頼られて断っちまったら、漢《おとこ》がすたるってモンだからな。アンタらの王様のコトは、オレらに任せとけ」

ニヤッと笑って、親指を立ててみせる。

「かたじけない」

左大臣はランタに向かって頭を下げた。クザクがぼやく。

「なんでランタクンが勝手に決めてんすかね……?」

「ヴァカが。完全にそォーいう流れだっただろうがッ。パルピロのヤローがいつもどおりシャッキリしねェー、ハァ、マァ、ジャァ、みてェーな返事するよっか、オレが一発ビシッと決めたほうが締まるだろ。どう考えても」

「わからんでもない」

セトラが即座に同意してみせたのは、ハルヒロ的にちょっとショックだった。まあ、ちょっとだけだ。いまいち締まらない人間だということは、自分でもわかっている。

「いや、俺を無視するなよ……」

ニールがぶつぶつ言っているが、かまってなどいられない。

ハルヒロたちは左大臣と手早く話を詰めた。

親衛隊長ローエンは、すでに鉄王宮を出て市街戦の指揮を執っているはずだ。鉄塊王や鉄王宮下層の警備についている親衛隊、左大臣、ハルヒロたちもこれから上層へ移動する。もし市街戦を優位に進められそうならば、それでいい。だが、戦況が思わしくなければ、鉄塊王をただちにブラッツオッド家の私邸まで護送。これには、族長ハルメリアルなどの主立ったエルフたちも、なるべく同行させる。そして、いよいよというときには、親衛隊長ローエンを呼び戻して脱出部隊を編制。鉄塊王たちをワルター門経由で鉄血王国から離脱させる。

左大臣は本人が宣言したとおり、最後まで鉄血王国に残って戦い抜く。彼の決意を曲げることは誰にもできまい。それに、彼はしたたかなドワーフだ。赤髭長舌のアクスベルドには息子が二人、娘は三人、孫が六人いる。黒金連山を離れたあとも、名門ブラッツオッド家の血を引くドワーフたちが鉄塊王に仕えることになるだろう。

抜け目のないアクスベルドは、前もって脱出後の計画まで策定していたようだ。

ドワーフ族は、黒金連山を根城にする前、あちこちの山地に坑道都市を建造していた。それらはすべて攻め滅ぼされて破壊されたり、様々な理由で放棄されたりした。そうして放棄された坑道都市の中に、ごく少数ではあるものの、整備すれば住めるものが残っているらしい。

アクスベルドは、黒金連山から約百キロ東、槍山《やりやま》の旧坑道都市に目星をつけていた。さらに二百キロ北、クアロン山系にある旧坑道都市も所在地が特定されている。とくに槍山の旧坑道都市については、ブラッツオッド家の私財を投じ、一族郎党を派遣して、数十人から百人程度が長期滞在できる状態になっているという。

案内役は、当年とって百三十五歳の老ドワーフ、ウテファンが務める。もともとブラッツオッド家の直系で、アクスベルドの伯父にあたるのだが、放蕩《ほうとう》、奔放が祟《たた》って若い頃に勘当された。ところが、本人はこれ幸いと国を出て世界中を遍歴し、嘘《うそ》か真《まこと》か赤の大陸で大いに名を轟《とどろ》かせたのだとか。

ハルヒロたちは、イツクシマ、ニール、それからゴットヘルドとともにエレベーターで鉄王宮上層に上がった。

鉄王宮内はかなりどたばたしていた。鉄王宮の正門、大鉄塊王門は前線基地化していて、とくにしっちゃかめっちゃかだった。

開かれた大鉄塊王門の前にバリケードが築かれ、銃を持った親衛隊の黒髭《くろひげ》ドワーフたちが配置されている。門上部の露台にも銃士がいるようだ。

五、六人から十人程度の親衛隊や赤髭隊の小部隊が、大鉄塊王門からどんどん大通りへ出てゆく。

鉄血王国内はもともとあまり空気がきれいではないが、それにしても煙い。銃の火薬のせいか。金属的な、粉っぽい、独特な臭いがする。硝煙だろうか。大鉄拳門付近では誰も発砲していないようだが、ほとんど途切れることなく銃声が轟いている。空がない鉄血王国は音が反響するので、耳が痛いほどだ。

ハルヒロたちはバリケードの近くまで進んだ。メリイがハルヒロ、ランタ、クザク、ユメ、セトラ、それからイツクシマを対象にして補助魔法をかける。神官の光魔法が守ってくれたり力添えしてくれたりするのは、光明神ルミアリスを象徴する六芒星《ろくぼうせい》と関係があるようで、六人までだ。

「俺は……」

ニールが不満げな顔をした。

「ごめんなさい」

メリイが素早く詫《わ》びると、ニールは肩をすくめてみせ、それ以上、何も言わなかった。

ランタがバリケードを守っている黒髭ドワーフの銃士に訊《き》いた。

「どんな案配だ……!?」

「わかるものか！」

黒髭ドワーフが銃口を突きつけてこようとしたので、ランタは泡を食った。

「――ッぶねェーだろォーがッ！　暴発したらどうする！」

「人間の死体が一つ出来上がるだけだ！」

「ドワーフジョークはてんで笑えねェーな！」

「ジョークなのかな……」

クザクが呟《つぶや》いた。それが聞こえたようだ。黒髭ドワーフが笑ったところを見ると、一応、ジョークだったのかもしれない。

また赤髭《あかひげ》隊の六人がバリケードの向こうへ駆けていった。他にも、二十人ばかりのドワーフが大鉄塊王門付近で出撃の用意をして待っている。

「ローエン親衛隊長だ！」

露台の上のドワーフが声を張り上げた。

「ローエン！」

「ローエン！」

「ローエン！」

「ローエン！」

黒髭ドワーフたちが口々に連呼する。大通りから引き返してくる部隊の先頭に立つ黒ずくめのドワーフは、明らかに大きい。どこからどう見ても親衛隊長ローエンだ。両肩に何か担いでいる。武器のたぐいではなさそうだ。

「隊長を援護……！」

さっきランタにジョークを飛ばした黒髭ドワーフが大声で命じた。すぐさまバリケードの黒髭ドワーフたちが一斉に銃を構える。もしローエンの部隊を追ってくる敵がいれば、銃撃を浴びせて後退させるつもりなのだろう。

硝煙でよく見えないが、どうやら敵の追撃はなかったようだ。ローエンがバリケードを迂回《うかい》してきた。

「敵は⁉」

ハルヒロが尋ねると、ローエンは殺気を孕《はら》んだ恐ろしい目つきで睨《にら》んできた。兜《かぶと》も鎧《よろい》も真っ黒なので今までわからなかったが、彼は血塗《ちまみ》れだった。左右の肩に一人ずつ、黒髭ドワーフを担いでいる。

「治療を……！」

メリイが飛びだそうとすると、ローエンは首を横に振った。両肩から二人のドワーフを下ろし、地べたに横たえる。

「無用だ。すでに事切れている」

ローエンだけではなかった。彼に続いて戻ってきた黒髭ドワーフたちも、同胞の骸《むくろ》を運んできた。親衛隊の黒髭ドワーフだけではない。赤髭ドワーフもいる。いずれも敵に銃で撃たれたらしい。見る間に八人もの遺体が並べられた。

「市中はもはや混乱の極みだ。大鉄拳門と連絡がつかん」

ローエンは、フーッ、と鼻から強く息を吐いた。目が血走っている。

「まずは大鉄拳門との伝達路を確保せねば。敵の侵入口は一つなのか、いくつかあるのか。どの程度の敵が入りこんできているのか。やることが多い！　生き延びたければ、貴様らも手伝え！」

「……そんなこと言われても」

正直、ハルヒロの頭の中はもう、ワルター門から鉄塊王を脱出させることで一杯だった。鉄血王国は保《も》たない。最前線で市街戦の指揮を執ろうと勇んで出撃した親衛隊長が、部下を死なせてすごすごと引き返してきた。早く見切りをつけたほうがいい。というよりも、ハルヒロは内心、すでに見切りをつけていた。

一方で、ローエンの気持ちも理解できる。この坑道都市はドワーフたちの故郷だ。母国なのだ。どうも守りきれそうにない、だから捨てよう、という具合に思いきるのは簡単ではないだろう。

「大鉄拳門の状況がわかればいいんですよね」

　ハルヒロがそう言うと、ランタが止めようとした。

「オイッ、ハルヒロ、おまえ——」

「おれ一人で行ってくる。そのほうがやりやすいし。どのみち、大鉄拳門が破られてないかどうかは確かめなきゃならない」

「そりゃもっともだ」

　ニールが賢し顔でうなずいた。

「よし。ここは俺とハルヒロが、それぞれ別ルートで大鉄拳門を見てくるとしよう。確実を期したいところだからな。念のため、こいつは預けておく」

　懐から何か取りだし、セトラに手渡す。ジン・モーギス総帥の親書だ。逃げるつもりだな、とハルヒロは思った。それがニールの生き方なのだろう。しょうがないというか、口出しする筋合いでもない。

「帰ってこなくても、おまえは待たないぞ」

　セトラが冷たくニールに言い渡した。ニールは唇をひん曲げて肩をすくめる。

「端《はな》から期待してねえよ」

「そういうとこがさぁ……」

　クザクはため息をついた。

「ハルくん！」

てうなずいた。

ユメが、がんばって、というふうに拳を握ってみせる。メリイはハルヒロと目を合わせ
「必ず無事に戻れ」

ローエンがハルヒロとニールの肩を摑《つか》んだ。もしかしたら、本人としては軽く手を置いただけのつもりなのかもしれないが、微妙に痛い。手の厚みも指の太さも尋常ではないし、ものすごい力だ。

「……行ってきます」

ハルヒロはローエンの大きな手を振りほどいて身をひるがえした。駆け足くらいの速度でバリケードを回りこみ、大通りへ向かう。ニールはまだハルヒロについてきている。

大鉄塊王門から離れれば離れるだけ、硝煙が濃くなり、銃声がやかましくなる。ドワーフたちの叫び声も聞こえる。ハルヒロはドワーフの死体を跳び越えた。親衛隊でも赤髭隊でもない。上半身裸の男だった。鍛冶仕事の最中、武器を手にとって応戦しようとしたが、どこかを撃たれたのか。ここまで逃げてきたものの、力尽きたのかもしれない。そんなドワーフがそこらじゅうに倒れている。髭もじゃの男性ドワーフだけではない。人間族のがっちりした少女のような体形の女性ドワーフもいる。見たところ、半々まではいかないとしても、三割くらいは女性だろうか。

もうすぐ最初の大きな四《よ》つ辻《つじ》だ。ニールはまだハルヒロから離れていない。

四つ辻の右方向からすさまじい銃声が轟き、硝煙が突風のように吹きつけた。があぁっ、んのおっ、わあぁっ、というような声が入り混じって響く。

「──ここまで敵が来てるのかよ！」

ニールはハルヒロに言ったわけではない。思わず呟いてしまったのだろう。

ハルヒロは道脇に寄った。意識をすっと沈める。隠形《ステルス》。

四つ辻右の銃撃はすぐにやんだ。

出てきた。敵だ。黄土色の肌。猫背で、上半身が異様に発達している。

ヘズラングだ。

銃を持っている。数は、十か。二十か。いや、もっといる。銃ではなく、斧槍《おのやり》などの武器を手にしているヘズラングもいて、防具はまちまちだ。鎖帷子《くさりかたびら》を着ていたり、胴鎧をつけていたり。半裸で兜を被《かぶ》っただけのヘズラングも見受けられる。彼らは四つ辻の真ん中に寄り集まって、隊列を組もうとしているようだ。

一人のヘズラングに目がとまった。彼が身につけている服は、ジャンボやゴド・アガジャと同じ意匠のものだ。銃を振りかざして、ウォウフッ、ウォウフッ、といったような野太い声を張り上げている。

ワボだ。彼が脱走ヘズラングたちの指導者なのだろう。ヘズラングたちが口々に彼の名を呼ばわっている。

「ワボ！」

「ワボ！」

「ワボ！」

ヘズラングは鉄血王国で奴隷労働に従事させられてきた。さぞかしドワーフたちや鉄塊王を恨んでいるに違いない。脱走ヘズラング部隊はこのまま大通りを突き進み、鉄王宮を攻撃するつもりのようだ。

ニールは大通りに面する建物と建物の間に入りこもうとしている。ハルヒロはニールに近づいていって、袖を掴んだ。

(――何しやがる、離せ)

ニールがハルヒロを睨んで口を動かす。ハルヒロは視線で脱走ヘズラング部隊を示してから、鉄王宮に目をやった。

(戻って、あいつらのことを報《しら》せてやって。おれは大鉄拳門に行く)

(なんで俺が)

(いいから早く)

ハルヒロはニールの袖を強く引っぱった。この男は存外、押しに弱いところがある。結局、渋々ではあるものの、ニールは鉄王宮のほうへ引き返していった。

脱走ヘズラング部隊はもう百人ほどに膨れ上がっている。後続はないようだ。ワボが頭上めがけて発砲した。

「ウラァッ！　ヘズラング、ジャネェッ！　土ドワーフ……！」

ヘズラングたちが一斉に唱和する。

「ウラァッ！　土ドワーフ……ッ！」

どうやら、俺たちはヘズラングではない、土ドワーフだ、と言っているらしい。

「イケィケィケェェェーーーーーアッ……！」

ワボの号令一下、脱走ヘズラング部隊が行進しはじめた。全員、ほとんど走っている。とてつもない迫力だ。

大鉄塊王門が破られることはさすがにないだろう。そうはいっても、双方が銃を持っている。かなり激しい戦いになるのではないか。

不安はある。仲間が心配だ。けれども今、ハルヒロが帰ったところで、何ができるわけでもない。

ハルヒロは四つ辻を右に進んだ。絶えずどこかで銃声が鳴っている。ハルヒロは剣や斧を持って右往左往しているドワーフの男女をしばしば見かけた。すでに被弾しているドワーフも少なくなかった。そうしたドワーフを、離れたところから敵が狙い撃ちする。胸や背中、頭を撃たれて倒れるドワーフも、弾が外れて命拾いするドワーフもいる。射殺をまぬがれたとしても、撃ってきた敵を探そうときょろきょろしたりしていたら、また狙撃されてしまう。建物の中に逃げこむドワーフもいる。すると、緑色の外套《がいとう》を身にまとったグモォのレンジャーやオーク、不死族《アンデッド》らが、逃げたドワーフを追って建物に駆けこんでゆく。親衛隊の黒髭《くろひげ》ドワーフたちや赤髭《あかひげ》隊の部隊は、なかなか敵を捕捉できないようだ。敵に撃たれれば撃ち返す。でも、そのときにはもう敵は退散している。ハルヒロは矢を何本も浴びて死んでいる黒髭ドワーフを見た。敵は弓矢や弩《いしゆみ》も使っているらしい。接近戦も行われているようだ。頭を半分割られ、体中に傷を負ったオークが虫の息で這《は》っていた。

大鉄拳門へと続く大トンネル前にはバリケードがあった。バリケードの周辺にはドワーフやオークの屍《しかばね》が散らばっているが、現在戦闘が繰り広げられている様子はない。

ハルヒロは隠形《ステルス》の状態を維持してバリケードに忍び寄った。

バリケードの上から何者かが顔を出した。

エルフだ。女性か。エルフは色白という印象がある。彼女は違う。日焼けしているのか。小麦色というか、黄金色というか、そんな色の肌をしている。

「……え」

ハルヒロは呆気《あつけ》にとられた。見つかった。どうやらハルヒロは、そのエルフに気づかれてしまったらしい。ハルヒロとしてはしっかり隠形《ステルス》がハマっている感覚があったので、発見されるとは思ってもみなかった。明らかにエルフと目が合った。

「人間……!?」

エルフは瞬時に弓矢を構えた。もちろんハルヒロは肝を潰していたが、動転しきってはいなかった。矢なら射手の動きが見えていれば躱《かわ》せるかもしれない。でも、何かおかしい。あのエルフの射手。構えるまで素早かった。ただ、気がない、というか。射るつもりがないのか。そんな感じをハルヒロは受けた。

まさしくそのとおりだったのだろう。

「動くな」

真横から声がした。左方向だ。

ハルヒロは息を詰め、眼球だけ動かして左のほうを見た。

いつの間に。まったく察知できなかった。別のエルフがハルヒロにナイフを突きつけている。その切っ先がハルヒロの喉元にふれた。ほんの少しだが、皮膚がプツッと切れた。

そのエルフは射手のエルフ女性よりも肌が黒ずんでいる。灰色だ。まさか、灰色エルフというやつなのか。ハルヒロは混乱した。灰色エルフといったら、人間族やドワーフと手を結んだ影森のエルフと違い、不死の王《ノーライフキング》の側についた。敵のはずだ。

「何者だ?」

灰色エルフが尋ねた。こっちが訊《き》きたいんだけど。ハルヒロとしてはそう思わずにいられなかった。

「義勇兵団、……や、じゃなくて、辺境軍の、……って言って、わかります？」

相手がその気になれば、一瞬でハルヒロの首を搔《か》き切ってしまえる。ハルヒロとしては、そう強くは出られない。そもそも、強気な人間ではないわけだし。

「えっと、一応、味方だとは思うんですけど。たぶん。ローエン親衛隊長に頼まれて、大鉄拳門の様子を見にきたんですよね。ちなみに、ハルヒロっていいます」

「ティーバッハ」

射手のエルフ女性が灰色エルフに声をかけた。ティーバッハ、というのは灰色エルフの名なのだろう。

「殺さなくていい。一応、味方みたいだから」

「はい、ルーメィア様」

ティーバッハはナイフを引っこめた。しかし、黄色っぽい瞳でじっとハルヒロを見すえている。

「おいで、ハルヒロ」

ティーバッハにルーメィアと呼ばれた女性エルフが手招きする。ハルヒロは言われたとおり、バリケードの向こうへ回りこんだ。ティーバッハもついてきた。ハルヒロの背後から離れず、何かあればすぐに殺してしまおうという狙いが見え見えだ。べつに隠すつもりもないのだろう。ティーバッハは弓や矢筒を背に負っているが、ナイフだけでなく、細身の剣も腰に吊っている。そうとう腕が立ちそうだ。真っ向勝負だと、ハルヒロに勝ち目はないかもしれない。

　バリケードの向こうには、赤髭のドワーフ銃士が十人ばかりと、エルフの弓使いが十五人ほどいた。

「私はアルラロロンのルーメィア」

　ルーメィアは意表を衝《つ》かれるほど人懐っこい笑みを浮かべ、右手を差しだしてきた。彼女の耳は長く尖《とが》っているし、ここにはエルフの弓使いたちがいる。彼女はエルフだ。それにしても、エルフっぽくない。だいたい、胸と腰を薄い布で覆っているだけという、あられもない服装はどうなのか。

「ルーメィア様は五弓の一つ、アルラロロン家の当主だ」

　ティーバッハがぼそっと言う。ハルヒロはルーメィアの手を握った。ルーメィアはしっかりと握手をして手を離すと、ハルヒロの腕を掌《てのひら》でぺしぺしと気安く叩《たた》いた。

「一応、エルフ弓士隊の隊長みたいなことをしてる。実際にいろいろやってるのはティーバッハだけど。ティーはすごいんだよ。私より弓が引けるし、矢を飛ばせる。飛んでる蜂を射抜ける弓使いなんて、エルフでもめったにいないんだから」

「……俺は純血のエルフじゃないんで」

　ティーバッハがためらいがちに言うと、ルーメィアは片目をつぶってみせた。

「案外、それがいいのかもね。何だっていいんだけど。弓使いは弓が命だし、それでとっくにみんな、ティーを認めてるんだから。あなたが実力でみんなを認めさせたって言ったほうがいいのかな」

「……もうよしてくれますか、ルーメィア様」

「照れることないのに」

「そうではなく――」

ティーバッハが上目遣いでハルヒロを見やる。

「ああそうか」

ルーメィアは笑った。

「こんなこと話してる場合じゃなかった。何だっけ。ローエンさんが見てこいって？　中、ひどいもんね」

「たしかにひどいですけどね……」

あなたの真剣味のなさとノリの軽さも、なかなかひどいですよ。

ハルヒロはそう言いたくなったが、やめておいた。ここは気を引き締めて実用的にならないと、ルーメィアに流されてしまいそうだ。

「大鉄拳門の状況はどうですか」

「斧槍砦《おのやりとりで》が落とされちゃって」

だいぶ深刻な事態だと思うのだが、ルーメィアはあっけらかんと答えた。

「こっちの砦はあと二つ。斧砦はもともと一番ばっきばきのがっちがちだし、びくともしないけど、大剣砦はどうかなあって感じ。大剣砦までとられたら、けっこうやばいかな。うちらエルフも剣士隊と呪医隊が大剣砦に詰めてるんで、他人事《ひとごと》じゃないんだけどね」

他人事みたいに話しているようにしか聞こえませんけどね。

ハルヒロはツッコみたい気持ちをぐっと抑えた。

「……やっぱり敵は、総攻撃をかけてきてるんですね」

「きてるね。きまくってる」

ルーメィアはそう言うと、大トンネルのほうに視線を向けた。わずかに目をすがめる。ティーバッハの長い耳がひくひくと動いた。

「ティー」

ルーメィアがティーバッハに声をかけた。ティーバッハは、はい、と短く応じる。ルーメィアはハルヒロの上腕を軽く叩いて走りだした。ついてこい、ということだろう。行かないといけないのか。まあ、この流れだと、どうも行くしかなさそうだ。

ハルヒロはルーメィアを追いかけた。あちこちに篝火《かがりび》が焚《た》かれている大トンネルは、やたらと足音が反響する。ハルヒロとルーメィアの足音だけではない。ドワーフたちがさかんに何か怒鳴っている。女性のものらしい高い声も聞こえる。

間もなく惨状が明らかになった。大トンネルの出口は大鉄拳門で、その手前が大勢のドワーフたちでごった返している。うずくまっているドワーフや、倒れ伏しているドワーフもいるようだ。血と汗の臭いが充満している。

「何があったの!?」

ルーメィアが叫ぶと、いきり立ったドワーフの声が返ってきた。

「斧砦が落ちた！　一刻も早く奪い返さんとまずい！」

「うっわ」

ルーメィアが足を止めた。ため息をつき、左手で何度も自分の頭を叩く。

「……そっちかあ。読みが外れたな。そっちが先かあ。よくないね、これは」

「門の前を固めろ……！」

前線の指揮官だろうか。しきりと指示が飛ぶ。あちこちで雄叫《おたけ》びが上がっている。ドワーフたちの士気は衰えていない。彼らの気質からすると、負け戦でも意気消沈することはなさそうだ。しかし、気持ちでは負けなくても、銃で撃たれたら死んでしまう。不屈の精神力でカバーできることと、できないことがある。

「――てぇ……！」

前線の指揮官が号令をかける。発砲音が轟《とどろ》く。撃ったのは大鉄拳門を守っているドワーフたちだろう。つまり、大鉄拳門に敵が迫っている。そういうことか。

「てぇっ！　てぇーっ……！」

ほとんど絶え間なく鳴り響く銃声で、鼓膜が破れそうというか、頭が割れそうだ。ルーメィアがハルヒロを抱えこむように引き寄せて、耳許《みみもと》で言った。

「たぶんこれ支えきれない！　急いでローエンさんに教えてあげて！」

「ルーメィアさんは!?」

「やあ、わかんないけど、放っておけないし、やるだけやるしかないかな！」

エルフたちは影森のアルノートゥを失い、鉄血王国に避難してきた。仲がいいとは言えないドワーフ族に受け容《い》れてもらった身なのだ。恩義などもあるだろうし、戦況が不利だからずらかる、というわけにはいかないのかもしれない。

「ティーバッハさんに何か伝言ありますか!?」

「言わなくてもこっちに向かってる気がするし、べつにいいかな！」

「わかりました、ご無事で！」

「そっちも！　またね！」

ルーメィアは笑顔で手を振った。

ハルヒロは駆けだした。大トンネルを逆走する。途中、ティーバッハ以下エルフの弓使いたちとすれ違った。彼らはハルヒロには目もくれなかった。ハルヒロもあえて声をかけなかった。

大トンネルを出ると、バリケードのドワーフ銃士がハルヒロを見て呼ばわった。

「どうなってる!?」

何と答えればいいのか。無視してしまおうか。もしくは、いっそ嘘《うそ》をつくか。言葉を濁すか。ハルヒロにはどれもできない。

「斧砦が落ちた！　敵が大鉄拳門に……！」

一人のドワーフ銃士が、ウオオオオオとわめいてバリケードに銃を叩きつける。なんとなく謝りたくなった。むろん、ハルヒロが詫《わ》びても仕方ない。

バリケードを迂回《うかい》して市街地へと向かう。全速力で走りそうになったが、いけない。慌てるな。意識を沈め、隠形《ステルス》する。

一つ目の角を曲がったところで、早くも敵の集団に遭遇した。といっても、ハルヒロは隠形《ステルス》した状態で道の端っこをそろりそろりと進んでいたし、相手はこちらに気づいていないようだ。

不死族《アンデッド》だ。それから、オーク。灰色エルフもいる。

先頭の、全身に黒っぽい革か布のようなものを巻きつけている不死族《アンデッド》は、腕が二本一対ではない。四本ある。ダボアルム。四ツ腕の不死族《アンデッド》だ。

たしかフォルガンに、やたらと腕の立つダボアルムがいた。名は何と言っただろうか。そうだ。

アーノルド。

不死族《アンデッド》はなかなか見分けがつかない。そもそも、会ったのはけっこう前だ。はっきりとは覚えていない。でも、四振りの刀を持っているあのダボアルムには、見覚えがあるような気がする。やはりアーノルドなのか。

アーノルドらしきダボアルムに率いられている敵部隊の総勢は、三十人前後。隊列の最後尾に一際大きなオークがいる。あの体格。濃紺地に銀花をちりばめた着物。肩に巨刀を担いで悠々と歩いている。見間違えようがない。ゴド・アガジャだ。

アーノルドとゴド・アガジャ。ジャンボやタカサギ、ゴブリンの獣使いオンサはいないようだが、フォルガンの精鋭部隊だろう。一人、ヘズラングが交じっている。アーノルドのすぐ後ろだ。道案内をしているのか。

アーノルド隊はどこを目指して移動しているのだろう。考えるまでもない。

大鉄拳門だ。

内側から大鉄拳門を攻撃する。それがアーノルド隊の狙いだろう。

大鉄拳門へと通じる大トンネルの前にはバリケードが築かれ、ドワーフの銃士たちが配置されている。しかし、アーノルド隊も十人以上が銃を持っているようだし、守りきれるかどうか。

微妙なところだ。無理なのではないか、という気もする。

アーノルド隊にバリケードを突破されてしまったら、大鉄拳門の防衛はかなり苦しくなるだろう。最悪、あっという間に味方は総崩れになる。敵の全軍が大挙して鉄血王国になだれこんできたら、鉄塊王を避難させるどころの騒ぎではない。

もちろん、それはあくまで最悪のケースだ。ドワーフの銃士たちは持ちこたえるかもしれない。救援を要請することができれば、ルーメィアたちエルフの弓使いが加勢してくれるかもしれない。そうすれば、善戦できるかもしれない。

アーノルド隊は次々と角を曲がってバリケードのほうへと向かう。

敵はまだハルヒロに気づいていない。このままやりすごすことはできそうだ。

それでいいのではないか。鉄王宮に帰って、親衛隊長ローエンや仲間たちに最新の情勢を伝えるべきだ。その情報をもとに、ハルヒロではなく、他の誰かが判断を下せばいい。

仮にハルヒロが今、決めなければならないとしたら、どうか。

アーノルド隊は、高い確率でドワーフの銃士たちを全滅させるだろう。その結果、大鉄拳門は内と外から攻めたてられる。ドワーフやルーメィアらエルフたちは力戦奮闘したあげく、一人、また一人と斃《たお》れてゆく。降伏するドワーフはきっといない。エルフも同じだろう。彼らの選択だ。仕方ない。ハルヒロの知ったことではない。

ゴド・アガジャが角を曲がろうとしている。ハルヒロは道脇で息を殺し、その巨大な後ろ姿を見送ろうとしていた。

「……くそ」

呟《つぶや》いてしまった。

ゴド・アガジャが足を止めた。

ハルヒロは後悔したが、もう遅い。というか、いずれにしても悔いる羽目になったに違いない。アーノルド隊を捨て置いたにせよ、そうしなかったにせよ、後悔するのだ。

ゴド・アガジャは振り向くなり、ハルヒロを見つけた。

「アガッジャァッ！」

オークの言葉だろう。何と言ったのか。わからないが、ゴド・アガジャが巨刀を振りかざして飛びかかってくる。巨体のわりに、ずいぶん身軽だ。巨体だから、という固定観念は捨てるべきだろう。

ハルヒロは駆けだした。

ゴド・アガジャの巨刀が、一瞬前までハルヒロが立っていた場所に炸裂《さくれつ》する。やばい音がした。岩盤を削って平らにした地面が爆発したかのようだった。

ハルヒロは走る。ゴド・アガジャが追ってくる。

アーノルド隊の連中は撃ってこないだろう。撃ちたくても、ゴド・アガジャが邪魔で撃てないはずだ。そのくらいの計算はなんとかできた。今はその程度のことしかハルヒロは考えられなかった。

速い。

想像以上だ。

むしろ、想像を絶する。

ゴド・アガジャ。とてつもない脚力だ。

ハルヒロは角があれば曲がった。右折、左折の際には、いくらか引き離せる。でも、直線コースはまずい。離すどころか逆に詰められる。

ゴド・アガジャはハッハッハッハッと息を弾ませる以外、無駄に声を発さない。巨刀をむやみに繰りだしてこないのも怖い。このオークはしっかりと間合いを計っている。巨刀を振り下ろして外せば、次の機会が遠のく。だから、決定的な機会を虎視眈々《こしたんたん》と狙っている。確実に次の一振りで片を付けるつもりだ。

甘く見ていたのかもしれない。

適当に追いかけさせて、いざとなったら撒《ま》く。ハルヒロはそれくらいに考えていた。安易だった。そう言わざるをえない。鉄血王国を熟知していればまだやりようがあったかもしれないが、おおよそしか知らないし、土地鑑のなさはたぶんお互い様だとしても、相手はゴド・アガジャだけではない。

「カゥワァド、ナァユスラニァウェ……！」

向かって左のほうから聞こえた。ゴド・アガジャの声ではない。おそらく不死族《アンデッド》だ。

通りに面して建ち並ぶドワーフたちの工房兼住居は、大半が平屋だ。その屋根の上を一人の不死族《アンデッド》が駆けている。四刀持ちのダボアルム。アーノルドだ。ほとんどハルヒロと並走している。

ハルヒロはいっそ白目を剝《む》いてぶっ倒れてしまいたかった。そんなわけにはいかない。あたりまえだ。わかっている。

でも、あまりに望みがなさすぎる。

詰んでない、これ？

こういうときは、どうすればいいのか。

残念ながら、頭をひねって導きだした手ではない。思案する余裕が絶無だった。ただ、もっともやりそうにないことをやって、意表を衝《つ》くしかない、といった発想はあったような、なかったような。

ハルヒロは急停止して、後方にでんぐり返しをした。当然、ゴド・アガジャに向かってゆくことになる。

斬られることはないだろう。たぶん。でも、蹴飛ばされるかもしれない。あのオークに蹴られたら、絶対ただですまない。

危険はある。どのみち安全な選択などありはしない。いずれにしてもリスクを冒すことになる。賭けだった。ギャンブルは好きではないが、こうなったらやむをえない。

「──ドゥォアッ……!?」

ゴド・アガジャは驚いたようだ。ハルヒロは蹴られなかった。いきなり転がってきたハルヒロを、とっさにだろう、ゴド・アガジャは跳び越えた。

思惑どおり、とは口が裂けても言えない。

ラッキーだった。本当に、それだけだ。

ハルヒロは立ち上がりながら回れ右をして、走った。そっちには、アーノルド部隊のオークだの不死族《アンデッド》だの灰色エルフだのヘズラングだのがいる。彼らもびっくりしているようだ。何が起こったのか把握できていない。戸惑っている。だからといって、このまま突撃するのは自殺行為だ。そんなことはしない。もちろん、するわけがない。

ドワーフは人間より背が低い。それに、坑道都市だから、という事情もあるだろう。彼らの住居は総じて天井が低い。

左手の工房兼住居の屋根はことに低くて、二メートルあるかないかだ。ハルヒロは屋根の縁に飛びつき、一気によじ登った。あちこちの屋根から生えている管は煙突だ。煙突管は折れ曲がったり、屋根の上を這《は》ったり、別の煙突管と繋《つな》がったり、分かれたりしながら坑道都市の天井めがけてのびている。

ハルヒロはぐちゃぐちゃと入り組んだ煙突管の合間を縫って、駆ける。屋根から屋根へと飛び移り、ひた駆けに駆ける。

五、六人のオーク、不死族《アンデッド》、灰色エルフが屋根に上がってきた。ゴド・アガジャも屋根に上ろうとしたようだが、あの身長だと坑道都市の天井に頭がつかえてしまうので、断念したらしい。それでも、通りを走ってまだハルヒロを追いかけてくる。ゴド・アガジャの頭は工房兼住居の屋根より高い位置にあるから、現在地が一目瞭然だ。なかなかあきらめてくれない。でも、ゴド・アガジャにせよ、屋根に上がってきた連中にせよ、なんとか振り切れるだろう。

問題はアーノルドだ。あのダボアルムはやばい。

アーノルドはハルヒロの左斜め後ろにつけている。斜め後ろといっても、ほんの少しだ。ほぼほぼ並んでいると言っていいだろう。三メートルほどしか離れていない。感覚的には目と鼻の先だ。

アーノルドは四刀のうち二振りを鞘《さや》に収めている。とはいえ、二刀流だ。いつ斬りつけてくるのか。ハルヒロはほぼ全速力だが、アーノルドはまだゆとりがありそうだ。来る。もうすぐだ。きっと来る。

だめだ。

アーノルドに先手を取られたら、おそらく躱《かわ》せない。

「──っ……！」

ハルヒロは思いきって、ダガーと炎の短剣を抜きながら屋根から飛び降りた。

間髪を容《い》れず、アーノルドが追ってくる。ハルヒロは着地し、右手のダガーと左手の炎の短剣でアーノルドの刀を弾《はじ》いたのか。どうやらそうらしい。まったく見えなかったんだけど？　正直、アーノルドがどういう体勢でどんなふうに二刀を振るったのかさえ、ハルヒロにはわからない。通りを走って、逃げる。

「KYYYYYYYYYYYYYYYYYYYYYYY」

アーノルドは謎の音声を発して、まだまだ追いかけてくる。ハルヒロは通りに面したドワーフの工房に逃げこみたくなった。でも、中の様子が不明だ。裏口がなかったら袋の鼠《ねずみ》になってしまう。

自分自身を責めずにはいられなかった。こうなることは目に見えていたのに、なぜアーノルド隊を放っておかなかったのか。馬鹿なのかな？　馬鹿なんだろうな、と思わざるをえない。ただでさえ馬鹿なのに、もっと馬鹿になっている。

ハルヒロはもう、闇雲に走ったり角を曲がったりしているだけだ。何の目当てもない。完全に適当だ。また屋根に上がったのも、なんとなくでしかない。なんとなく、今、屋根に上がっておかないと、斬られてしまいそうな気がした。行く手で細い煙突管が蜘蛛《くも》の巣みたいな状態になっていて、通り抜けられそうな感じがしない。それでも無理やり煙突管と煙突管の隙間に入りこんで、なんとか挟まってしまうことなく潜《くぐ》り抜けることに成功したのは、たまたまうまくいっただけだ。アーノルドはそこを通れないと判断したようで、少し遠回りした。その結果、彼我の距離がいくらか開いたのも、まあ偶然だ。せっかくちょっと差を広げることができたのだから、何かできないか。そんなことも考えなかったわけではない。けれども、無理だった。とにかく、死にものぐるいで逃げる。それ以外にできることはない。

だって、自分がどこにいるのかもわからないのだ。

一応、鉄王宮に向かおうとしてはいる。それもいいのか、悪いのか。さしてよくはないのではないか。鉄王宮に敵を、アーノルドを、ゴド・アガジャらアーノルド隊を、連れてゆくことになるわけだし。

かえって、斬られてしまったほうがいいのかもしれない。そんな思いが頭をよぎったりもした。

いや、斬られてどうする。

斬られたら、死ぬし。

死ぬのはいやだ。死にたくないというか、死ぬわけにはいかないというか。仲間たちがいないところで死ぬのはまずいというか。メリイに会いたいし。メリイを悲しませたくないし。メリイだけではないし。死ぬわけにはいかない理由は数えきれないほどある。

それにしても、よく息が続いているものだ。でも、どうなのだろう。本当に続いているのか。意外とハルヒロは、すでに息をしていないのではないか。

汗で前がよく見えない。汗をかいているということは、生きているのか。生きているのだろう。それはそうだ。体はまだ動いている。どうしてハルヒロの体は動いているのか。もはや不思議なくらいだ。

煙突管をよけて走るのはいいかげん限界だった。ハルヒロは転げ落ちるように屋根から下りた。削った岩の床に着地したら、膝や足首が衝撃を吸収できなかったのか何なのか、つんのめるような恰好《かっこう》になった。ハルヒロは踏んばらなかった。踏んばろうにも、踏んばることができなかった。斜めに転がったとき、アーノルドが迫ってきているのがわかった。その姿が見えた、というより、感じたというか。ともかく、かろうじてわかった。

これは斬られるだろうな、と思った。

ハルヒロとしては、体が回転している勢いを利用して起き上がり、走ってさらに逃げたいところだ。けれども、走れるだろうか。自信がない。

「──ツアアァーーーー……ッッッ！」

だから、斬られていたはずなのだ。

それなのに、ハルヒロはランタの声を聞いた。

ランタ？

なぜランタが。

「……はあ？」

跳び起きたいのは山々だが、ハルヒロは転がったままだった。まず息を吸いたい。それとも、吐くべきだろうか。呼吸の仕方がわからない。あるいは、呼吸器が壊れてしまっているのかもしれない。

当然、苦しい。

今の今まであんなに苦しかったのに、妙だ。なんだかそうでもない。

眠い、というか。眠気とも違う。もしかして、意識が遠のきかけているのか。失神するなら、それはそれで悪くない、ような。もう、失神してしまいたくもあるような。

「ルェエアァッ！　ケエェーイッ！　スァラァッ！　フィアァッ！　ツオォーッ！」

でも、ランタがうるさい。

何なんだよ、その声。

戦っているのか。

そうだ。

ランタがアーノルドと斬り結んでいる。

どうしてランタが？

わからない。

幻？

確かめようにも、よく見えない。視界が霞《かす》んで。何がどうなっているのか。

「——あぁーっ……！」

ハルヒロは両手で顔をこすった。呼吸ができない、だって？　そんなわけがない。吸って、吐く。吐いたら吸う。吐く。その繰り返しだ。できる。ただ苦しいだけだ。我慢して息をしているうちに、だんだんマシになる。遠のく意識をたぐり寄せて、引き戻す。ハルヒロは無理やり身を起こした。ランタ。

ランタがアーノルドの周りを飛び回っている。暗黒騎士特有というか、ランタらしい、森の小動物のような、あるいはバッタか何かを思わせる身のこなしで、アーノルドの背後をとろうとしているのか。アーノルドもそうはさせまいとランタを四刀で牽制《けんせい》する。だが、ランタはぎりぎりのところでよけたり、自らの刀でアーノルドの刀をいなしたりして、なおも執拗《しつよう》に背後を狙う。それで、ランタがアーノルドの周りを飛び回っているように見えるのだ。

ダボアルムの四ツ腕は伊達《だて》ではない。アーノルドの刀が届かないのは、あの不死族《アンデッド》の背後のごく狭い範囲に限られるはずだ。ランタはそれがわかっていて、あくまで弱点を衝こうとしている。

アーノルドもまた、自分の弱みを認識しているのだろう。今はひたすらランタの攻撃を捌《さば》くことに専念しているようだ。

「……ランタ」

がんばれ。応援することしか、ハルヒロにはできない。まだ体がろくに動かないし、迂《う》闊《かつ》に手を出したらランタの邪魔をしてしまう。

ランタは集中している。アーノルドの背後をとろうとする動きはどんどん速く、鋭くなる。具体的には、踏みこむごとにランタの一歩一歩は大きく、深くなってゆく。

一方、アーノルドはその場からほとんど動かない。いや、動けないのだ。ランタの包囲網は徐々に狭まっている。アーノルドはもう、体の向きを変えて四刀を振るうことしかできない。ランタがアーノルドを追いつめている。そう見える。

けれども、ここからだ。ハルヒロはかつてアーノルドの戦いぶりを目にした。あのダボアルムは、追いこまれてからが強い。

「気をつけろ、ランタ……！」

ハルヒロに言われるまでもなく、ランタは承知しているに違いない。それでも言わずにはいられなかった。

ランタが閃《ひらめ》くように駆ける。アーノルドは、わざとだろう、身を進ませてランタの正面に立った。二刀でランタの刀を受けて、残りの二刀で反撃しようというのか。ダボアルムならではだ。

「我流！」

ランタは斜め右下からすくい上げるように刀を奔《はし》らせた。

「──飛雷神《ひらいしん》……！」

いや、違う。

ハルヒロの目には、ランタの刀が一瞬、消えたように見えた。そうかと思ったら、ランタは刀を両手持ちしていた。突きか。

突きの体勢だ。

「ッッッ……！」

アーノルドが下がろうとする。そこをランタが突いてゆく。諸手《もろて》突きだ。単発ではない。アーノルドは身をよじったり、刀でずらしたりして、ランタの連続突きを回避している。直撃はなんとかさけているようだが、アーノルドの全身に巻きつけられている黒い革だか布のようなものが裂け、斬り飛ばされている。あらわになった土気色の肌に、黒い裂傷が刻まれてゆく。

ランタが押している。

どうかこのまま押しきってくれ。そう願わなかったと言ったら嘘《うそ》になる。望みはしたが、これでランタの勝ちだとは思わなかった。そんな甘い相手ではない。

「──ヌッ……!?」

ランタの刀が撥《は》ね上げられた。突然、アーノルドが竜巻と化したかのようだった。回転しながら跳び上がったのだ。

ランタは見越していたのか。すかさず斜め後方にバック宙した。さらにズタタタタンッと高速でステップを踏んで、アーノルドから離れた。

「AAAAAAAAAAAAAAAAHHHHHHHHHHHHHHHHH」

アーノルドは吼《ほ》えて、大いにのけぞった。四本の腕を、そして四刀を、一杯にのばす。のばせるだけのばし、のばしきる。ハルヒロは体中の皮膚が粟立《あわだ》つのを感じた。

「よォーやく本気かよ……！」

ランタは笑った。強がりだとしても、よく笑えるものだ。あの強心臓は本当にすごい。見習いたいとは思わないが。真似《まね》しようにもできない。

「暗黒よ、悪徳の主《しゅ》よ、悪霊招来《ディモンコール》……！」

心臓に剛毛が生えているランタも、心細くはあるのか。黒ずんだ紫色の雲のようなものが現れ出《い》でて渦を巻く。その渦があれよあれよという間に凝固し、悪霊《ディモン》ゾディーとなる。

ランタが積んできた悪徳《ヴァイス》のおかげで、昔、ゾディアックんだった頃とは似ても似つかない。ゾディーは暗紫色の骨を寄せ集めて貼りつけたような甲冑《かっちゅう》を身にまとい、長柄の大鎌を両手持ちしている。なんともおどろおどろしい。ゾディアックんは見ようによっては微妙にかわいかったりもしたのだが、まったく別物に成り果ててしまった。暗黒神スカルヘルが軍勢を率いているとしたら、その兵卒はきっとゾディーのような姿形をしているのではないか。

「やるぞ、ゾディーッ……！」

ランタはけしかけるように命じた。

（縊死死死死死死死死死死死死死死死死死死死死死死死死死死死死死死死死死……！）

悪霊《ディモン》ゾディーが大鎌を振り上げてアーノルドに突進してゆく。

二対一だ。いざとなれば、暗黒騎士にはこの手がある。

「ＫＯＯＯＯＯＯＯＯＯＯＨＨＨＨＨＨＨＨＨＨＨＨＨＨＨＨＨＨＨＨＨＨＨＨＨＨＨ」

それがどうしたとばかりに、アーノルドがダボアルムの力を全解放する。限界までたわんだ弓が矢を放ったかのようだった。四刀が四方向からゾディーに襲いかかったのだろう。でも、ハルヒロにはそうではなく、四刀がひとかたまりの怒濤《どとう》となってゾディーをのみこんだように見えた。

いずれにせよ、ゾディーはその身に四刀をぶちこまれた。ただちに四散することはなかった。ゾディーはまるで剣の練習に使う木偶《でく》人形のようだった。あれは動かないし、好きなだけ剣を叩《たた》きこめるが、ぶった斬るとなると簡単ではない。

もっとも、アーノルドならやってのけるだろう。ゾディーは間もなく斬り刻まれてしまう。所詮、悪霊《ディモン》なのだ。アーノルドほどの手練《てだ》れを向こうに回して、互角に戦えるような技量はない。

（縊……死死……）

「──NNNNNG……!?」

アーノルドは、しかし、四刀を操ってゾディーを微塵斬《みじんぎ》りにするどころか、ぴたりと動きを止めた。

「我流……!」

ランタだ。

悪霊《ディモン》ゾディーを突っこませて、ランタは今まで何をしていたのか。ハルヒロもゾディーに目を奪われていて気づかなかった。というより、それがランタの目論見《もくろみ》だったのだ。悪霊招来《ディモンコール》して、二対一に持ちこむ。ゾディーとの巧みな連携攻撃で、強敵アーノルドをどうにか攻略する。

違った。

ランタの作戦はそうではなかった。

「悪逆非道ォッ……! 諸共斬《もろともぎ》りィィーーーェアアァッ!」

ランタはゾディーの背中に体当たりをしていた。ただぶつかっているのではもちろんない。刀だ。刀をゾディーにぶっ刺している。

串刺しだ。ランタの刀はゾディーを貫通し、その向こうのアーノルドにまで届いている。

ランタは腰のあたりで柄《つか》を握り、刀を斜めに突き上げていた。その切っ先はアーノルドの顎下に入りこんでいる。

「……でも、斬ってはなくない？」

ハルヒロはついツッコんでしまった。

「――ッシャアァォラァッ……！」

それで、というわけではないのかもしれないが、ランタは刀を引き抜くなり、シュッ、と消え失《う》せた。ハルヒロの目が追いつかないほどの素早さで移動したのだ。

ゾディーがばらばらに崩れてゆく。

ランタはアーノルドのすぐ脇を駆け抜け、片膝をついた。

斬った、――のか。

そのようだ。

アーノルドの胴体から切り離された生首が、ゆっくりと回転しながら落下する。

頭部を失った体のほうは、なかなか倒れなかった。振り返りそうな気配すらある。

奇妙というか、おぞましい光景で、恐ろしい時間だった。様々な思いや考えが交錯して、ハルヒロはやや混乱してもいた。ハルヒロはどういうわけかランタに救われてしまったらしい。ランタにとってアーノルドは、単なる敵とは言えないような相手なのではないか。

それに、というか、アーノルドは不死族《アンデッド》だ。あれで死ぬものなのか。

見れば、アーノルドの生首が口を開けたり閉じたりしている。声は出せないようだ。でも、動いている。

「……不死族《アンデッド》っつーのは」

　ランタは立ち上がった。まだ二本の足で立ったままでいるアーノルドの体に歩み寄ってゆく。刀を持っていない左手で、ランタはアーノルドの体を押した。乱暴な手つきでは決してなかった。アーノルドの体はようやく倒れた。

「頭だけ残ってりゃァ、再起可能らしいよな」

　ランタは刀の峰を自分の右肩に当てて首を傾《かし》げた。

　アーノルドの生首は眼球を動かして、ランタを見上げようとしている。

「ランタ……」

　ハルヒロは声をかけようとした。でも、何を言えばいいのか。正直、皆目見当がつかない。というか、ここは任せるしかないだろう。このあとランタがどうするにせよ、それに対してハルヒロがいいとか悪いとか判断することはできない。

「コイツは戦いだからな。アンタもわかってンだろ、アーノルド」

　ランタは左目を細め、唇の右端を吊《つ》り上げるという、やってみろと言われてもハルヒロにはできないような表情を浮かべた。

「我流、諸共斬り。アレはタカサギのオッサンに使おうと思って、ひそかにあっためてた必殺技なんだけどよ。実験台にさせてもらったぜ。オレの勝ちだな」

　アーノルドの生首が口を開ける。顎を動かす。笑おうとしているのか。

「あばよ」

ランタは刀を逆手に持ち直した。アーノルドの額に突き立てる。

不死族《アンデッド》の死とは、いったいどのようなものなのか。ハルヒロにはわからない。けれども、もし不死族《アンデッド》に命があるとしたら、今、それが破壊された。アーノルドは自らの意思で動くことのない物体になった。

ランタは首の後ろに回していた仮面を外し、アーノルドの生首の上に載せた。

「……いいのか？」

なんとも曖昧な質問だと、ハルヒロは口にしておいて思った。

「ああ」

ランタはうなずいた。ハッとしたように後ろを見る。ハルヒロもそっちに目をやった。あちこちで響く銃声を薙《な》ぎ倒すような、地響きめいた音が近づいてくる。

「ゴド・アガジャか……！」

ランタはハルヒロの腕を摑《つか》んだ。

「行くぞ！　いくらオレ様でも、ヤツは厄介すぎる！　殺《や》るイメージが湧かねえ！」

「ていうか、なんでランタがここにいるんだよ!?」

ハルヒロは走りながら訊《き》いた。ランタはハルヒロを置き去りにしそうな勢いで前を駆けている。

「もう鉄塊王は鉄王宮を出た！　おまえがグズグズして帰ってこねェーモンだからよ！

オレが捜しに来てやったっつーワケだ！　ありがたく思え！」

「……みんなは⁉」

「先にブラッツオッドだかの屋敷に向かってる！」

「じゃあ、無事なんだな⁉」

「無事じゃなかったのはおまえだろうが、ボケッ！」

「そのとおりだけどさ……！」

反論したい気持ちを腹に収めて、ハルヒロは足を動かした。まだ体力は回復していない。

すぐ息が上がる。ランタについてゆくだけで精一杯だ。先が思いやられる。というか、先のことなど考えたくもない。考えないわけにはいかないのだが。メリイ。きっと心配しているだろう。早く安心させてあげないと。とにもかくにも、また仲間たちに会えるのだ。

それを励みにして、走るしかない。

15. HATE THE WORLD

ブラッツオッド家の私邸の前で、ユメやメリイ、セトラ、クザク、それからイツクシマとニールが待っていた。

「ハルヒロ……！」

クザクが抱きついてきた。

「ああ……」

ちょっと迷惑だったが、撥《は》ねのけるのも気が引ける。

「……うん」

ハルヒロはクザクの広すぎる背中をよしよしとさすって、少しの間、抱擁されるがまま我慢した。

本音を言えば、抱きあって無事を喜びあうのなら、クザクよりもメリイがいい。もちろん、皆の前でそんなことはできないわけだが。ただ、どうだろう。ハルヒロに向けられているメリイの眼差《まなざ》しや表情からすると、同じ気持ちだったりするのではないか。

「だいじょぶやとは思っててんけどなあ。よかったあ」

ユメが胸に手を当てて大きなため息をついた。ランタは変に恰好《かっこう》をつけて親指で自分の鼻を軽くこすり、ヘッ、と笑った。

「オレ様のおかげだがなッ」

「にゃあ。そうなん？」

認めるのは癪《しゃく》だが、事実ではある。それはハルヒロとしても受け容《い》れるしかない。

「まあ……」

「ケッ！　マアじゃねェーだろ、クソピロッ。まことに大変ありがとうございます一生涯超絶感謝いたしますランタ様だろッ」

「……そういうとこだよ」

「どういうトコだよッ」

赤髭《あかひげ》の左大臣アクスベルドは、黒髭《くろひげ》の親衛隊長ローエンを必死に説得したあと、赤髭隊を率いて鉄王宮から大鉄拳門へと向かったようだ。

左大臣の計画では、道々ドワーフの残存部隊や市民を糾合し、大鉄拳門を死守する。あわよくば、大鉄拳門から打って出て、敵の攻囲軍を突破、脱出を図るという起死回生の策も用意しているとのことだ。

ハルヒロとしては、まだ大鉄拳門が落ちていないことを祈るしかない。一応、そうならないように、アーノルド隊を引きつけたのだ。アクスベルドの部隊が大鉄拳門まで辿《たど》りつくことができたら、ハルヒロが命懸けで逃げ回った甲斐《かい》もいくらかはあった、ということになるのではないか。

ハルヒロたちが倉庫へ行くと、すでに鉄塊王やその供回り、親衛隊長ローエン、案内役の老ウテファン、ブラッツオッド家の一族郎党、エルフの族長ハルメリアル、メルキュリアン家の当主エルタリヒといった面々が集結していた。

「遅いぞ！」

ローエンはハルヒロたちを見るなり怒鳴りつけた。かなり苛立《いらだ》っている。というよりも、左大臣が鉄血王国に残り、自分が鉄塊王を守って逃がすという役割分担がやはり不満なのかもしれない。

「ローエン」

鉄塊王は鎧兜《よろいかぶと》や外套《がいとう》を身につけ、素顔や体形を隠している。しかし、親衛隊長をたしなめた声は紛れもなく王のそれだった。兜からこぼれる銀髪のきらめきも尋常ではない。

「それでは、参ろう」

鉄塊王が言うと、ブラッツオッド家の者たちが鉄扉を開けた。彼らと老ウテファンが先導し、ローエン、鉄塊王とその供回り、エルフの族長、エルタリヒ・メルキュリアン、それからハルヒロたちという順で、ワルター門へと繋《つな》がる通路に進み入った。

「ゴットヘルドさんは？」

ハルヒロが訊くと、イックシマが首を横に振ってみせた。

「左大臣についていった」

「……そうですか。でも、よくあの王様が納得しましたね。なんとなく、そうとう嫌がるんじゃないかと思ってたんですけど」

「命が惜しいんだろ」

ニールが皮肉っぽく笑って言った。クザクが、いやぁ、と顔をしかめる。

「あんたなんかと一緒にするのはどうなんすかね……」

「一緒じゃねえか。何が違うってんだ」

「いろいろ違うでしょ。見るからに」

「俺もあのドワーフの女王様も、くたばったら一巻の終わりだ。変わりゃしねえよ。おまえらは俺が死んだって屁とも思わんだろうがな。俺にとってはただの一つの命なんだ」

「まぁ、だったらせいぜい大事にすればいいんじゃないんすか」

「言われなくてもしてる」

「ですよねぇ」

「覚えとけ。おまえら全員死んでも、俺だけは生き残ってやる」

「そういうの、死にフラグだぜ？」

ランタが嘲笑《あざわら》った。ニールは笑い飛ばす。

「教えてやるよ。経験上、俺が何を言ったかなんて関係ねえ。生死を分けるのは、俺がどうするか、だ」

　セトラが平然とうなずいた。

「傾聴に値する意見だな」

「だろ？」

　ニールはニヤリとしてから、目を伏せて一つ息をついた。

「……どうするか、だ。俺が考えなきゃならねえのは、それだけなんだ。モーギスの下でしゃにむに働いたりしなけりゃあ、こんなことにはなってない。適当に手を抜いときゃよかったな。でも、あのときはやるしかなかった。俺は間違ってねえ。よくやってる。そうだ。だから、ビッキーみてえな目には遭ってねえだろ。死んでたまるかよ。生きててよかったって思えるまでは……」

　何か小声でぶつぶつ呟《つぶや》いている。ニールもだいぶ追い詰められているようだ。

　もともと使節団一行に課された任務は、ジン・モーギス総帥の親書を鉄塊王に渡して交渉し、その結果を持ち帰ることだった。行き来するだけでかなり長い道のりだ。交渉が決裂して無駄足になる可能性もある。そこまではハルヒロも覚悟していた。見通しが甘かったのか。まさか、ここまで過酷な旅になるとは想像していなかった。

　一団は鉄材で補強された石の通路を粛々と歩いてゆく。壁にランタンのようなものが埋めこまれているので、照明具を手に持つ必要はない。

「むぬう……」

ユメが唸《うな》った。

「どうした？」

すかさずランタが尋ねた。

「んんんん？　何やろ。なあんかなあ……」

ユメはしきりと様々な方向に首を傾《かし》げている。何か引っかかることでもあるのか。

通路のところどころに鉄扉があった。一団は鉄扉を開けて通過し、閉めてから先へと進んだ。

何か見落としているのではないか。ユメではないが、ハルヒロも気になってしょうがなかった。こんなことになっているくらいだから、たぶん多くのミスを犯している。今のうちに省みておくべき失敗や過誤があるのではないか。

メリイがハルヒロの隣を歩いている。ハルヒロはメリイの横顔を見た。メリイは目を見開き、前を向いていた。

ハルヒロはメリイに声をかけようとした。どうしてか話しかけられなかった。

老ウテファンが最後の鉄扉をぶっ叩《たた》いた。あの白髪白髭《しらひげ》の老人はどこからどう見てもそうとうな高齢で、杖《つえ》をついて歩いている。けれども、その杖は金属製だし、持ち手の部分は鎚《つち》のように膨らんでいて、かなり重そうだ。今も杖の持ち手を鉄扉に軽々と、がんがん打ちつけた。なかなかすごい音がした。

鉄扉が開きはじめた。鉄扉の向こうにいる門番のドワーフたちが開けたのだろう。開いた鉄扉を通り抜ける際、親衛隊長ローエンが門番ドワーフに訊《き》いた。

「異状はないか」

「ありません」

「そうか。ご苦労」

ローエンに肩を叩かれると、門番ドワーフはよろめきそうになった。

一団は鍾乳洞《しょうにゅうどう》を抜けてワルター門を出た。ハルヒロは振り仰いで監視所の様子を確かめた。岩屋からドワーフたちが顔を出している。一人のドワーフが監視所から下りてきた。やたらと人相の悪いヴィーリッヒだった。

「陛下……」

ヴィーリッヒは鉄塊王の前でひざまずこうとした。鉄塊王は止めた。

「無用だ」

「はッ」

ヴィーリッヒは膝をつきはしなかったが、顔を伏せたまま言った。

「ワルター門はただちに封鎖します。急ぎお離れください」

「封鎖の作業が終わり次第、そなたらも続け。余には一人でも多くの者が必要じゃ」

「はッ」

ヴィーリッヒが手を振って合図すると、あちこちの岩屋から次々とドワーフたちが出てきた。彼らはワルター門へ向かい、二度と開けることができないように何らかの処置を施すのだろう。

「日が落ちる前に距離を稼いでおきたいところだな」

セトラが呟いた。さっきまで地中にいたから時間の感覚がやや狂っているが、日暮れまでまだ何時間かあるだろう。

目指す槍山《やりやま》の旧坑道都市は、黒金連山《くろがねれんざん》から百キロほど東にあるという。あくまで直線距離だ。それに、ワルター門は黒金連山の西に位置している。実際には百数十キロ移動する羽目になるはずだ。黒金連山の麓に広がる樹海は南征軍のテリトリーだし、山中を行くことになるだろう。

「……気が遠くなるぜ」

ニールがため息交じりにぼやいた。正直、ハルヒロも同感だが、こうなったらやるしかない。槍山の旧坑道都市まで鉄塊王を護送したら、オルタナに帰ってもいいし、自由都市ヴェーレに寄る、という手もある。たしか槍山からだとヴェーレまで七、八十キロだ。ヴェーレは中立らしいが、キサラギのK&K海賊商会と繋がりがある。一息つくことはできるだろう。ことによると、オルタナに戻らないでヴェーレに滞在したほうが安全かもしれない。そういうわけにもいかないか。シホルの件があるし、義勇兵団も気になる。

とにかく、まずは槍山だ。

一団は一列になって巨大な岩塊の隙間を通り抜けてゆく。

ハルヒロたちも通過した。

沢を下っている途中で、イツクシマがいやにきょろきょろしていることに気づいた。ユメも、しかめっ面というか、左右のほっぺたを交互に膨らませながら、あちこちに目をやっている。

「……ポッチー？」

メリイが眉をひそめて狼犬《おおかみいぬ》の名を口にした。

「やなあ」

ユメはうなずいた。

「ポッチー、このへんにいてて、お師匠とユメのこと待ってるはずやからなあ。すぐ気づいて来てくれるって思っててんけどなあ」

「まあ、そのうち俺たちを見つけるだろう」

イツクシマは確信しているというより、自分に言い聞かせているかのようだった。なんとなく彼らしくない。

ハルヒロは振り返った。ある意味、ワルター門の目印となっていた崩れて折り重なっているかのような岩塊は、ここからだともう見えない。

沢を下っているといっても、川縁に濡《ぬ》れた岩場があって、なんとか二人くらいまでなら並んでそこを歩ける。横に広がらなければ、浅いとはいえ流れが急な川に足を突っこむ必要はない。

沢の向かって左側は比較的なだらかだが、右側はぐっと高く切り立っている。

「ハルヒロ？」

クザクに声をかけられた。

「ああ」

ハルヒロは曖昧な返事をした。

一団は沢を今も下りつづけている。ハルヒロだけが足を止めていた。

「気になるのか？」

セトラも立ち止まって、右側の切り立った崖を振り仰いだ。メリイとクザク、ランタ、ユメ、イツクシマ、それからニールも進むのをやめた。

「オイ、ちょっと待ってくれ！」

ランタが一団に向かって叫んだ。鉄塊王が振り向き、一団も止まった。

「何事だ!?」

親衛隊長ローエンが怒鳴った。ハルヒロは仲間たちと素早く目を見交わした。わざわざ話しあわなくても、だいたい通じる。

「念のため、上を確認してきます」

ハルヒロは右側の崖を指さし、ローエンに言った。

「早くすませろ。──総員、警戒態勢をとれ！」

ローエンはせっかちな男だが、愚かではない。ハルヒロが崖へ向かおうとすると、イックシマもついてきた。

「俺も行こう」

「助かります」

たぶん、イックシマも何かを感じて、最悪の状況を想定している。ハルヒロとイックシマなら沢を遡らなくていい。直接、崖をよじ登れるだろう。先にイックシマが崖にとりついた。ハルヒロは一つ息をつき、崖の上を見た。そのときだった。

「オッシュ！」「オッシュ！」「オッシュ！」「オッシュ！」「オッシュ！」

「──オーク……!?」

ハルヒロは崖から飛びだす何者かの姿を目撃した。

「オオオオオオォォォォォォォォーーーーーーーーーーーーーシュッッッッッッ……！」

それは真っ白い髪をなびかせていた。両手に剣を一振りずつ握っている。あのオークは。オークを主体とする不死族《アンデッド》やコボルドの部隊が、お嘆《なげ》き山《やま》の古城を占拠していた。その指揮官。ザン・ドグランだ。

「——っそ……！」

クザクの声がして、ハルヒロはひやっとした。ザン・ドグランにはあのレンジでも苦戦していたのだ。剣鬼妖鎧《アラガルファアルド》。レンジは遺物《レリツク》を身につけていたのに。まずいのではないか。

「クザっ——」

「んのおぉっ……！」

クザクはとっさに大刀を抜いて、ザン・ドグランを迎え撃とうとしたようだ。崖の上から落下してきたザン・ドグランをぶった斬ろうとしたのか。

「——ずえぁっ……!?」

そして、何がどうなったのか、はっきりとは見えなかったが、クザクはザン・ドグランに吹っ飛ばされたらしい。川に倒れこんだ。

「我流……！」

間髪を容《い》れずランタが斬りかかる、——と見せかけて、ザン・ドグランの真ん前で急停止し、素早く体勢を低くした。しゃがむよりも低い。きっと、相手はランタがいきなり消えたように錯覚するだろう。とくに、ザン・ドグランのように大柄なオークには効く。効いてもおかしくないのに、だめか。あれもだめなのか。

ザン・ドグランが左手の片刃剣を振り下ろす。明らかにランタを狙っている。

「——チィッ……！」

ランタはカエルが横っ跳びするようにして逃げようとした。だが、まさにその逃げようとした方向から、ザン・ドグランの右手の片刃剣が迫ってくる。

「ウホァッ……!?」

斬られた。

まるで、いったん真っ二つにされて、それからくっついたかのようだった。もちろん、そんなことはありえない。あくまでも斬られたように見えただけで、どうやらランタはなんとかして片刃剣をよけたようだ。

「オッシュ！」「オッシュ！」

「オッシュ！」「オッシュ！」「オッシュ！」

「オッシュ！」「オッシュ！」「オッシュ！」「オッシュ！」

「オッシュ！」「オッシュ！」「オッシュ！」「オッシュ！」「オッシュ！」

髪を白く染め、峰が鋸《のこぎり》状になった片刃剣を持つオークたちが、続々と崖から駆け下りてくる。あるいは滑り降りてくる。オークだけではない。お嘆き山からザン・ドグランに従ってきたのだろう不死族《アンデッド》もいる。

「お師匠ぉ……！」

ユメが叫ぶ。イツクシマは慌てて後退し、ハルヒロも下がる。急がないと、激流のように押し寄せてくるオークや不死族《アンデッド》たちにのみこまれてしまう。

「ドワーフッ……！」

親衛隊長ローエンが大剣を抜き放ってザン・ドグランに斬りかかる。

「食い止めるぞ！　陛下、お逃げください……！」

ブラッツオッド家の一族郎党は、銃と斧《おの》や長柄武器を持っている。そのうちの半数くらいだろうか。十人ほどが崖の上に銃口を向けた。残りの十人ばかりと老ウテファンは、鉄塊王やエルフたちの周りを固めて沢を下ってゆこうとしている。

「くのおおおおおぉぉぉあ……！」

ローエンが大剣を斜めに振り下ろす。ザン・ドグランはあとずさってよけた。親衛隊長の大剣が地面をかち割る勢いで抉《えぐ》り、石ころだの川の水だのが広範囲にぶちまけられる。それらを物ともせず詰め寄ろうとしたザン・ドグランに、なんとローエンは頭からぶち当たっていった。

「――ヌウッ……!?」

ザン・ドグランはローエンの頭突きを胸に食らってよろめいた。ローエンはそこから体をほぼ縦に回転させて大剣を振り回す。たまらずザン・ドグランは跳び転がり、この恐ろしい斬撃からなんとか逃れた。

いや、逃れられはしない。ローエンはザン・ドグランに食らいついていって、次々と大剣を繰りだした。

親衛隊長ローエンの大剣は、彼の身の丈と同程度と言ったらさすがに言いすぎだが、柄《つか》まで含めた全長ならそれに近いくらいある。クザクでも、それどころか、人間より体格がいいオークでも、ひょっとしたら扱いきれないかもしれない。そんな化物のような大剣を、ローエンは両手で、ときに右手だけで、軽々と振るう。全身を黒塗りの装甲で覆っているのに、あのドワーフの身のこなしは剽悍《ひょうかん》なだけではなく、とても柔軟だ。彼の大剣は生き物のようにのびる。間断なくザン・ドグランを攻めたてる。

「オオッ！　オオオォッ……！」

ザン・ドグランは防戦一方だ。ローエンに圧倒されている。

オークや不死族《アンデッド》たちにしてみれば、この展開は予想外だったのではないか。ザン・ドグランの武勇はお嘆き山古城戦でも際立っていた。部下たちは彼を武神のように崇《あが》めているに違いない。それがドワーフに押しまくられている。オークや不死族《アンデッド》たちは明らかに動揺していた。

「てェッ……！」

そこに、ブラッツオッド家のドワーフ銃士が一斉に銃撃を浴びせた。十挺《ちょう》かそこらの銃声でも馬鹿にならない。それに、お嘆き山から移動してきた敵の部隊は、銃に免疫がなかったのではないか。実際、銃弾を食らったのは三人か、四人か、もしくは一人か二人かもしれない。それでも、目に見えて部隊全体が浮き足立った。

「ハルヒロォ……ッ!」

「ああ!」

ランタにうながされるまでもない。ハルヒロたちは先に逃げた鉄塊王たちのあとを追った。クザクはとっくにセトラに助け起こされているので大丈夫だ。ニールは見あたらないが、イツクシマもユメの隣にいる。メリイはユメの前だ。というか、ユメがメリイを先に行かせたのだろう。

「ディィイイィィイイィィイエエエェェエエエェェェイイイィィイイィ……!」

ザン・ドグランの様子が変わった。髪が逆立ち、体中から静電気みたいなものをバチバチバチバチ放っている。たしかレンジと斬り合ったときもあんなふうになった。やつの双剣もそうとうな大きさなのに、ああなると棒切れみたいに扱ってのける。

「かぁっ……!　くおぅっ……!?」

あっという間にローエンは守勢に立たされた。守るといっても、ザン・ドグランが目にもとまらぬ速度で矢継ぎ早に打ち下ろす双剣を防ぐ手立てなどあるものなのか。親衛隊長の身を案じている余裕はない。ザン・ドグランが盛り返すと、敵が一気に勢いづいた。ブラッツオッド家のドワーフ銃士を無視して追いすがってくる白髪オークを、ランタがすっ飛んでいって斬り伏せる。

「——シャアッ……!」

まだ来る。別の白髪オークだ。ハルヒロはすかさずその白髪オークの膝を蹴った。左手の掌底で顎を打ち抜き、ほとんど同時に逆手持ちした右手のダガーを心臓にぶちこむ。引き抜きざまにその白髪オークを押し倒すと、今度は不死族《アンデッド》が躍りかかってきた。躱《かわ》して背後をとり、蜘蛛殺し《スパイダー》。組みついて、不死族《アンデッド》の首をダガーでねじり斬る。

「ランタ……！」

「オウッ、わかってらァ……！」

足止めを食って仲間から離れたくない。悪いが、ローエンたちに粘ってもらうしかないだろう。でも、相手はザン・ドグランなのだ。粘れるのか。わからない。ザン・ドグランの部隊は数百から千くらいはいるはずだ。多勢に無勢にも程がある。こっちには銃があるとはいえ、そんなものは焼け石に水だ。とにもかくにも逃げる。それしかない。

ばれていた。南征軍はワルター門の所在を摑《つか》んでいたのだ。そういえば、四つ足ではない生き物の足跡がどうとか、イックシマとユメが気にしていた。あれはきっと敵が残した痕跡だったのだろう。南征軍は、合流したザン・ドグランの部隊をワルター門に配置した上で、総攻撃を開始した。つまり、逃げ道はとっくにふさがれていたのだ。ハルヒロたちは袋の鼠《ねずみ》だった。

沢を下る。足場がひどく悪い。頻繁に足をのせた石が崩れたり、滑ったりする。メリイが転びそうになって、ユメに支えられた。

「……ごめんなさい！」

「んにゃあ！」

鉄塊王たちの姿が見えない。沢を下りきって、右手の森に分け入っていったらしい。クザクやセトラ、イツクシマ、ユメ、メリイも続く。ニールはやはりいない。どこに行ったのか。逃げたのだろうか。いつ、どうやって。あの男の逃げ足の速さというか、雲隠れの才能だけは本物だ。

ハルヒロとランタも森に入った。ここは来るときに通らなかった道だ。そもそも道なのか。逃走経路として、道ならぬ道をあえて選んだのかもしれない。

どちらにしても、ついてゆくしかない。ハルヒロは正直、方角もよくわからなくなっていた。しきりと振り返って、敵がいないか確認するようにはしている。残念ながら、追っ手を振り切ることはできていない。後方からだけでなく、右や左からも敵の気配を感じる。敵はあちこちに散らばっているのか。オークや不死族《アンデッド》がちらちらと視界に入っては見えなくなる。

森。ただの森ではない。樹海だ。樹木の幹や地上根がうねり、絡みあって、盛り上がったり窪《くぼ》んだりしている。亀裂のように深くなっている場所もある。ただ、逃げるほうだけではない。追いかけるほうも難儀だろう。平らな地面を走るようにはいかない。身を屈《かが》めて潜《くぐ》り抜けたり、登ったり、跳び越えたり、いろいろな体勢、様々な動作を強いられる。

背の低いドワーフたちはとりわけ大変そうだ。兜《かぶと》で素顔を隠した鉄塊王にしても、黙々と地上根から地上根へと跳び移ったり、幹にしがみついてよじ登ったりしているのだが、お世辞にも敏捷《びんしょう》とは言えない。

ユメが振り仰いだ。枝葉の間から空を見上げているのか。

「何かあるのか？」

イツクシマがユメに訊《き》いた。ユメは首をひねる。

「ううん、今な、おっきな鳥が飛んでたような気がしてなあ」

「鳥……」

ランタが呟《つぶや》いてあたりを見回す。

「亜流──」

誰の声だろう。上だ。上のほうから聞こえた。

落ちてくる。何だ。樹上からか。

「ランッ──」

ハルヒロはそこまでしか言えなかった。それはどうもランタめがけて落下している。そう思ったときにはもう、それはランタに襲いかかっていた。ランタも気づいて、よけるのではなく、刀を抜いて打ち落とそうとしたのかもしれない。

「大穢土大瀑布《おおえどだいばくふ》、だったか……!?」

でも、ランタの抜き打ちが間に合わなかったのか。

いや、たぶん違う。

刀と刀がぶつかる音がした。それは、というか、あの男は、自分の刀でランタの刀をすくい取るように弾《はじ》いてから、――斬った。ランタを斬って、着地するなり、ふわりと浮くように跳んだ。そうして地上根に降り立った隻腕にして隻眼の男は、まるでひとっ風呂浴びたあとのような、爽快そうで、なおかつ少し気だるげな表情を浮かべていた。

「まだまだだなァ、ランタ」

「……ウォッ……」

ランタが負った傷は浅くない。肩か。首だ。血が噴きだしている。動脈をやられたのか。頸動脈《けいどうみゃく》。ランタなのに、強がることもできない。あれは、まずい。

「っ……！」

メリイが駆けだす。もう六芒《ろくぼう》を示す仕種《しぐさ》をして、魔法の準備をしている。光の奇跡《サクラメント》を使うつもりだ。さもないと、手遅れになる。そういう判断だろう。

ハルヒロたちがなすべきことは何か。メリイの邪魔をさせない。援護する。あの男、タカサギを、倒せるかどうかはともかくとして、牽制《けんせい》するのだ。ユメはすでに弓に矢をつがえようとしている。

「んなあっ……！」

「勿体《もったい》ぶらねえで見せてやるか」

タカサギは左手で持ち上げた刀の切っ先をゆらゆらさせている。

「秘剣、秋蜉蝣《あきかげろう》」

わからない。何だ、あれは。タカサギは刀を揺らして立っているだけだ。そうではないのか。タカサギの体も揺らめくように動いている。

ユメが矢を放つ。二本、三本と、立て続けに。イックシマも射た。

ところが、当たらない。

ユメにせよイックシマにせよ、そうそう外さないような距離なのに。十メートルも離れていないのだ。なぜ命中しないのか。タカサギが躱しているのだろうか。けれども、タカサギはただふらついているようにしか見えない。まるで、ユメとイックシマがわざとぎり外しているかのようだ。あれがタカサギの秘剣とやらなのか。わけがわからない。何なんだ、いったい。

狼狽《うろた》えるな。感情を切り離せ。ハルヒロは意識を沈める。意識は低いところへ。視点は高く。斜め上から俯瞰《ふかん》する。

もうすぐメリイがランタのところへ行き着く。セトラは槍《やり》を構えて二人を庇《かば》おうとしている。クザクは大刀を振りかざしてタカサギに斬りかかるつもりだ。あの突っこみ方は不用意なのではないか。クザクは基本的にまっすぐな男だが、それにしても真正直すぎる。

老ウテファンやドワーフたちは、鉄塊王やその供回り、二人のエルフを護衛することに専念しているようだ。皆、タカサギのほうを見ているけれども、攻撃しようとしている者はいない。銃を向けるかどうか迷っているようなドワーフが数人いる程度だ。

ハルヒロはタカサギの背後に回りこむべく動いた。

「光よ、ルミアリスの加護のもとに――」

メリイの手がランタの肩にふれた。

「でやあぁぁっ……！」

クザクがタカサギに躍りかかる。頭上に思いきり大刀を振りかぶって、ただ振り下ろそうとしている。いくらなんでも、あんな馬鹿正直な攻めをするほど迂闊《うかつ》ではないはずなのに。そうするように仕向けられているかのようだ。タカサギのあの不規則で不安定な動きに何か秘密があるのか。

「光の奇跡《サクラメント》……！」

メリイが魔法を発動させた。まばゆい光が溢《あふ》れて、ランタの傷を癒やしてゆく。

クザクの大上段からの斬撃は案の定、タカサギを捉えることができなかった。タカサギが体を横に向けて、その鼻先をクザクの大刀が通りすぎた。同時にタカサギは刀でクザクの脇腹を斬っていた。

「おぅ、頑丈だな」

「──くぁっ……!?」

クザクはとっさに横っ跳びして転がった。かなり深く斬られたようだが、少なくとも胴を両断されてはいない。でも、立ち上がれるかどうか。

ハルヒロはタカサギの背中を見すえた。距離はおよそ三メートル。背後をとった。タカサギの息遣いを感じる。クザクを斬ったばかりなのに、呼吸がまったく乱れていない。タカサギはただ突っ立っているようにも見える。しかしながら、そうではない。絶えず動いている。重心が変化しつづけている。体のどこに力が入っているのか、どこが緩んでいるのか、判然としない。ハルヒロがああいう立ち方をしようとしたら、きっと腰砕けになってしまうだろう。歩くことすら難しいはずだし、とても刀など使えない。一見、そんなふうには思えないが、タカサギは恐ろしく高度なことをやっている。おそらく、人間の一般的な動作とは異なる仕組みで体を動かしているのだ。

「──ダアァァァァァーーーーッッ……!」

ランタの傷が治った。爆《は》ぜるように駆けだして、タカサギにやり返すつもりだろう。メリイはクザクを治療しようとするはずだ。セトラはメリイについてゆく。

ハルヒロはタカサギに肉薄しつつあった。隠形《ステルス》がハマっている。今は誰も、味方さえ、ハルヒロの存在に注意を払っていない。ハルヒロ自身、自分がここにいるという感覚が薄らいでいるほどだ。

やれる、とは思わない。やってやる、とも考えていない。

ほぼ、無だ。

ハルヒロはタカサギの背中にダガーを突き入れる。この位置、この角度なら、ハルヒロのダガーはタカサギの腎臓を貫くだろう。そうすれば瞬時に意識を失い、短時間で死に至る。まさに致命傷だ。

「よっ――」

ダガーがタカサギの衣ばかりか皮膚を突き破る感触すら覚えたのに、ハルヒロはタカサギに担がれていた。

どういうことなのか。

種も、仕掛けも、力の源さえもわからない。

技術でこんな芸当が可能なのか。

「こらしょっ、……と――」

タカサギはハルヒロを背負い投げした。隻腕で、左手で刀を握っているのに、どうやって投げたのだろう。ハルヒロは満足に受け身をとれなかった。

「――うっ……」

とっさに首を前方に曲げて後頭部だけは庇ったが、硬い地上根に背中や腰をしたたかに打ちつけて、息が詰まった。

「俺ァ、後ろに目がついてるんだ」

タカサギはハルヒロを見下ろした。

「一つ潰れちまったが、それでも二つあるってわけさ」

そう言って、右目をつぶってみせる。刀の峰でぽんぽんと自分の肩を叩《たた》いたりして、どこまでも余裕綽々《よゆうしゃくしゃく》だ。

「我流ッ……！」

ランタがムササビか何かのように飛んできて、タカサギに斬りつけた。

「我流、我流とやかましい」

タカサギは手首や肘を曲げ、刀を蛇のようにくねらせた。ランタの刀が搦《から》め捕られる。

「――ッ……!?」

ランタは刀を手放さざるをえなかったのだろうか。それとも、思わず放してしまったのか。とにかく、刀はランタの手から離れてくるくる回転し、遠くの幹に突き刺さった。

「何でも小手先なのが、貴様のよくねえところだ」

タカサギは刀の切っ先をランタの喉元に突きつけた。

「俺ら凡人はな。己をばらばらに解体して、一から作り直すくらいのことは最低限やらなきゃならねえんだよ。ようは、努力を絶やしたら終わりなのさ。本能だの閃《ひらめ》きだのに頼ってる貴様は結局、甘ったれの糞餓鬼《くそがき》だ」

ランタは何か言い返そうとした。でも、情けない吐息が漏れて、むなしくガチガチと歯が鳴っただけだった。何、心をへし折られてるんだよ。

ハルヒロは跳び起きようとした。タカサギはハルヒロには目もくれなかった。ただハルヒロの喉頸《のどくび》を踏んづけ、さらに右手首に刀を突き立てた。

「──ぁあっ、……ぐっ……」

「動くなよ。説教してるところなんだ。これが最後の機会かもしれねえしな」

タカサギは笑った。あの男は今、ハルヒロの息の根を止めることもできた。ランタを殺すこともできる。その気がないのか。ハルヒロたちを殺すつもりはない。きっとそうだ。そうに決まっている。

「もうやめて……!」

メリイが叫んだ。治療は終わったらしい。クザクは立ち上がっている。タカサギは肩をすくめてみせた。

「俺らも好きこのんでやってるわけじゃねえが、やるからには徹底的にってのがモットーなんでな。遊ぶときは本気にならねえと、つまらねえだろ。大人の知恵だ」

「降伏せよ」

タカサギではない、別の声が響いた。

「……ジャンボ」

ランタが振り向いた。ハルヒロもそっちに目をやった。

鳥が飛んでいったとユメが言っていた。あれだったのか。大黒鷲《わし》。

一人のオークが歩いてくる。どう見ても彼はオークなのだが、いわゆるオークとはずいぶん違った印象を受ける。艶やかに波打つ黒髪や、少し灰色がかった緑色の肌、鮮烈なオレンジ色の美しい瞳、しゅっとした顔立ちのせいなのか。彼は濃紺地に銀花を散らした着物を着て、刀を佩《は》いている。その肩を止まり木にしている大きな黒鷲の大きさが際立つくらい、オークとしては小柄だ。たとえばザン・ドグランのような他を圧する風貌ではない。それでいて、否応《いやおう》なしに目を奪われてしまう。

「我主《わぬし》らには一縷《いちる》の望みとてない。ただちに降《くだ》れ。さもなくば、皆殺しにせざるをえぬ」

「……降伏は」

鉄塊王が声を上げた。

「せぬ。余の民を無慈悲に殺戮《さつりく》する邪悪な者どもに膝を屈して生きながらえることなど、できようはずもない」

ドワーフの女王は凜然《りんぜん》と胸を張っていた。一点の曇りもない、あくまでも決然とした、どこまでも清らかな声色だった。

ふざけるな。

ハルヒロは憤りを覚えた。頭にきて、どうにかなりそうだった。

理解はできる。鉄血王国は当初、銃で敵を寄せつけなかった。その銃を奪われ、形勢が逆転するどころか、あっという間に滅亡の瀬戸際まで追い詰められた。もはや、誇りを守るために全滅するまで戦うか、生き延びたドワーフたちが鉄塊王を中心にまとまって細々と命脈を保つしかない。

鉄塊王としても、鉄血王国を脱出するのは苦渋の決断だっただろう。しかし、彼女が左大臣アクスベルドの提案を蹴れば、ドワーフたちは一人残らず討ち死にを遂げるしかない。彼女は命惜しさに逃亡したのではないだろう。自ら剣をとって彼女の民と一緒に戦い、屍《しかばね》をさらすほうが、むしろ楽かもしれない。種族のため、ドワーフのために、彼女は槍《やり》山《やま》を目指すことにした。ハルヒロが彼女の立場だったら、同じ選択ができただろうか。ハルヒロなら、自暴自棄になって、同胞と運命をともにしようとしたかもしれない。いっそ、潔く戦って散ろう。王国は潰《つい》え、種族が絶えるのだとしても、皆で死ぬなら怖くない。

生き残ったほうがつらいのに、あえて鉄塊王は逃げることにした。

もちろん、降伏するためではない。敵に降っても、命の保証はないのだ。とんでもない辱めを受けるかもしれない。それ以上に、敵に捕縛されて生き恥をさらすこと自体、鉄塊王にしてみれば耐えがたいだろう。鉄血王国からなんとか抜けだしたドワーフがいたとしても、後日、その事実を知らされるのだ。彼らの女王は民を捨てて逃げだしたあげく、敵に投降したのだと。

降伏はできない。ハルヒロも、それはわかる。わかりはするけれども、鉄塊王が今、そう言いきってしまったら、どうなるか。

「そうか」

ジャンボがうなずいた。

その肩から大黒鷲が飛び立った。

いきなり老ウテファンが鎚《つち》のような杖《つえ》を振り上げた。あるいは、ブラッツオッド家のドワーフたちに、戦え、ジャンボを撃て、と命じようとしたのかもしれない。実際、何人かのドワーフは銃をジャンボに向けようとした。発砲はできなかった。

ジャンボが疾走した。

一歩目はゆったりとしていた。

二歩目以降は突風のようだった。

鉄塊王の供回りを含めたドワーフたちが宙を舞った。次々と、というより、全員が一斉に、どんっ、と打ち上げられたかのようだった。

ジャンボは何をしたのか。定かではない。ジャンボは刀を抜いていなかった。素手か。殴ったのか。放り投げたのか。足か。蹴り上げたのか。それすら不明だ。ジャンボが何かをした。それだけは間違いない。

「族長……！」

メルキュリアン家の当主エルタリヒが、エルフの族長ハルメリアルを守ろうとして剣を抜きかけたようだ。抜くことはできなかった。その前に、エルタリヒは吹っ飛ばされた。顔が真後ろを向いている。あれは完全に頸骨《けいこつ》が折れているだろう。

ジャンボは右手で鉄塊王の、左手でハルメリアルの首を摑《つか》んで高々と掲げた。

打ち上げられたドワーフたちが、取るに足らない雨粒のように、ぼたぼた、どすどすと落ちてくる。

「あるいは——」

どこか深いところまで染み入るようなジャンボの低い声に滲《にじ》むのは、憐《あわ》れみなのか。

やっていることは、天の裁きのごとく残酷で、容赦がないのに。

「賢明な判断かもしれぬな。我主らが降れば、大王ディフ・ゴーグンに引き渡さざるをえぬ。さすれば、命を失うより遥《はる》かにおぞましき目に遭うことは必定。我主らに死をもたらすがゆえの罪業は、すべてこのおれが背負おう。さらばだ」

あのオークは何様のつもりなのだろう。悪意はなさそうだ。敵意のようなものすら微塵《みじん》もうかがえない。倫理とか常識とか感情とか、そういったあたりまえに感じられるものを超越して、それらの向こう側にいるのかもしれない。だとするなら、なぜそんなことができるのかと問うたところで意味がない。ハルヒロが激情に駆られ、一千万の言葉を費やして非難したとしても、あのオークにはまったく響かないだろう。

ジャンボは軽々と鉄塊王と族長ハルメリアルの首を握り潰した。

そのまま手を放しはしなかった。ジャンボはしばらくの間、たぶん事切れるまで二人を持ち上げていた。

それから膝を折り、身を屈《かが》めて、二人の亡骸《なきがら》をそっと地面に下ろした。

「な、……に、して――」

クザクが震えている。ハルヒロには不可解だった。どうやらクザクは憤慨しているようだ。何を怒ることがあるのだろう。ジャンボみたいな男に腹を立てたってしょうがない。そいつは違うんだ。おれたちとは違う。どこかに全知全能の神がいるとする。何もかも知っていて、何でもできるのに、どうしておれたちを助けてくれないのか。ハルヒロのような無力な人間がそんなふうに文句をつけても、神は痛くも痒《かゆ》くもないだろう。きっと答えてもくれない。まるで、救いの手を差しのべないことにすら重大な意味があって、これでいい、愚かなおまえにはわかるまいが、これが正しい道なのだとでも言わんばかりに。

ハルヒロはタカサギに首を踏まれ、右手首に刀を突き刺されている。左手で炎の短剣を抜こうとしたら、すぐさまタカサギに勘づかれた。もっとも、タカサギはやはりハルヒロに一瞥《いちべつ》もくれなかった。ただ無造作に刀をハルヒロの右手首から抜いて、今度は左手首を刺し貫いた。

「――がっ……」

ハルヒロはむしろ、ジャンボよりもタカサギが憎かった。この男の頭の中は透けて見える。わかる気がするのだ。どちらかと言えば、この男はハルヒロ側の人間なのだろう。観察。考察。研究。研鑽《けんさん》。練磨。努力を積み重ねて、達人や名人にしか見えない域まで上りつめた。だが、そこからさらに上にはどうしてもいけない。頭打ちになってしまった。努力では決して到達できない場所に、ジャンボというオークがいる。その超越性に屈服し、魅入られて、崇《あが》め奉《たてまつ》るに至ったのだろう。

ハルヒロなどと比べたら、タカサギはずいぶん高い位置にいる。しかし、どこか尋常な部分が見え隠れするのだ。その拭いがたい凡庸さをうまく利用しながら、タカサギはジャンボを補佐しているのだろう。大半の、というかほとんどすべての者は凡俗なので、フォルガンという集団の中では、ジャンボのような超人が解決できない問題もあるはずだ。タカサギはジャンボに十分貢献できる。そうして充足感をえているのだろう。べつにそんな生き方があってもいい。凡人には所詮、そんな生き方しかできない、ということなのかもしれない。

わかるからこそ、ハルヒロはタカサギが憎たらしくてたまらない。あと十年、いや、五年、三年でいい、必死に力を蓄えれば、タカサギなら超えることができる。この手で殺せる。自信があるわけではない。ただ、できなくはないと思える。だから、悔しいのだ。今は手も足も出ない。こんなにも弱い自分が、恨めしくて仕方ない。

「オイ、バカッ――」

ランタがクザクを見て声を上げる。喉を踏んづけられてしゃべることもできないハルヒロが言えた義理ではないが、ランタにしてはずいぶんかぼそい声だった。

「くそがぁ……っ！」

クザクがジャンボに躍りかかった。セトラが、それからメリイも制止しようとした。

けれども、クザクは速かった。

善良なんだ。誰よりも、クザクは。すごくいいやつなんだ。人として、まともなんだ。愛すべき男なんだ。かわいい後輩で、本当に信用できる、大事な仲間なんだ。上背があるだけではなく、身体能力が並外れて高い。もうちょっと賢く、もっと言えば、ずるく、計算高くなって欲しい。あの体で狡猾《こうかつ》に立ち回ったら、かなりものすごいことになる。そうでなくとも、クザクにはすばらしい爆発力がある。クザクが全力を出したら、そうそう止められるものではない。

「ずぁっ……！」

クザクが大刀を振りだす瞬間を、ハルヒロは目でとらえることができなかった。巨岩さえ一刀両断できそうな、あれ以上はない、見ているこちらの心まで斬り裂かれるような、何かぜんぶの要素がたまたま噛《か》みあわないと実現しない、一生に一度しか放てないだろう、まさしく必殺の一太刀だった。

もしかしたら、それはあのジャンボをも脅かすほどの斬撃だったのかもしれない。だとしたら、余計だった。なんでそんな会心の一撃をここで披露したりしたんだよ。もちろん、クザクが本気で怒っていたからだろう。クザクはジャンボの超越性に怯《ひる》まなかった。どうせ手の届かないところにいる相手なのだから、何をしたって無駄だ。クザクはそう考えなかった。クザクはあくまでもクザクとして、クザクらしく、感情的になった。ジャンボを許せない。人としてまっとうに、そう考えた。

ジャンボが、抜いた。

刀だ。

ジャンボが抜き放った刀は、クザクの大刀を打ち返しただけではない、叩《たた》き折った。折らなくても躱《かわ》せるのなら、そうしたはずだ。あのジャンボなのだから。

そして、返す刀でジャンボは、斜めに斬り下ろした。

袈裟懸《けさが》け、というやつだ。

ジャンボの刀は、クザクの左肩から右腰まで一直線にぶった斬った。

クザク。

ああ、クザク。

ずれているじゃないか。

斬られたところから、体がずれている。

そのまま崩れ落ちてしまう。

真っ二つじゃないか、クザク。

「貴様ぁ……！」

セトラが激昂《げきこう》している。あの冷静なセトラが。かわいかったんだな、クザクのことが。面倒くさがりながら、かわいくてしょうがなかったんだ。でも、それだけだろうか。セトラのことだ。自分が注意を引きつけて、その間に、という意図も、あるいはあったのかもしれない。だけど、その間に、どうしろと？　何をすればいいのか？　何ができる？　やはりセトラは我を失っていたのかもしれない。

セトラはジャンボめがけて突進してゆき、槍《やり》を投げた。ジャンボは槍を左手ではたき落とした。そのときには、剣を抜いたセトラがジャンボに迫っていた。

「っ……！　ぁっ……！」

セトラがいくら鋭く剣を振るっても、ジャンボには掠《かす》りもしない。ジャンボはゆるやかに舞っているかのようだ。

「見てられねえな」

タカサギが笑う。なんでこんなやつに笑われなきゃならないんだ。ハルヒロがそう思った瞬間、喉にタカサギの体重がかかった。自分は呼吸すら自由にさせてもらえない状態なのだ。ハルヒロはあらためてその事実を思い知らされた。

「――ックショォー……ッ！」

ランタは刀を拾いに行こうとしたのだろう。タカサギがさせなかった。タカサギはハルヒロの喉を踏んでいた足をぐっと沈ませて跳び上がり、ランタに斬りつけた。タカサギが跳んだとき、ハルヒロは気を失いかけた。だからその瞬間は見ていないが、ランタは顔面に傷を負ったようだ。

「ンァッ、――グッ……！」

イックシマやユメは何をしているのか。ハルヒロは彼らに何か期待しているのだろうか。だとしたら、それは大きな間違いなのではないか。何もできずにいるハルヒロが、誰かに何かを望む権利があるとでもいうのか。

「――のれぇっ……！」

セトラはどれだけ剣を振り回しても無駄だと悟っているだろう。聡明《そうめい》な彼女がわかっていないはずがない。けれども、今さらやめるわけにもいかないだろう。剣を捨てて、どうすればいい？　精も根も尽き果てるまで、止まることはできない。それか、何者かが強制的にセトラを止めるか。

「ああっ……」

メリイがへたりこんで空を仰いだ。

「――助けて。……助けて。……助けて……！」

「もうよかろう」

ジャンボがセトラから剣を取り上げた。奪い取ったというより、まるでセトラがジャンボに剣を手渡したかのようだった。

「ッ……！」

それでもセトラはジャンボに襲いかかった。背中に組みつき、両腕を首に絡めて、絞めようとしている。セトラはジャンボの右耳に噛みつこうとした。いったいどこからそんな執念が湧いてくるのか。セトラは、ジャンボはあそこまでやっているのに、なぜハルヒロは諦めてしまっているのだろう。

「よせ」

ジャンボはセトラから奪った剣を捨て、左手でセトラの顔を押しとどめた。次の瞬間には、セトラは投げ飛ばされていた。

「——ぁっ、くっ……！」

すぐに跳ね起きたセトラめがけて、大黒鷲《わし》が急降下してゆく。

大黒鷲はセトラの頭を鷲摑《わしづか》みにして羽ばたき、少し浮き上がった。放して、間を置かずに押さえつけ、激しくついばんだ。

「うあぁぁあああぁぁぁぁあああぁぁぁぁっ……！」

「フォルゴ！」

ジャンボが叱りつけるように名を呼ぶと、程なく大黒鷲はセトラを食らうのをやめた。舞い上がって、ジャンボの肩に止まった。

ユメが弓に矢をつがえて、ジャンボか大黒鷲を狙っている。しかし、弓が震えるというか、揺れている。矢もろくに引けていない。

「彼女がわたしを受け容《い》れた」

何ものかが言った。

ユメが弓を下ろして、どこかを見た。

メリイのほうを。

さっきまでメリイは座りこんでいた。今は違う。立っている。

「必ずしも彼女の本意ではなかったかもしれないが、助けを求められたからには、応えないわけにもいくまい。図らずも、わたしはここにいるのだから」

メリイ、――じゃない。

声の出し方、立ち方、何から何まで、メリイとは違う。

「……おまえは、誰だ」

ハルヒロは身を起こした。

「何者、……なんだ」

「わたしは名を持たない。ただ呼び名だけがある」

メリイの姿をしたメリイではないものが、首を巡らせてあたりを見回す。顎を上げ、下目遣いで物を見る。あれはきっと、メリイではないものの癖なのだろう。

「……大将」

タカサギが膝をいくらか曲げて身構える。何か不穏なものを感じとっているようだ。

「うむ」

ジャンボはどうなのか。相変わらず泰然自若としている。そう見える。

メリイではないものが右手をもたげた。メリイの掌《てのひら》に目を落とす。

「わたしはただ、長き試行錯誤の果てに生命たりうることを見いだしただけだ」

ゆっくりと、右手を握る。

「わたしは命ではなかったのだろう。何か別のものだったわたしは、ついに命を形づくり、命となった。それがわたしだ。わたしは願う。末永く、ともに生きたい、と。望みと言えばそれだけなのだが、わたしは忌み嫌われた。あるいは、恐れられた。人は、わたしをこう呼んだ――」

不死の王《ノーライフキング》。

メリイではないものが口にする前に、ハルヒロの脳裏にその名が浮かんでいた。

ずっと怪しんでいた。そうなのではないかと思っていた。そんなことはない。でも、すべてが異様すぎた。メリイは死んでしまったのだ。死者は蘇《よみがえ》ったりしない。それなのに、生き返った。いや、厳密に言えば、生き返ったわけではないのかもしれない。不死の王《ノーライフキング》と呼ばれるものが、生命活動を停止したメリイの肉体に入りこんだ。そして、死んだ細胞を作り変えてしまった。メリイの肉体を借りているから、メリイの記憶や性格が残っている。しかしながら、もうメリイではなく、不死の王《ノーライフキング》なのかもしれない。

違う。メリイだ。

メリイ。

生き返ったんだ。

メリイはまだ生きている。

彼女がわたしを受け容れた、と不死の王《ノーライフキング》は言った。

助けを求められたから、応えるのだ、と。

たしかにメリイは、助けて、と繰り返した。ハルヒロには何もできなかった。そもそもあのとき、ハルヒロなどメリイの目に入ってなかった。メリイは自らの中にいる不死の王《ノーライフキング》に救いを求めたのだ。不死の王《ノーライフキング》はそれに応じた。だから、ここにいる。

それで、メリイは？

どこにいったのだろう？

もしかして、メリイは不死の王《ノーライフキング》に自分の体を明け渡してしまったのか？

そうだとしたら、メリイはどこに？

「わたしは、命そのものだというのに――」

不死の王《ノーライフキング》がうつむいて言う。下を向いているだけではない。肩を落としている。深く傷つき、悲しんで、嘆いているかのようだ。

「わたしを、命ではないと。

不死の怪物だと。

人間たちは恐れをなした。わたしを受け容れようとはしなかった。

戦いを望んだのは、わたしではない。人間たちがわたしを滅ぼそうとした。

わたしに瑕疵《かし》があったとするなら、エナド・ジョージという男を器にしたことだろう。

人間の王国、アラバキアの王だった男。友や側近たちに裏切られ、逃亡した王。ようやく命となったわたしを、あの男が見つけた。

そのとき彼は死にかけていたのだ。わたしは彼を救うことにした。彼もわたしを受け容れた。

わたしはただの命としてそこにありつづけたくはなかった。

エナドは死という形で自らの記憶や意思を喪失したくなかった。

わたしたちの利害は一致した。

わたしはある意味、エナドとなり、ある面でエナドはわたしとなった。

エナドは自身に反逆し、寝首を掻《か》こうとした人間たちを恨んでいた。もっとも、根絶やしにしようなどとは考えていなかった。エナドは王だった。自ら建てた王国に、王として迎えられるべきだとは思っていた。エナドから人間たちの機微を学んだわたしとしては、それは少々無理があるのではないかと考えていたが——」

何を言っているのだろう。

不死の王《ノーライフキング》の話が理解できないわけではない。アラバキア王国の建国伝説というか、歴史のようなものは、ひよむーから聞かされた覚えがある。

人間族はかつて、アラバンキアという理想郷の存在を信じていた。そこから旅立ったシオドア・ジョージという男が、ある豊かな土地に住みついて国を建てた。その末裔《まつえい》を名乗るエナドが最初のアラバキア王なのだとか。

しかし、エナド王は側近イシドゥア・ザエムーンらに裏切られ、出奔。行方知れずとなってしまった。

そのエナドが不死の王《ノーライフキング》となった。そういうことなのか。もしくは、のちに不死の王《ノーライフキング》と呼ばれるものが、初めて寄生した生き物、人間が、エナドだった。さっき不死の王《ノーライフキング》は、器にした、という表現を使った。逃亡王エナドを器にすることで、不死の王《ノーライフキング》という形態、形象、何かそういったものを手に入れたのかもしれない。

どうして不死の王《ノーライフキング》は今、そんな話をしているのか。

ハルヒロたちはなぜ、黙って不死の王《ノーライフキング》の自分語りに耳を傾けているのだろう。聴き入るに値する物語だからか。興味がない、とは言えない。あの不死の王《ノーライフキング》だ。その来歴が明かされている。しかも、不死の王《ノーライフキング》本人の口から。その本人がメリイの姿をしている。少なくとも、外側はメリイなのだ。

何か妙に空気が張りつめているというか、身動きするのもためらわれるような雰囲気が漂ってもいる。

いや、雰囲気などではない。音だ。音がしない。鳥や虫の鳴く声や、風で木の葉がこすれるような音が一切聞こえない。この静寂は異常だ。それで、やたらと空気が張りつめているように感じられるのか。

「わたしは人間たちの敵だったわけではない。人間たちがわたしを敵と見なしたのだ。エナドは人間たちの王になりたかった。わたしは違う。人間たちの言葉に、しっくりくるものがある――」

不死の王《ノーライフキング》はただ滔々《とうとう》と物を言っているのだとばかり思っていた。

いつからだろう。

ハルヒロはたった今、そのことに気づいた。

不死の王《ノーライフキング》は右肘を曲げ、手の甲を下に向けている。そうして、右手を軽く握っている。

それは、その右手首から流れでているのか。

メリイの、不死の王《ノーライフキング》の右手首から、地面に向かって落ちている、あの細い、糸のようにとても細い筋は、液体だろうか。

血、なのか。

「わたしは、友になりたかったのだ」

突然、ジャンボの肩にとまっている大黒鷲のフォルゴが翼を広げた。ギイイイィィィ、ギイイイイイィィィィと、甲高い不協和音めいた鳴き声を発する。

不死の王《ノーライフキング》の血、メリイの体内を流れ、巡っていたのかもしれないものは、いわゆる血液などではない。あれは、ジェシーの中から出て、すでに息絶えていたメリイの中に入っていったあの血のごときものは、もっと恐ろしい、もしかしたら、不死の王《ノーライフキング》そのものかもしれない何かだ。

それを不死の王《ノーライフキング》は、少量ずつかもしれないが、垂れ流している。

何のために？

不死の王《ノーライフキング》は何をやっているのか？

「――くあぁっ……！」

まさかクザクの声だとは思わなかった。でも、クザクだ。

そんなわけがないのに。

クザクはジャンボに斬られた。両断された。死んだのだ。認めたくなかったし、直視しないようにしていたが、クザクは死んでしまったのだ。ハルヒロはまたも仲間を失った。絶対に失ってはならない大切な仲間を、仲間以上の存在を、失ってしまったのだ。

「がぁっ……、むぁっ……、おあぁっ……、はぁっ、うあぁぁぁぁっ……」

そのクザクが、身悶《みもだ》えている。どうして？　どうやって？　動けないはずだ。動けるわけがない。でも、げんにクザクは声を出して動いている。頭を上下させ、右腕をばたばたさせている。いいや、頭や右腕だけではない。左腕も、それから、脚まで。

「そんッ、なッ──」

ランタは腰を抜かしているのか。ハルヒロは度肝を抜かれている。

「不死の王《ノーライフキング》……」

タカサギが呟《つぶや》いた。

不死の王《ノーライフキング》が不死の王《ノーライフキング》だから、それが何なんだ。どうしたっていうんだ。おかしいじゃないか。クザクは左肩から右腰まで斬られた。しかとは言えないが、心臓も断ち斬られたのではないか。ほぼ即死だったはずだ。あれでクザクの肉体は二つに分かたれた。クザクの亡骸《なきがら》は。右腕を含む上半身の一部と、左腕を含む上半身の一部及び下半身、この二つに。

そのはずだ。なんでだよ。

どうしてくっついているのか。

「……うあぁぁぁっ、——あぁぁぁあぁぁぁぁ亞亞亞亞亞亞亞亞亞亞亞亞……！」

クザクはとうとう起き上がった。膝を立てて、手をつかず、何か見えない力に引き起こされるように、立ち上がった。

「亞亞亞亞亞亞亞亞亞亞亞亞亞亞亞亞亞ぁぁぁああぁぁ……れ……？」

クザクは両手で傷痕をさわった。おびただしい血痕はもちろんだが、ジャンボに斬られた痕は消えていないどころか、くっきりと残っている。何か赤黒いものが蠕動《ぜんどう》し、ぷつぷつと泡立ちながら、切断面を繋《つな》ぎあわせているのか。

「ははっ」

クザクは笑いだした。頭を振る。自分の頬を叩《たた》き、髪の毛を引っぱる。首を左右に曲げ、肩を上げ下げする。

「はははっ。うはっ。わはははっ。はははははっ。ぎゃっはははははははっ。うひっ。ふぉははははっ。どひあははっ。ぶはっ。ぐあはははははははっ」

箍《たが》が外れたような笑い声だった。なんという笑い方だろう。馬鹿笑いだ。

「クザっクん……！」

ユメが叫んだ。

「あはあはあはあはっ。うへあはおほっ。ぶはっ。どはははっ。ぎへえはおほはっ」

クザクは聞いちゃいない。聞こえないのか。両手で顔を覆い、のけぞって笑いつづける。何がおかしくて笑っているのか。おかしくて笑っているのではないのか。だったらどうして笑っているのか。ハルヒロはクザクにすっかり気をとられていた。

いつの間にかセトラが立っていた。というか、歩き回っている。

「セ、セトラ……?」

ハルヒロの声は震えて、かすれた。

「ぎひっ。いひあはははっ。どひいっ。うひははっ。ごはっ。ずひあはふひひひっ」

クザクは笑っている。

セトラも様子がおかしい。歩いている。ぐるぐるぐるぐると、ごく狭い、直径四十センチとか五十センチとかそのくらいの範囲を、小声で、早口で何か呟きながら、セトラはひたすら歩きつづけている。

セトラは大黒鷲《わし》のフォルゴに顔面をついばまれた。フォルゴは大型の鷲だ。セトラは右目から鼻、上唇まで、皮膚を、肉を、骨を、そして眼球を、フォルゴのくちばしで甚だしく傷つけられたらしい。まったくひどい話だが、セトラがどの程度の傷を負わされ、息があるのかどうかさえ、ハルヒロは今まで把握していなかった。ひょっとしたら、フォルゴはセトラに致命傷を与えていたのかもしれない。クザクと同じように、セトラもまた、死んでいたのかもしれない。

セトラの顔部は、むごたらしい有様ではあったが、損傷した箇所が何か赤黒いもので覆われていた。それは、クザクの傷を接合し、ふさごうとしているものと似たような、というか、完全に同じものとしか、ハルヒロには思えなかった。

「いややあぁぁ……」

ユメがくずおれる。とっさにイツクシマがユメを支えようとしたが、二人とも倒れこんでしまった。

「じつに久しぶりだ」

不死の王《ノーライフキング》は左手で右手首を押さえた。

「馴染《なじ》むまで時間がかかる。彼女の願いを叶《かな》えたことになればよいのだが。あいにくわたしには、これしか方法がない」

「我主《わぬし》――」

ジャンボは大黒鷲フォルゴを飛び立たせ、刀の切っ先を不死の王《ノーライフキング》に向けた。

「何をした」

「わたしの血を分け与えただけだ」

不死の王《ノーライフキング》は目を伏せ、右手首を左手で押さえつづけている。

「おはっ。おほふほははっ。ごひっ。ぐふひひふひっ。がひがひがひっ。ぐおはははっ」

クザクは笑っている。セトラはぐるぐるぐるぐるぐる回転するように歩いている。

「わたしはエナドと違い、人間たちを恨んでおらず、彼らの王になるつもりなどなかった。彼らの友になりたかったのだ。しかし、彼らはわたしを恐れ、忌み嫌った。わたしを敵視し、滅ぼそうとした。わたしは戦わざるをえなかった」

不死の王《ノーライフキング》は顔を、というより顎を上げ、例の下目遣いで、ジャンボを、タカサギを、それから、ハルヒロを、ランタを、ユメとイツクシマを、順々に見た。

それはメリイではなかった。でも、メリイだった。たとえば、その声が直接頭の中に響いてきたり、瞳に謎めいた輝きが宿っていたりといったようなことは一つもない。メリイなのに、メリイではない。それだけに、ハルヒロはこの期に及んで、こう思ってしまう。本当にメリイではないのか。何かの間違いなのではないか。

上空でフォルゴがけたたましくギイイイイィィィギイイイイィィィ鳴き喚《わめ》いている。ハルヒロはひどく浅い、せわしい呼吸をしていた。自分がこんなに速く息をしている理由がわからない。視界が揺れている。耳がどうも変だ。何か重くて低い音が聞こえつづけている。これは音なのか。振動かもしれない。それか、ハルヒロは五感に変調をきたしているのかもしれない。おかしくなったとしてもしょうがない。何もかもおかしいのだから。おかしくならないほうがおかしい。

でも、ハルヒロだけではなく、ジャンボやタカサギ、ランタ、ユメやイツクシマも、何かを感じているようだ。皆、あっちを見たり、こっちを見たりしている。

「人間たちだけではない」

不死の王《ノーライフキング》が眉根を寄せる。

「わたしはこの世界に嫌われている」

近づいてくる。何かが。それはジャンボたちが感じている何かだ。ハルヒロも感じている。何なのかはわからない。とにかく、感じている。感じざるをえない。どこからだろう。どっちから来るのか。特定できない。というよりもたぶん、あちこちからだ。ヴヴヴヴヴヴヴヴヴヴヴ……というような、あるいは、NNNNNNNNNNNNNN……というような、押し潰されそうなほど重い、どんな生き物も発することはできないだろう低い音、振動は、前からも、右からも、左からも、後ろからも感じられる。重低音、振動が、ハルヒロたちを取り囲んでいる。その包囲網は次第に狭まりつつある。

「世界はわたしを拒んでいる。世界腫がわたしを排除しようとする」

不死の王《ノーライフキング》がその言葉を口にした。セカイシュ。そうだ。セカイシュ。あのときの。

黒い。黒いものが見える。木々の向こうに。ただただ黒い。形などない。ひたすら黒いかたまりだ。来る。セカイシュが。押し寄せてくる。逃げないと。あれとは戦えない。セカイシュには抗《あらが》えない。逃げるしか。逃げて、振りきるしかない。逃げよう。逃げるんだ。でも、どこへ？　黒いセカイシュは四方八方から迫りくる。

「わはっ。あはあはあはっ。いひいひうひっ。がはほっ。ぐひいっ。ぎゃははははっ」

それに、まだ笑っているクザクを放っておくわけにはいかない。セトラもぐるぐるぐるぐる狭い範囲を歩き回りつづけている。

「大将、ここはやばい」

タカサギが声をかけると、ジャンボは刀を鞘《さや》に収めて走りだした。タカサギがジャンボを追う。ハルヒロは、待てよ、と叫びそうになった。どこに行くんだ。逃げるのか。逃げられると思っているのか。

置いていかないでくれよ。

ハルヒロは愕然《がくぜん》とした。ここまで自分に失望したことはない。ハルヒロはジャンボやタカサギにすがろうとしていた。彼らがハルヒロを助けてくれるわけがない。どう考えても、そんな義理はないのに。

「クザクッ、オイッ、コラ……ッ！」

ランタがクザクの腕を引っ摑《つか》んだ。クザクはランタの手を振りほどきはしなかった。ランタに顔を近づけて大笑いした。

「うへへっ。ぐはっ。ぼほふぁっ。あひゃひゃひゃひゃひゃひゃっ。どひえひえへえっ」

「……ダメだ、コイツ！」

「セトラんっ！　なあ、セトラん……っ！」

ユメはセトラにしがみついている。セトラは頓着しないで歩こうとしている。

「ユメ！」

イックシマがユメをセトラから引き離そうとする。

ハルヒロは何もできずにいる。ランタやユメを手伝うことはできるはずだ。なぜそうしないのか。どうして見ているだけなのか。

黒いもの、黒いかたまり、黒い波、セカイシュが近づいてくる。

わたしは世界に嫌われている、と不死の王《ノーライフキング》が言った。

ハルヒロも好かれてはいないのだろう。

おれだって嫌いだ。

強くそう思う。

嫌いだよ。

こんな世界、大嫌いだ。

あとがき

　諸事情で当初より少し執筆期間を長くとれることになりました。おかげで、予定より少し物語が進みました。

　ようやく終章の序曲が終わりましたので、ここからなんとか最後に向かって走ってゆこうと思います。

　それでは、担当編集者の原田さんと白井《しらい》鋭利《えいり》さん、ＫＯＭＥＷＯＲＫＳのデザイナーさん、その他、本書の制作、販売に関わった方々、そして今、本書を手にとってくださっている皆様に心からの感謝と胸一杯の愛をこめて、今日のところは筆をおきます。またお会いできたら嬉《うれ》しいです。

十文字《じゅうもんじ》　青《あお》

＃　937日後

あれから変わったもの。たくさんある。多すぎて、数え上げるのは難しい。

変わらないもの。太陽は東から昇り、西の彼方《かなた》へと沈む。訪れ巡る朝と夜。ハルヒロは焚《た》き火《び》に枯れ枝をくべる。そうだ。この炎の色も変わらない。それから、星。赤い月。

「おまえには感謝してるよ、ランタ」

「……何だ、いきなり。気持ち悪ィーな」

ランタはハルヒロの斜向《はすむ》かいに膝を立てて座り、手すさびに小枝を曲げたり折ったりしている。

ハルヒロは何らかの表情を浮かべようとしたが、どうにもうまくいかない。

「おれ、ルオンが生まれて、嬉しかったんだ」

感情は、ある。ないわけがない。ただ、それを上手に表すことがどうしてもできない。

「ユメがお母さんっていうのは、意外としっくりこないこともないんだけど。おまえが人の親になるなんてな」

「るッせェーよ」

ランタは鼻先で笑う。

「やるコトやったら、できちまっただけだ」

「こんなふうになっても、嬉しいとか思えるんだなってさ」

「……あァ」

「ルオンが大きくなるまでは、守ってやらないとな。少なくともそれまでは、ユメはルオンのそばにいたほうがいい」

「オレだって、そう思ってるっつーの」

「おまえも、うっかり死んだりするなよ」

「愛する女と息子を残して、このオレ様がくたばるワケねェーだろ」

「そうだよな」

「ハルヒロ、テメーこそ……」

「おれが、何？」

「イヤ――」

ランタはそっぽを向いた。洟《はな》を啜《すす》る。

「何でもねェーよ」

炎が揺らめいている。夜闇の向こうで獣が鳴く。果たして獣の声だろうか。別のものかもしれない。ハルヒロは身に帯びている毛皮の包みに手をかける。いざとなれば、これを使わなければならない。もしあの声が、何ものかの気配が、近づいてきたら。

「おれは、ぜんぶ取り戻すつもりだから」

「……アテがあるのか？」

ランタはハルヒロを危ぶんでいる。ハルヒロがいつ道を踏み外すのではないかと、そのときは自分が止めなければと目を光らせている。逆じゃないか。苦笑できれば、ハルヒロはそうしている。今のハルヒロには苦笑いすら困難だ。どうやら、笑い方を忘れてしまったらしい。

「見つけるよ。必ず。方法はあるはずだし。鍵は、遺物《レリツク》なんだ」

ランタは口を開こうとした。でも結局、一つ息をついただけで、何も言わなかった。

見つけるよ。

ハルヒロは繰り返し呟《つぶや》いた。

「絶対、見つけてやる」

作品のご感想、
ファンレターをお待ちしています

あて先

〒141-0031
東京都品川区西五反田 8-1-5 五反田光和ビル4階
オーバーラップ文庫編集部
「十文字 青」先生係／「白井鋭利」先生係

灰と幻想のグリムガル level.18
わたしは世界に嫌われている

発　　行　2021年10月25日　初版第一刷発行

著　　者　十文字 青
発 行 者　永田勝治
発 行 所　株式会社オーバーラップ
〒141-0031　東京都品川区西五反田 8-1-5
校正・DTP　株式会社鷗来堂
印刷・製本　大日本印刷株式会社

Printed in Japan ISBN 978-4-8240-0024-8 C0193